译文纪实

朱鷺の遺言

小林 照幸

[日]小林照幸 著　　王新 译

朱鹮的遗言

上海译文出版社

目　录

一　朱鹮色的乐园 ………………………… 1
二　"爱"护会 …………………………… 37
三　生椿之夜 …………………………… 87
四　聚光灯下的苦难 …………………… 121
五　勠力同心 …………………………… 157
六　最可耻的叛徒 ……………………… 191
七　最后的鸟粪 ………………………… 229
八　谷平的晚霞 ………………………… 283

后记 ……………………………………… 318
参考文献 ………………………………… 325
朱鹮简略年表 …………………………… 327
佐渡全图 ………………………………… 338
文库版后记：朱鹮、人、佐渡 ………… 339
译后记 …………………………………… 363

一

朱鹮色的乐园

1

遍布着大大小小的梯田、旱田的山间地块,在佐渡叫作"谷平"。

谷平为层层山林所环绕,人迹罕至,没有人家,仅能见到耕作的农夫。连接外部的道路狭长陡峭,来往只能步行。

旭日初升,晨曦惊梦山谷。

白羽翻飞,一鸟翩跹而至。

(这趟来对了。)

农具屋前的稻草堆里,佐藤春雄猫着腰,已等候多时。三十一岁的他,复员刚五年,有一副铁打的身板。他不感觉累,但浑身冰冷。不过,当炫目的白色羽毛映入眼帘,春雄立即心跳加速,兴奋的热浪涌遍全身。

晨曦尚微,但田地里那形似鹭的白色身姿清晰可见。它离春雄约三百米。田里残留着约摸一个半月前收割后的稻桩。地下水涌出形成好几个水坑,成年人能一步跨过的大小。

春雄脚边的背包上挂着温度计。六摄氏度。尚未下雪,但在风浪交加的日本海上,11月的佐渡岛,早晚是颇冷的。

与兴奋发热的身体不同,他的头脑是极其冷静的。

看表。早上 6 点 28 分。从战场带回来的笨重的八倍双筒望远镜,皮带已破旧不堪。春雄拿着它,躲在稻草间,捕捉白鸟的身影。

白鸟赤面黄眼,腿赤中带黑,它在田里踱步,同时观察稻桩周围的水面,约十五厘米长的喙时而插入田里——它的喙黑而长,像鹤,只有尖端部分是面部一样的红色。

在找泥鳅,春雄想。

(别动!别急,慢点,慢慢儿地。)

春雄自言自语着,向它靠近。他的眼盯住鸟不放,同时将姿势从半蹲改为匍匐。他头戴登山帽,身着一套工作服,脚穿橡胶长筒靴,身体左侧贴地,靠左手肘和右腿推动身体向前滑行。为了不被白鸟发现,他特意用线在登山帽上绑了树枝和稻草。

这只鸟看上去戒备心很强。

在佐渡方言里,这种鸟叫作"Do"。见过 Do 的人很少,每次走访,他们都会说:"Do 机敏得很,就算没瞅见人在哪儿,也知道这块儿有人。一觉着有人就跑,所以很难见得着。"

春雄观察这种鸟已三年有余,据他的经验,这鸟不仅对人很警惕,对乌鸦、老鹰等鸟的接近也很警觉。没有强壮的肌肉,除了绷紧自己的神经,它别无自卫的技巧。

白鸟把喙扎进有水的地方,头往下探,只露出半截脖子。片刻,头从田里抽出,带起一片水花。只见一条泥鳅被长长的喙拦腰夹住，喙红色的尖儿上还挂着泥。泥鳅猛烈地摇头摆尾，拼命挣扎。鸟猛甩了四五次头，泥鳅不知是没劲儿了还是放弃了，不再动弹。不一会儿，它便整个被鸟吸了进去。

白鸟在水面张开翅膀，估计至少有一米四。随着翅膀剧烈的拍动，田里水花四溅。

匍匐观察的春雄暂且放下望远镜，转而望向身后的大山。

（来了。）

两只同样的鸟从山里径直飞来，落在先前那只附近。

春雄再次匍匐，举起望远镜。先前那只时不时离开积水处，在干地上漫步，后来的两只则在找泥鳅。

拍击水面，看似是洗澡，其实是给同伴发信号："这儿有很多泥鳅，没有危险，放心来吧。"

而且，后来的两只本身也成了一种信号。见到三只安然捕食泥鳅，又有三只径直从山里飞来，开始在田里觅食。

现在，田里有五只鸟出现在八倍望远镜里，要将先来的两只和后到的三只准确地区分开，是相当困难的。春雄只能勉强通过腿和喙上挂的泥，推断它们飞来的顺序。

最早的那只站在能环视整个梯田的田埂上放哨，频繁地转头张望。春雄躲在田埂下用望远镜观察。他已经前进了大约一百米，再往前走就可能被鸟发现。

后来的五只捉了一会泥鳅后，像最早那只那样，到干地上踱步。有一只衔起掉落的稻草，另一只见状，衔住稻草另一端，两只玩起拔河的游戏来。

拔河的两只鸟比其他三只体型小一圈,像是幼鸟。拔河须使劲儿,两只都拼命晃着脑袋。其中一只没衔住,被甩掉后又连忙去追。头后几根棒状的冠羽高高立起,显得兴奋极了。

有一只成鸟见状,来到它们中间调解。鸟竟然有人类一般的举动,这把春雄给逗乐了。

田里只有春雄和六只鸟。他的观察又持续了二十多分钟,直到最早飞来的那只振翅飞走。这样的画面,总让春雄赞叹。只见第一只张开翅膀,从田里抽出红色的腿,直上云霄。见状,其余五只也赶紧追了上去。

他放下望远镜,用肉眼追踪空中的五只鸟。高度大概是五十米。

目光停留在它们展开的翅膀上。这种鸟的得名,与飞行时翅膀内侧的颜色有关。当翅膀收起时,它就像有雪国之称的越后国[①]的雪一样,洁白无瑕,静若处子。然而,它一旦展翅,静谧的白鸟瞬间染上鲜明的颜色——典雅的浅粉中略带朱红,蕴含雄壮而悠久的生命力。

"古人将这颜色称为'朱鹮色',将有朱鹮色翅膀的鸟命名为'朱鹮'。"望着排成纵队在梯田上空高高盘旋的六只朱鹮,春雄自语道。

[①] 越后国,古代日本行政区域之一,范围覆盖新潟县本土(不含佐渡岛)的大部分地区。文中佐渡岛现属于新潟县。[本书脚注除特别说明皆为译注。]

"朱鹮色"的双翼沐浴在晨光中,时而放出灿烂的金色光芒,分外耀眼。美的不只是颜色,还有飞行的姿态。颈部笔直前伸,双足如轻盈之尾,体态宛如离弦之箭。

"哗啊……哗啊……哗啊……"朱鹮一边盘旋,一边发出高亢悠远的鸣叫,越过梯田,飞入山中。

朱鹮消失之后,春雄依然望着山的方向。虽然看不见它们的身姿,但只要想到它们在山的某处,和同伴们一起快乐地繁衍生息,春雄便心潮澎湃。

看表。6点51分。春雄环视梯田及周围,想必朱鹮不会再回来,便回到农具屋。从背包中取出笔记本和钢笔,逐条记录下朱鹮飞来时的时间、气温以及自己分别用肉眼和望远镜观察到的朱鹮的活动情况。

然后,他把笔记本和钢笔放进背包,取出铺有相纸的黑色塑料袋和一只二十厘米长的钢勺。

(应该已经干了。)

他充满期待地走向先前朱鹮停留过的田地。这次已无匍匐的必要。

地上有好几个清晰的朱鹮的爪印。两三厘米长,三趾朝前,一趾朝后。爪印间散落着两三厘米大小的白色块状物。

那是朱鹮的粪便。鸟类的粪和尿是一起排出的。尿为白色,尿迹呈长条形、圆形或方形,粪堆叠于其中。

粪本身也可呈圆形或方形,没有定数。为了不破坏粪的形状,他将其周围的尿液和土壤一并舀起,熟练地放入相纸袋子里。

常人不屑一顾的朱鹮粪便,在春雄眼里,可是珍珠玉石般的宝贝。

2

今天收集到二十二枚粪便,其中一大半尚未完全干燥。春雄推测,未干的是刚刚排泄的,其余可能是昨天傍晚时分,朱鹮在飞行过程中排泄的。

拾粪完毕,春雄右手拿勺,左手拎相纸袋,走回放背包的地方,开始收拾工具。背包里有一台装有300毫米长焦镜头的相机,春雄有时不用望远镜,而用它进行拍摄。

"佐藤老师,早上好!"春雄正在收拾,听到身后有人叫自己。这个声音并不陌生,它来自这间农具屋的主人,一位年老的农夫。割完稻子,他正要去山脚的果园修剪柿子树。

春雄摘下绑着树枝的帽子,转身回应。现在是早上7点整。

"今天见着朱鹮了吧,春雄老师。"农夫见春雄神采奕奕,微笑道。

农夫比一米六五的春雄还矮些,春雄把脸凑向他:"老爷子,这您都知道?"

"那还用说？老师来这谷平三年了吧，但凡见不着朱鹮，还有，捡不到鸟粪的时候，您的声音动作都不一样，无精打采的。要是见着了，您可高兴了，像今天一样。而且……"

农夫口中的"佐藤老师""春雄老师""老师"，此刻身着的工作服污迹斑斑。这也是见着朱鹮才会有的。

春雄在佐渡遍寻朱鹮的踪迹，调查了近五年，才得知这谷平是最佳观察点。即便清晨和上午没来，他傍晚也会来。农夫渐与春雄相熟，便同意他使用农具屋作观鸟之用。有时，春雄傍晚观鸟累了，就直接在里面睡去。

"看来我反倒成了老爷子您的观察对象了。今天来了六只，我仔仔细细看了二十多分钟呢。晨光里的朱鹮，漂亮极了。"

他自豪地给农夫看刚做的记录，还高兴地补充道，今天捡了二十二枚鸟粪。

"我见过夕阳里的朱鹮，身上闪着金光，我都看呆了。不过，朝阳里的朱鹮我倒是没见过，肯定特别漂亮。佐藤老师今天也是六点来的？"

农夫的语气从羡慕开始转为佩服。

这处谷平位于两津港东南五公里的山里，可远眺两津湾。这山属于一个以农业和渔业为主的村子，叫"椎泊"。据土地登记簿的记载，这里叫"椎泊谷平"。

春雄的家在一个叫"加茂歌代"的小村落，位于佐渡的门户两津港以西四公里，加茂湖北面的山坡上。在春雄家后的山里或是院子里，能见到黄莺、绣眼鸟、大苇莺等鸟类，以及貂和"机灵仔"（狸，佐渡方言）。不过，那里未曾有过朱鹮。

春雄几乎每天清晨4点半出门。经两津港到椎泊大概十公里路程，骑自行车五十分钟。到达椎泊后，有一个公交车站，那里有一个叫"真木"的村落。春雄从真木上山，继续骑行六百米后，放下自行车，再快步走三公里左右山路，四十分钟后到达谷平。此时差不多是早上6点，春雄开始为观鸟做准备。

"……日复一日，不容易啊。去年这个时候，您整整一周没来，我寻思怎么回事儿呢，不会是病了吧。问我们村在两津高中上学的孩子，说您带队去修学旅行了，我这才放心。"

这事听农夫说起过多次，每次春雄都忍俊不禁，既笑农夫，或许也笑自己对朱鹮无可救药的执着。

农夫来了，春雄便要把农具屋让出来，然后走下绿色的台阶，回到山脚，去两津高中上班。看表。早上7点9分。这山里的老人家作息规律，也许是托他的福，春雄至今没迟到过。

春雄向农夫道谢，背上背包。上山花了四十分钟，下山只需二十五分钟不到。到两津高中需再骑五十分钟自行车。员工会议8点40分开始。因为他是班主任，8点30分之前必须赶到学校。

春雄的自行车内胎不是空气内胎，而是海绵。虽然完全不担心爆胎，但蹬起来费力，坐着也不舒服。不过，或许因为心理作用，见着朱鹮的日子，春雄都骑得格外轻松。

自行车驶上平路，速度稳定下来。

（佐渡啊！朱鹮啊！）

春雄在心中赞叹。吸引他的不只是朱鹮，还有朱鹮栖息的佐渡岛。他为这里的水、空气和土地感到骄傲。

佐渡面积八百五十七平方公里，周长大约二百十七公里，是冲绳本岛之外日本最大的岛。从空中俯瞰，它形似右半部下沉的字母"H"。人们把"H"的左边，即岛的西北部叫作"大佐渡"，把右边，即岛的东南部叫作"小佐渡"，大佐渡山脉和小佐渡山脉平行延伸。

大佐渡山脉比小佐渡山脉高，八百多米的山峰此起彼伏，最高峰金北山有一千一百七十二米。小佐渡山脉最高峰仅六百四十六米。夹在大佐渡山脉与小佐渡山脉之间的部分，是大米之乡国中平原。从高空眺望，春雄刚才观鸟的椎泊谷平，位于小佐渡山脉的右上部。

今日万里无云。在通往两津高中的路上，迎面能望见远处的大佐渡山脉，金北山顶覆盖着耀眼的白雪。

"早上好！"春雄骑车穿过校门，传来学生的问候。有个话多的男生，见春雄穿着脏的工作服和长靴，揶揄道："老师，大清早又看朱鹮去了？"春雄暗自苦笑。

来到更衣室，春雄用冷水擦身。见到了朱鹮，他本就亢奋，再加上骑车赶路，他全身热得发烫。这时候，冷水最舒服。擦完身，春雄换上放在学校的西装，用手帕擦擦汗湿的头发，再匆忙地在镜子前将头梳成三七分后，进入办公室。

"哟，佐藤老师班师回朝啊。"

"今早上有什么惊人发现不？"

两津高中男女同校，分为普通班、服饰班、商业班、渔业班、水产制造班，全校学生六百余人。春雄虽说在观鸟，但并不是生物老师。他负责一个商业班，讲授簿记、日文打字机打字以及计算实务。他教学时从不提朱鹮。即便有鸟飞到窗边，他也不会理睬，而是继续讲课。

教务非常繁忙。虽然春雄放学后也想去谷平，但即使3点多下课，放学也要5点半了。只有上半天班的周六和夏季，他才可以放学后去谷平。

6点多到家。对于春雄而言，今晚有两大乐趣，一是把今天早上的记录补充细化后誊抄到一个厚笔记本上；二是研究鸟粪。

春雄的妻子照子仅凭春雄开门的动作，便知道他今天收集到了鸟粪。这个身材瘦小的女人，能从丈夫开门的动作读到他的一天。

春雄的房间在二楼。里面有一张桌子，上面放有水、玻璃培养皿（直径六厘米，深约两厘米）、大盘子（五倍培养皿大小）、滤纸、茶滤网。鸟粪要放入盛水的培养皿中溶解一天。今晚，春雄要观察的是前一天采集的粪便。

为了了解朱鹮的食谱，春雄从两年前开始采集鸟粪。他先将粪便用水浸泡一昼夜，再用滤纸或茶滤网过滤，然后用小镊子或针取出里面的不消化物。

常见的不消化物有小河蟹的壳、昆虫壳、泥鳅和鲫鱼的骨头，以及类似川蜷壳或田螺壳的碎片等。

春雄把采集到的粪便和不消化物放入长二十厘米、直径五厘米的玻璃标本瓶或培养皿中，并标明采集年月日和采集地，小心存放在书架上。见不到朱鹮的日子，他也到山野里采集粪便。这样，第一年收集的朱鹮粪便就超过了一千枚。

用这样踏踏实实的笨办法，春雄了解到，春到秋季，朱鹮多捕食蚱蜢、蝗虫、豉虫等昆虫，以及泥鳅、鲫鱼。冬季，吃的小河蟹变多。夏季采集到的粪便比冬季多。这些现象与降雪以及农田有密切的关系。从春到秋季，田里有许多昆虫、泥鳅、贝类，但冬天一下雪，很多动物冬眠，朱鹮就不得不去有流水的河流、小溪觅食。夏季，由于食物种类丰富，朱鹮便很少选择小河蟹，而冬季，小河蟹却十分珍贵。朱鹮以此维持食物的平衡。

春雄还发现，朱鹮只吃动物性食物，不吃植物。另外，观察朱鹮，最好去它觅食的地方。谷平的小河里，就有大量的小河蟹。对于春雄而言，冬季观鸟也是一大乐趣。

过滤鸟粪的时候，春雄总是擦亮眼睛，满怀期待。虽然房间的窗户一直开着，但屋里总是弥漫着一股鸡粪味儿。春雄的鼻子早就适应，不觉难受，不过家人却只好忍着。若是到了晚饭时间春雄还埋头于分离鸟粪，他们也懒得看春雄一眼，只是喊一嗓子："你先把饭给吃了！"然后，一两个小时过去，仍然不见他从房间出来。

"你瞧你，为了那个朱鹮，起早贪黑地……"

照子发起牢骚，春雄只好跟她讲在谷平的晨光中飞翔的朱鹮之美。

这样的牢骚在忙碌的秋收时节达到顶峰。春雄的养父是农民，仅农田就有1.5公顷，春雄是家里重要的劳力。

这周日的上午，两津高中举行日文打字机打字、簿记和珠算的鉴定考试，春雄监考。下午，他又要去谷平。照子不满，春雄搪塞道："好了好了，我明天下午不去谷平，去地里干活。"这样的承诺照子听过无数次，却极少兑现。这种时候，照子会说：

"你这样的人，就叫'懒鬼过节才下田'，敏子和洋子总念叨，爸爸去哪儿了？老三快要生了，家里的事你再不管……"

"懒鬼过节才下田"是佐渡的谚语，说懒人一年到头没几天在干活。话说到这份儿上，春雄心里也不好过，但却没能动摇他对于朱鹮的坚持。

日复一日，春雄把所有的精力都投在朱鹮上。某个周日，发生过这样一件事。这天，春雄准备夜宿农具屋，早上4点，他把昨晚的剩饭菜装进便当盒，离开了家。可是，晚上7点左右，春雄却回来了。照子问他是不是观鸟不顺利，春雄说不是。

"晚霞里的朱鹮太美了，我拍照拍得入了神，没想到胶卷一会儿就用完了。"

晚饭后，春雄躺在床上，本打算明天一大早再出发，转念一想，反正农具屋里还有剩饭菜，我去那儿睡吧。于是，他跟照子打了声招呼，旋即又去了谷平。

那次以后，照子也心软了。也许这就是缘分，照子想。渐渐地，她开始帮着分离鸟粪，再后来，照子每天清晨4点起床，做好早饭和午饭便当，送春雄出门。有时，春雄因为第二天要去新潟市出差等原因，不能去观鸟。本来睡前跟照子讲好不用早起，可到了第二天早上4点，这俩人照样起了床，你看我，我看你，禁不住笑出声来。

3

春雄生于佐渡，但直到二十八岁，他才在椎泊谷平第一次亲眼见到朱鹮。那是一段难忘的记忆，也是他每天往返椎泊谷平的原因。

1919年4月15日，春雄出生在两津市北部，一个叫"羽吉"的小村庄（时称"加茂"）。村子依山临海，人们以农业和渔业为生。

春雄的父亲精于务农，育有三子一女。春雄排行老幺，比二哥小十一岁。因为深得兄姐宠爱，春雄可以放任自己的好奇心，毫无顾忌地在外玩耍。早上，他在海边捡拾渔夫扔掉的鱼；白天，自家的后山是他的乐园。春雄在茂密的松、竹、榉树间捉虫子，观鸟，听鸟鸣。麻雀、绣眼、伯劳、黄莺、海鸥、鸬鹚，鸟儿们各具特色，连叫声都不重样。

虽然小孩都爱玩小鱼、昆虫，但春雄却对鸟抱有更大的兴趣。春雄很羡慕老鹰、鸢等鹰科鸟类，喜欢它们在空中自由翱翔的姿态。例如，鹰科的鱼鹰。它们突然向下俯冲，捕食海面或湖面的鱼，相当帅气。不过，鱼非等闲之辈，鱼鹰也做不到百发百中。

上小学以后，春雄对鸟的兴趣愈发浓厚。

他在棍子上系绳，再用棍子支起一个笸箩，在笸箩正中间放上米粒，然后悄悄躲到树下，等绣眼鸟一进去就拉绳。不过，绣眼轻易不上钩。

要是顺利抓到了绣眼，春雄便带回家，放进鸟笼饲养。绣眼站在手心里仰着脖子吃食的样子，十分惹人怜爱。于是，春雄对鸟的兴趣转向小型鸟。上课时，他眼睛也盯着小鸟看。遇到自习课，他会狂奔两公里跑回家，看看笼中的小鸟，再急忙赶回学校。放学后，他径直回家，到后山去观鸟。

即便天黑，春雄也不马上回家，而是到处找鸟的夜宿地①。夜宿地有许多种，有采集树的枝叶搭在树上的，有直接睡树上的，也有借住树洞或别的洞穴。和翱翔长空的鸟一样，夜宿地同样勾起了春雄强烈的好奇心。春雄曾因回家太晚，被父亲大骂过，不过，渐渐地父亲也不大干涉了。

---

① 夜宿地，指鸟类睡觉的地方。与巢相异，巢是鸟类交配、育雏的场所，而非睡觉的地方。

从加茂寻常小学校毕业后，春雄升入高等科①。1932年，时值春雄读高等科二年级，12月，他在加茂湖畔，看到一个标志桩，写着：

"朱鷺を保護せらるべし（保护朱鹮）。"

标志桩有一人高，白底黑字。

因为不认识"鷺"字②，春雄歪着脑袋，不明白它到底是什么，是否是一种鸟。他也没有问过别人。

1937年，春雄从新潟县立佐渡农学校（相当于旧制中学）毕业，同年3月进入位于新潟县加茂町③（现加茂市）的新潟县立青年学校教员养成所（后并入新潟大学教育系），1939年3月毕业，4月赴东颈城郡保仓村（现上越市）青年学校任教。

随着战事愈演愈烈，春雄任教刚八个月便入伍，被分配到朝鲜半岛北部会宁的野战重炮部队，一面戍边，一面埋头训练。他担任榴弹炮（口径十五厘米，长度近四十厘米，重量超三十公斤）炮手和十二匹牵引马的驭手。同时，为了观察敌情，也为了判断两千米、三千米开外炮弹的最佳落点，使炮击造成最大伤害，他自购了八倍双筒望远镜。

春雄自小在野外玩耍，过人的体力和视力倒是派上了用场，但他却完全无暇观鸟。此外，由于是教师出身，他还从事留守部

---

① 日本旧制小学校分寻常科（学制6年）和高等科（学制2年）两个阶段。
② 在日语中，朱鹮既可写作"トキ"，也可写作"朱鷺"。后者较少见，故春雄不认识。
③ "町"，日本的行政区划，介于"市"和"村"之间。

队的教育工作。在每天严苛的训练中,自己什么时候会被送上前线,成为他的一块心病。

"活着回来是一种耻辱。"

这是春雄曾在讲台上说过的话,他也曾认为,上了前线就该殊死一搏。可是,眼看好些同伴一去不复返,有的即使回来了,也是带着残缺的肢体。有人身中数弹,别说手术取出弹片,就连像样的治疗都没有。很多人竟被破伤风夺走了生命。

药物紧缺,加之伤员日渐增加,那些救治无望的人被提前抛弃。道义上,他们本该接受治疗,直到生命最后一刻。但在战时,这只是一种幻想。

然而,春雄无法接受这样的现实。人来到这世上,接受教育,从事各种职业,终于成为一个完整的人,而战争却将这一切轻易终结,岂不荒谬!生命,难道不是弥足珍贵的吗?所谓任务,所谓炮弹的落点与歼敌效率,何其冷血!

如此思绪,堵在春雄的胸口,挥之不去。

可是,一旦开始训练,春雄不得不停止思考,竭尽全力地执行任务。因为踏实认真,他逐渐被提拔,升至中尉时,佐渡的亲戚们大喜,操心起堂堂中尉的婚事来,在春雄毫不知情的情况下,将照子娶进了门。

春雄和照子其实是远亲。春雄母亲的弟弟被佐藤家收为养子,他与照子母亲的姐姐结婚,膝下无子,便收照子为养女。

对于照子而言,春雄并非生人,所以她并未反对这门亲事。

春雄比她长三岁，英气勃发。照子还记得，一行人在两津港高呼万岁为他送行的场景。这也是照子初为人妻仅有的感想。1945年5月，照子赴会宁与春雄相聚，开始战时的新婚生活，不过毫无甜蜜可言。新郎新娘的心都悬着，不知哪天就会被送上前线。若是出兵，照子该留在会宁，还是回到佐渡？途中遇到轰炸又该如何是好？春雄以往只用考虑自己一人，而今，切实感受到肩上沉甸甸的责任。

最终，春雄没有接到出兵的通知，日本投降。投降前夕，春雄晋升为大尉，也就是所谓的"波茨坦大尉"①。

因忙于善后事宜，春雄让照子先行返回日本，自己于战败三个月之后的11月踏上归途。

春雄全身剧痛，裹着脏军装，拖着沉重的高筒军靴，从釜山登船，回到下关。他没有想到，时隔六年，自己能活着踏上日本的土地。他先给家人发电报道平安，然后持复员军人乘车券登上夜间列车回到新潟。

随着拥挤的人流出站，前往港口。登船，出港后不久，故乡的岛影已若隐若现。在严苛的实战训练中，春雄不仅保住了性命，而且没留下伤残，如今，他能站着回到故乡，已是万幸。日后再有什么风浪，也难出其右了吧，春雄想。

春雄本要回到入伍前工作的东颈城郡的青年学校，但因为那

---

① 1945年8月15日，日本宣布接受《波茨坦公告》，无条件投降。日军为提高军人退伍、退休等待遇，晋级了大批军人，被称为"波茨坦晋级"。

里已经有了代课老师，学校方面通过协调，让他回家乡佐渡任教。新的学校是河崎青年学校（现佐渡农业高中），位于河崎村，从两津港看过去，就在椎泊的前面。春雄从家骑车过去，四十分钟以内就到了。

阔别佐渡已九年。春雄登上一艘从新潟港开往两津港的货客船，重返故乡的欣喜驱走了寒意，他没有进客舱，而是留在甲板上。出发一小时左右，小佐渡山脉渐入眼帘。此刻，红叶漫山，白雪点缀其间。

原来佐渡岛如此之美。本该司空见惯的景象却让春雄沉醉其中。

位于小佐渡山脉东端的水津渔港出现，那是两津湾的入口，红叶沐浴着午后暖阳，迎接故人的归来。不到四十分钟，船至两津港。春雄将前来迎接的照子拥入怀中，与亲人们握手，久未松开。

重启教师生涯。春雄骑着海绵内胎的自行车，听着沿途的海鸥、大苇莺等鸟儿的啼叫，愉快地往返于七公里外的河崎青年学校。休息日，他喜欢在家附近的田地或山里散步。

在战争中，春雄磨炼出坚强的意志，学会了生命的珍贵与美好。在他的眼里，一切都是美的，当然也包括他钟爱的鸟儿。河崎青年学校的后面便是谷平，梯田一直延伸进山里。放学后，春雄在此重拾观鸟的乐趣。

他在战地执行侦察任务时随身携带的八倍双筒望远镜，自然也成了观鸟的好搭档。并且，为了观察鸟在树上养育小鸟，他还特意采用匍匐姿势接近它们。不止于此，春雄认为，鸟看到人形的东西会害怕，所以，他观鸟的时候全身裹上亲手制作的"伪装衣"。那其实是家里被太阳晒得发黄的白色旧窗帘。春雄把它染上接近草木的绿色，再撒上漂白粉，使其呈现近似迷彩的颜色。中间开孔，刚好露出头部，整个身体便消失在草丛里。只要不乱动，就不会被鸟发现。由于观鸟太投入，有许多次，春雄险些从树上摔下来。

得益于周围海域的对马暖流，佐渡岛较之于新潟本土，更为温暖，降雪也偏少。不过，对于岛民而言，冬天毕竟是冬天。

在广阔的佐渡岛上，也有基本不积雪的地方。那是佐渡东南海岸的几个村落，自东向西依次是水津、片野尾、月布施、野浦、东强清水、赤玉和立间，合称前浜海岸。由于西伯利亚吹来的北风被大佐渡山脉和小佐渡山脉遮挡，暖流洋面又吹来暖风，这里鲜有降雪。这些村落与赤泊、小木相通，有到两津的班车。冬季，春雄便到前浜海岸旁的山里观鸟。

在老师当中，春雄可谓异类。关于鸟的话题，不提则罢，一提便停不下来，他甚至还要在黑板上画鸟，模仿鸟的叫声。不知何时起，同事间流传起这样一句话：

"春雄面前勿谈鸟。"

1946年3月，复员四个月后，春雄在学校接到一个电话，打电话的人叫川上可一，住在和木村落，位于春雄家乡羽吉沿海岸往北六公里处。

川上慕名向春雄请教鸟的问题。

"听说乌鸦等鸟类在繁殖期会夜间飞行,不知道朱鹮会不会在夜里飞?"

这是春雄有生以来第一次关注朱鹮。

他听说过,佐渡有种鸟叫"Toki"[①],被列为"天然纪念物",但他只在照片上见过。春雄早就只对小型鸟着迷,无法回答这个问题。

"其实我没见过朱鹮,这个我答不上来。不过,给我些时间,我四处打听打听。"

挂完电话,春雄马上去了图书馆。在管理员的帮助下,翻看百科事典和关于鸟的书籍,尽可能找出里面所有关于朱鹮的内容。管理员还拿来了新潟县编辑的县内博物图鉴。

"啊!"

春雄查阅资料时才恍然大悟,原来"朱鹮"二字指的就是朱鹮。加茂湖边那块写有"朱鷺を保護せらるべし"的标志桩,它呼吁要保护的正是朱鹮。

想起自己当初竟不认识"鷺"字,春雄不禁失笑。

"所谓'朱鹮色',原来得名于朱鹮羽毛的颜色。"第一次打开朱鹮世界的大门,春雄被深深地吸引住了。

---

① Toki,朱鹮的日语发音。

朱鹮古称"Tsuki",现在的发音"Toki"是由"Tsuki"转化而来。"Tsuki"的意义不明,《日本书纪》借用"桃花鸟"三个汉字予以记录。①

朱鹮的学名叫"Nipponia nippon②"。这种用拉丁文书写的学名,前面是生物的"属名",相当于人的姓;后面是"种名",相当于人的名,用来记录其产地、发现人等。

朱鹮的学名意味着,它是"象征日本这个国家的鸟"。这个学名起因于江户时代,德国医生西博尔德③把朱鹮标本从日本带回欧洲。西博尔德对日本医学发展做出了重要贡献,他回国时携带了大量动植物标本,其中仅鸟类就有八百二十七种,朱鹮便是其中之一。

莱顿博物馆馆长、荷兰鸟类学家特明克④经过研究,于1835年将朱鹮归类为"Ibis nippon"。Ibis是与朱鹮形态近似的鹭和鹳的种类学名。当时,朱鹮广泛分布于日本各地、朝鲜半岛、中国、俄罗斯等,且数量众多。

十八年后的1853年,德国人莱辛巴赫⑤将朱鹮改名为"Nipponia temmincki"。1871年,大英博物馆的格雷⑥又将朱鹮

---

① 日语原本只有语言,没有文字。听到"Tsuki"这个音知道是朱鹮,但无法写下来。引入汉字后,书写时用"桃花鸟"代表朱鹮。今天,朱鹮在日语中读作"Toki",可写作"朱鹭",也可用片假名写作"トキ",后者更常见。
② Nippon,日语中"日本"的意思。
③ Philipp Franz Balthasar von Siebold.
④ Coenraad Jacob Temminck.
⑤ Reichenbach.
⑥ John Edward Gray.

改名为"Nipponia nippon",他认为,朱鹮不是 Ibis 的同类,而是没有同属种近亲的一属一种的鸟。哺乳类中的人类、琉球兔,植物中的银杏等都是一属一种。朱鹮便是鸟类中的例子。在种属上,一属一种是极为珍贵的。

伊势神宫二十年一度的"迁宫"盛典之际,在新制的宝刀"须贺利御太刀"的刀柄处,用红线捆着两枚朱鹮的羽毛。因为伊势神宫祭祀的是太阳神天照大神,所以祖先选择拥有近似太阳色彩的朱鹮作为神鸟、瑞鸟。

明治时代[①],明治政府于 1892 年颁布《关于狩猎之规定》,对鹤、鹰等三十三种鸟类进行保护,但朱鹮不在其列。彼时,由于浅粉色的羽毛美丽,可用于制作箭羽、钓香鱼和鲣鱼的毛钩等工艺品出口到中国、俄罗斯,朱鹮遭到大量捕猎,数量骤减。

1908 年,朱鹮被列入保护鸟类,那时已有人认为,朱鹮已灭绝。各国皆难觅朱鹮踪迹的背景下,大正[②]年间,佐渡发现尚有朱鹮幸存。春雄收集到的关于朱鹮的资料主要是这类"史实",而关于其生态,只有些简单的信息,比如,"它多在水田觅食,习性、产卵不明""没有关于其生态的详细报告"。似乎尚无学者对朱鹮进行详细的研究。

---

① 明治时代,1868 年至 1911 年。
② 大正时代,1912 年至 1926 年。

4

新潟县立图书馆的藏书丰富，在日本海沿岸也是屈指可数。春雄趁到新潟市出差，去了县立图书馆以及县内知名的书店，但并没有找到新的线索。虽然没能回答川上的问题，但此事激发了春雄对朱鹮的兴趣。

他惦记当年那块标志桩，于是去了加茂湖。标志桩竟然还在！虽然已倾斜，发黑，但的确就是儿时看到过的那个牌子。

调查朱鹮，查书看来行不通，春雄转而开始四处打听。问的第一个人，是他的养父。

"朱鹮？哦，你是说 Do 吧？"

养父长期务农，想必应该见过朱鹮一两次。不曾想，提起这个 Do，养父知道的远远超出春雄的想象。

"我小时候，田埂上 Do 多了去了。怕它们踩坏秧苗，小孩专门负责赶它们走。在放学路上，我还想过拿外套去套住一只呢。"

"那么常见吗？"

"嗯。而且，晚霞里的 Do，真是漂亮。"养父抄起手，很是感慨。不过，马上脸色一沉："说起来，现在可完全见不着了。"

凡是跟朱鹮沾边的人，春雄都托人引荐，逐一请教。通过可一，他认识了一位叫后藤四三九的故老。后藤家住两津町旁的新穗村，与可一的父亲贤吉（1934年卒）都曾为朱鹮奔走。

骑车到新穗村需要两小时，虽然辛苦，但春雄收获颇丰。首先让他感到吃惊的是，直到明治中期，朱鹮竟是一种食材。不是烤或蒸，而是将朱鹮肉和葱、牛蒡、芋头一起放锅里炖，这道菜叫"朱鹮汤"。因为朱鹮肉会把汤染成血红色，所以这汤在见光的地方难以下咽，于是"朱鹮汤"也被叫作"暗夜锅"。

比起家鸡和绿雉肉，朱鹮肉脂肪少，口感硬，绝对称不上美味，之所以上了餐桌，是因为迷信："生完小孩，朱鹮肉有助于恢复体力"；"治疗血液病最好的药"；"怕冷的人喝这个管用"，等等。

此外，还有人爱把它们的羽毛捆起来，做成掸子，供茶道或佛坛清洁之用。

"那时候，在两津和新穗，朱鹮就挂在店门口。一只绿雉三十钱，一只朱鹮一元二十钱到二元，四倍多呢。钉子从朱鹮嘴里钉进去，就这么挂着卖。"

听着后藤的讲述，春雄心想，绿雉的四倍可是个好价钱。明治初期田埂上那么多的朱鹮，数量减少原来是因为滥捕。

后藤接着讲："滥捕并非佐渡一地，全国如此。于是，大正时代末期，大家都认为朱鹮已经从日本消失了。就在那个时候，被称为日本生物分类学始祖的东京帝国大学的饭岛魁，提出'朱鹮绝种'，并写入当时的高中博物学教科书。"

后藤翻开史料给春雄看。

不知是否受到饭岛魁的影响，1925年12月发行的新潟县博物志《新潟县天产志》指出，由于滥捕，朱鹮、白鹭等生物已从包括佐渡在内的整个新潟县消失。在佐渡，也有了"曾经朱鹮曾经汤"的说法。

不过，年号自大正改为昭和①后不久，"佐渡尚存朱鹮"的声音震惊学界。

事情发端于1926年8月，福冈县久留米初中校长、动物学家川口孙治郎在访问佐渡期间，获悉佐渡有朱鹮栖息，将此事发布。彼时，接待川口的正是可一的父亲贤吉。他得知川口来佐渡调查朱鹮，非常热情地告诉他自己居住的和木村还有朱鹮，并主动请缨，给他带路。贤吉带川口去了与两津相邻的国中平原，以及背靠小佐渡山脉的新穗村，并将后藤引荐给他。谈及朱鹮减少，后藤告诉川口，在新穗村的深山里还有朱鹮。

访问期间，受低气压影响，风雨交加，川口并没能在野外目击到朱鹮，但他将朱鹮尚存一事向学会做了报告。

新潟县闻讯，决意要找到这种珍贵的鸟。1927年6月，佐渡支厅②向岛民悬赏征集关于朱鹮的消息，包括栖息地、飞行及发现时间，但未收到确切的报告。

1930年6月，佐渡的一场对话引发外界对朱鹮生死的广泛关注。《东京日日新闻》（现《每日新闻》）与两津的同新闻取次

---

① 昭和时代，1926年至1988年。
② 佐渡支厅，新潟县地方政府"新潟县厅"在佐渡的派出机构。

分社在两津小学，举办了一场"各地魅力座谈会"。这是《东京日日新闻》的一个连载栏目，通过集合地方的有识之士开展座谈，将当地的魅力介绍给全国读者。佐渡有四人入选，其中就有贤吉和后藤。

佐渡曾是世阿弥、日莲圣人、顺德天皇、京极为兼等诸多名人的流放地，故佐渡历史文化遗迹众多。并且，佐渡支厅刚刚设立了佐渡观光协会办事处。记者将佐渡定位为旅游景点，准备从佐渡民谣、佐渡金矿等人尽皆知的话题聊到当地的特色美食。不料，朱鹮却成了中心话题。

贤吉先提到朱鹮，后藤紧接着说道，新穗村的山里还有朱鹮。由于是亲眼所见，后藤语气坚定。他还聊起了"暗夜锅"和儿时关于朱鹮的记忆，以及朱鹮锐减的情况。

这篇报道先是刊登在《东京日日新闻》新潟版上，引起新潟县内巨大反响，继而在全国版刊出，广受关注。不过，学界对此将信将疑。

1932年5月，和木村的一名农夫在山中务农时看到一只朱鹮飞过。他赶紧下山告诉贤吉和可一。据称，朱鹮衔着一根超过自身体长的树枝。贤吉判断，它正在筑巢，雏鸟预计在3月中旬到6月间出生。那么，和木的某个地方，一定有朱鹮的巢。于是，他们动员十名和木的青年寻找鸟巢。最终，有人穿过梯田，登上山，在离村落约四公里的一处松林里找到。当时并不清楚朱鹮筑巢的方法，看上去是由收集来的枯枝和稻草所筑。巢直径约六十厘米，筑在离地十米高的松树枝上。

巢内有一只朱鹮，抱着卵，估计是雌鸟；巢上方的树枝上站着一只，正在警戒，想必是雄鸟。贤吉通知佐渡支厅和新潟县保安课，保安课向农林省①汇报。5月末，贤吉和可一带着农林省派来的调查员前往松林，发现那棵松树上已无鸟巢。众人连忙寻找，发现巢掉落在不远处的地上。

"几天前的暴风雨，把巢给吹掉了。巢里有两颗卵，可惜，都碎了。我们给巢画草图的时候，两只朱鹮一直在上空盘旋，像是在哀悼曾经的家和孩子。"

当时的情形，可一历历在目。一名调查员拾起地上的碎壳，将卵复原。朱鹮卵呈青绿色，整个表面散布着浅灰色和茶褐色的斑纹。这是朱鹮卵首次被发现。可一把一张黑白照片拿给春雄看。

8月，农林省再次派调查员，前来拍摄朱鹮的照片。调查员在和木村成功拍到天空中的两只朱鹮，这成为世界上第一张朱鹮的照片。

农林省决定保护朱鹮，严禁捕猎。12月，在人流密集的两津港附近和加茂湖周围等岛上36处设立了"保护朱鹮"字样的标志桩。

1933年5月，新穗村一名在山中采香菇的农夫，目睹一只

---

① 农林省，相当于国家农业林业部。

朱鹮降落到一棵栗树上。这棵栗树直径八十厘米，树龄过百年。朱鹮停在一根弯曲的粗枝的分叉处。

在这棵树离地六米多高的树枝上，有一个鸟巢。站在地势高些的地方，能看见里面有两只雏鸟和一颗卵。停到树枝上那只，估计是亲鸟。此事经保安课上报农林省，农林省继去年之后，再次派来调查员。

调查员先是拍摄了亲鸟在巢内的照片，然后，趁亲鸟离开，他赶紧爬上树，观察鸟巢的情况。巢呈椭圆形，筑在粗枝和细枝的正中间。巢由枯枝编成，内铺落叶，长直径七十五厘米，短直径五十五厘米，深约三四厘米。如农夫所言，里面有两只可爱的雏鸟，已经长出冠羽和浅粉色的翅膀。

雏鸟尚不会飞。其中一只不知是被调查员吓到还是脚滑，从巢里跌落。调查员赶紧下树，此时，两只亲鸟赶到。

"亲鸟在一旁不停鸣叫，像是在鼓励孩子。"

后藤不禁动容。这只雏鸟最终没能站起来。调查员把它带走，立刻测量。重约一点六千克，瞳孔黑色，虹膜茶褐色。这是第一例关于巢内朱鹮的报告。

1934年，基于极少的生态报告，农林省将朱鹮指定为"天然纪念物"。

了解了这许多佐渡朱鹮的历史，春雄与可一、后藤的对话也变得轻松起来。

"我对朱鹮可谓一无所知。贤吉老先生关注朱鹮多年，但他儿子却打电话向我请教，这不搞颠倒了吗？"听了春雄的话，可一和后藤都乐了。

春雄的老家羽吉离和木大约六公里。从地理位置上看，说不定他小时候见过朱鹮在空中飞过。然而，那时候他的心思都在小型鸟身上，才会连标志桩上"朱鹭"二字怎么念都不知道。

从这点也能看出，朱鹮的保护存在问题。首先，对民众的启蒙不够。不识"朱鹭"二字，错不在春雄。因为关于保护朱鹮，学校不曾讲，基层政府也没提过。没有方针政策，就算大家有意保护，也不知道该做些什么。

据可一讲，在佐渡发现朱鹮巢之后，农林省下来一位大人物。

"我父亲说，那是和木历史上最热闹的时期。村里有人提议，'和木'的'和'是'大和'的'和'，而'和木'二字也可读作'Toki'，今后就把村名改读'Toki'吧。"

根据农林省的调查以及当地百姓的报告，当时，佐渡各地共计约有一百只朱鹮。贤吉和后藤也持相同的看法。朱鹮的栖息范围覆盖佐渡的每个角落，在和木，和木以南四公里与其接壤的白濑、椎泊、新穗村，佐渡北部西海岸的外海府，东海岸的内海府，以及佐渡南部等，均发现了朱鹮的筑巢地。

硝烟弥漫。从1935年前后直到二战结束，战争的胜败成为老百姓最关心的事。

那个时代，人能吃饱就不错了。佐渡也一样，没人顾得了朱鹮。由于山林资源丰富，佐渡的树木被砍下，烧制成炭，源源不断地运往本土。大肆开垦，致使朱鹮栖息地变窄，加之人们为了果腹，想必不会放过朱鹮，导致二战期间其数量锐减。也许就在那个时候，朱鹮开始变得机敏。明治时代，在田间尚且常见的朱鹮，在环境的剧变下显得无能为力。

有观点认为，一种生物，若数量跌破一百，将难逃灭绝的厄运。

"佐藤老师，这样下去，朱鹮必定会绝种。"可一和后藤异口同声。

春雄也有同感，但他的感受不止于此。战争，让春雄懂得了生命的可贵。他想起那个眼看着同伴死去，却连一句安慰的话都没有说的自己。

在春雄眼里，朱鹮是一种"生命"。尽管有人认为，朱鹮迟早要消失，你保护它也不知何从下手。但难逃一死并不是放任不管的理由。即便是大限将至的病人，也应该接受治疗，也应该受到关爱。有情有义方为人，即使对象是朱鹮。

想到这里，春雄迫切地想亲眼见见朱鹮，哪怕是一面。

为了打听哪里最容易见到朱鹮，春雄骑着车，问遍了农夫、烧炭的工人等所有要进山的人。不过，当年围绕朱鹮灭绝的新闻有多受关注，朱鹮便有多难找。甚至有人说，自己天天进山，但一年下来，见到朱鹮的日子不超过十天。大家提供的信息归纳如下。

春天，成鸟单独或两只结伴飞行，在 4 月或 5 月产卵；秋冬季，它们往往五到十只结伴飞行。春季单飞的，是出来求偶；两只结伴的，是已经配对。

朱鹮筑巢繁殖。据说，筑巢地一般在新穗村海拔四百六十一米高的黑泷山，或六百二十九米高的国见山的深山里。

可是，没人清楚夏季的情况。老人们都听说，朱鹮是从能登、隐岐一带飞来的。也就是说，朱鹮在能登、隐岐度夏，秋季回到佐渡。但是，春雄对此存疑，因为据相关书籍记载，仅佐渡一地有朱鹮栖息。

此外，据说朱鹮按体色分为白色和黑灰色两种。鸟类图鉴上，白色的叫"真朱鹮"，黑灰色的叫"黑朱鹮"，而在佐渡，大家并未区分，统一叫"Do"。它们到底是同一种，还是不同种，抑或是雌雄的区别？春雄不得而知。目前所知的是，黑色比白色更少见，而且只在初夏出现，冬天见不到。也许仅仅是白色数量多的缘故。

总之，人们对于朱鹮的认识非常有限。要想一睹真容，必须有足够的耐心。

根据春雄掌握的信息，在椎泊谷平的清晨和傍晚时分，见到朱鹮的机会相对较大。虽然不知道朱鹮的夜宿地在哪儿，但好像它们早上离巢后，就会来谷平觅食，晚上回夜宿地前也会经过谷平。于是，春雄去了谷平。但谷平的开阔出乎他的意料。这么大的地方，朱鹮会现身何处？

春雄想到一个好办法。他先用八倍双筒望远镜环视四周，如果发现朱鹮，他便采取匍匐姿势尽可能接近。纵然朱鹮非常机敏，但只要藏好就无妨。在军队锻炼出的视力和匍匐训练派上了用场。而且，他曾有匍匐观察绣眼、伯劳的经验。

春雄既忐忑又满怀期待，不知朱鹮机敏到何种程度，自己能不能亲眼见到。从1946年4月开始，他几乎每天都到谷平去。河崎青年学校离谷平很近，一开始，他只在放学之后去，后来，他早上也去。两周后，农夫与春雄渐熟，把农具屋借与他用。

春雄变换时间段，在谷平坚持观察了三个月，朱鹮却始终不现身。于是，他开始周日一大早出门，去曾经有人目击朱鹮的新穗村等地转悠。为了回程方便，上山时，他尽可能把自行车骑到大山深处再步行。

路上遇到石板搭的小桥，他便把自行车提起来走过去，以防轮胎打滑摔倒；遇到没有石板的小河，他就把自行车举过腰走过去，衣服湿了也无妨。

草丛中常年有旱蚂蟥。进入草丛或者在树荫下打个盹儿，不知不觉就被旱蚂蟥咬了。它们吸血时没有痛感，等人发现时，伤口附近的衣服已血淋淋。第二天还会瘙痒难耐。被咬了手脚还好，要是后背中央被咬会相当难受。

佐渡有很多蝮蛇。虽然被蝮蛇咬伤并不是致命伤，但它毕竟被当地人称作"食人蛇"，可见其恐怖。春雄虽没被蝮蛇咬过，但在等待朱鹮时，有好几次撞见蝮蛇，被它高高仰起的镰刀形蛇头吓出一身冷汗。

就这样过了半年，一年，依旧没等到朱鹮现身。

春雄开始怀疑，朱鹮是否已经绝迹。每当这个时候，他总会偶然地从相熟的农夫那里听到，某人在某地见到了朱鹮。春雄听了，既惋惜，又因得知朱鹮尚存而松一口气。次日，他便拜访目击者，在笔记本上详细记录事情的经过。

接着，春雄再到事发地连续观察好几天。但错过就是错过。暑假的时候，他会花一整天观鸟，有时候甚至会露宿野外，但仍然没有收获。

"佐藤老师，见着您的神鸟了吧？"

青年学校的老师开始揶揄春雄，但暗地里也心生佩服："他竟然能坚持下来，真是执着。"

也许是当年不识"朱鹭"二字，朱鹮生气不见我吧，春雄心想。但他的热情却不减。今天不行就明天，明天不行就下周，春雄从未想过退缩。

即使到了割稻子的时节，他也顾不上帮家里干农活，坚持到椎泊谷平观鸟。他收集了一年半的信息，发现还是谷平周边出现朱鹮的概率高。

1947年11月上旬。周日。晴朗。

放学后，春雄早早来到谷平，猫着腰躲在稻草堆后，举着八倍双筒望远镜观察梯田。万里无云，风和日丽。

这样的日子，时间流逝悄无声息。转眼太阳西下，又到了收拾东西回家的时候。春雄叹了口气，站起身。晚霞当空。这样的晚霞，一年中难得一见，但它并非春雄想要的。

算了，回家。

春雄正要把望远镜放进背包。就在那一刻。

一只鸟，从晚霞深处飞来。

春雄双目凝视，已来不及用望远镜。不是老鹰，也不是鸢。体色白，羽毛泛红，该不会是……刹那间，春雄血脉偾张。

"朱鹮！"

高度大约六十米。浅粉色的羽毛在晚霞的映照下，发出红色的光芒，端庄威严。不敢眨眼。很快，朱鹮轻轻扇动翅膀，消失在山里。长久的守候，换来不到一分钟的露面。时间虽短，但每一个细节都历历在目。

"真美。"

春雄不由自主地赞叹道。浅粉色的身姿一分为二，一只没入山中，一只久久停留在春雄的眼里。

Nipponia nippon——日本之鸟。晚霞中翩然起舞的朱鹮，想必就是日本国旗的原型吧。

（佐渡竟然有如此美丽的鸟。）

二

"爱"护会

1

刚一到家,春雄便追着家人,讲述生平第一次见到朱鹮的情形。即便上了床,他仍然对照子唠叨个没完。夙愿得偿,春雄实在没办法憋在心里。

"爸爸今天看到朱鹮了。我跟你讲……"

春雄连身旁已经入睡的长女敏子都不放过。照子见状,既吃惊,又怀着一种说不清道不明的理解。周一上班,春雄自然也跟同事讲了此事。

然而,朱鹮离灭绝仅一步之遥的现实,像一盆冷水浇到春雄头上,把他拉回现实。或许不是一步,只有半步之遥。那泛着红色光辉的翅膀,象征着朱鹮的生命之火,即将熄灭。昭和之初,那些呼吁保护朱鹮的先辈,因为时局动荡未能如愿,如今,春雄要继承他们的遗志。这是他第一次萌生保护朱鹮的念头。

可是,保护之路如何走,他却毫无头绪。虽然可一和后藤也提出要保护,但并没有具体的方案。春雄想到的是,佐渡人保护朱鹮的意识太淡薄。佐渡人口约十万,虽然不少人知道朱鹮是天然纪念物,但在野外见过朱鹮的却寥寥无几。当然,数量稀少正是保护的原因，但见都没见过，对朱鹮的关爱便无从谈起。这样的背景下，号召大家保护朱鹮是很难的。

另一方面，春雄自身也很矛盾。呼吁别人保护朱鹮，但自己对朱鹮又了解几分？他所知的无非是百科事典、鸟类图鉴上看来的纸上谈兵的介绍罢了，缺乏说服力。

朱鹮的生态习性是个未解之谜。既然呼吁大家保护，那自己就得脚踏实地观察朱鹮——它们的日常活动，在哪里筑巢，以什么为食。春雄下定决心，要为朱鹮尽一份力。于是，他开始了每天早上到谷平观鸟。平日，他只能去到椎泊，周六日，他跑到更远的新穗、和木去。

也许是天意，自第一次邂逅以来，春雄竟每周都能遇到朱鹮一两次。

振翅高飞的朱鹮、探着脑袋在梯田里觅食的朱鹮、停在树上的朱鹮……运气好的时候，春雄还能遇见成群结队的朱鹮。停在树上时，它们会用长长的喙整理羽毛。它们有时还会展开双翅，浅粉色的羽毛层叠在一起，便呈现出"朱鹮色"。这是有别于飞行时的另一道风景。

朱鹮用灵活的长喙捉泥鳅。如果捉到的泥鳅满身是泥，朱鹮会把它衔进水里洗洗再吃，非常讲卫生。

隆冬积雪时节，春雄仍然坚持骑车出门。遇到山路，他会放下自行车，换上适合雪上行走的踏雪板。

春雄发现朱鹮常吃泥鳅，但不清楚它还吃些什么。没法追踪朱鹮一整天，于是他有了另一个办法。从1948年春起，他开始收集鸟粪。

由于儿时喜爱小型鸟，春雄根据鸟粪，大抵能辨别出鸟的种类。朱鹮属于大型鸟，粪便比别的鸟大，也更容易区分。春雄逐渐在朱鹮可能出没的山里找到了鸟粪。上手之后，他注意到，有鸟粪的地方就有朱鹮来。于是，春雄开始在观鸟之前查看是否有鸟粪。

春雄曾在捡鸟粪的时候，被一个采野菜的人笑话，说春雄比捡烟头的人还寒碜。

遇不到朱鹮，春雄也不会空手而归。他往往能捡到一两枚鸟粪，或者朱鹮掉落的羽毛。他把浅粉色的羽毛插在头上，或是拿在手中仔细打量，悠闲自得。他还知道，把几枚羽毛叠在一起，朱鹮色会更加鲜明。回家后，春雄把羽毛存入纸袋，并标记上采集时间和地点。

听说春雄没遇到朱鹮，同事会说：

"今天没见着朱鹮？辛苦了。"

"也没捡到鸟粪和羽毛？今天白跑一趟啊。"

这种时候，春雄会精神抖擞地回答：

"不，今天朱鹮没来，这也算一个发现，也是我的收获。观鸟就是这样的。"

一年间收集到的鸟粪超过一千枚，然而春雄并不准备就此打住，他要将收集鸟粪和观鸟同时进行下去。通过鸟粪，他不仅了解到朱鹮的饮食习性，还有另一项重要发现。

夏季，在椎泊、和木捡不到朱鹮的鸟粪。也就意味着，它们没来这里。春雄也怀疑，朱鹮是不是真去了能登、隐岐。但当他为观察野鸟，偶然地在新穗村的深山里走上一两个小时，却在小河边发现大量朱鹮粪便，而且看样子并不是许多天以前的。春雄把粪便带回家，过滤，发现很多昆虫的壳，既有陆生的，也有水生的。人迹罕至的深山里，不仅凉爽，而且河流沼泽里食物众多。这正是夏天朱鹮远离人烟的原因。

再次进山拾粪，春雄穿上了"伪装衣"，忍着一身臭汗观察了几个小时。其间，他看到有朱鹮在河滩上啄虫，开心地戏水。朱鹮走后，春雄测量了水温和气温，果然相差五摄氏度。朱鹮也知道避暑。春雄原以为朱鹮属于"候鸟"，夏季飞去能登、隐岐。通过收集粪便，他现在确认它属于"留鸟"，夏季在佐渡的山里避暑。

朱鹮的生存环境令春雄颇为担心。山中的樵夫和烧炭的工人经常在地面设置捕兽夹。这种夹子能夹住动物的腿，原本是用来抓野兔和貂的，因为貂的皮和野兔的皮、肉可以卖钱。春雄在山中的草丛里，见到许多这样的夹子，自然担心朱鹮被误伤。

作为天然纪念物，朱鹮的价值堪比重要文化遗产。一旦发现捕猎行为，当事人将被立刻逮捕。听说，1934年，朱鹮被指定为天然纪念物之时，便遭到了靠山吃饭的人们的反对。他们跑到佐渡支厅抱怨，朱鹮要是成了天然纪念物，他们就"进不了山，砍不了树，放不了捕兽夹"，严重影响生活。不过，反对运动未成气候。另一方面，佐渡支厅虽然要求"不许进山"，但并未派人监督，表明了回避矛盾的态度。

朱鹮被捕兽夹夹住了怎么办？或许猎人会把它放了，可是，受伤的是腿部，它即便还可以飞行，但剧痛会影响其在空中保持平衡，落地后捕食也是个大问题。另外，细菌入侵伤口还会引起化脓。所以，捕兽夹严重威胁着朱鹮的生命。不过，人们的生计也不可无视。为了找到减少捕兽夹数量的方法，春雄找村里和佐渡支厅的人商量，但都没有什么结果。而且，他手里也并没有朱鹮被捕兽夹所伤的案例。

1950年3月末，春雄接到调令。有两个去向供他选择，一个是松崎村（现田野町）的松崎初中。松崎村距离两津市三十三公里，位于佐渡岛东南部的前浜海岸，在赤泊的前面。另一个便是两津高中。春雄若选择松崎初中，他可以升任主管教学的副校长。但若是选择两津高中，他将作为普通教师平级调动。

副校长已是管理岗位。对于年仅三十的春雄而言，这算得上是难得的高升。在佐渡任副校长，其后再到新潟市任副校长，回佐渡应该就是校长了。甚至，最后在佐渡岛县里的教育委员会担任要职也在情理之中。

若是考虑到家人以及今后的职业生涯，松崎初中是不二之选。但在春雄心里，升迁的重要性只位列第二或第三，最重要的还是朱鹮。从两津到松崎没有早班巴士，若选择松崎初中，只能在那边留宿。相反，从椎泊到两津高中骑车只需五十分钟，这虽然比到河崎青年学校所用的十分钟要长，但早上结束观鸟后，从谷平赶去上班是可行的。

春雄未与家人商议，便选择了两津高中，开始每天赶路到谷平的日子。因为太执着于朱鹮，"朱鹮老师"的外号很快在同事和同学们中传开。

理科室里有一具朱鹮标本，那是一只1916年7月在加茂和木被误杀的朱鹮。这里每天都会出现春雄的身影。

"朱鹮老师，今天如何啊？"

走廊上传来的浑厚嗓音，来自一个对春雄影响甚大的人——校长菊池勘左卫门。他体格匀称，面相饱满，颇有教育家之风采。菊池在整个生物学领域有很深的造诣，特别是在贝和蟹的分类学领域十分知名，举足轻重。1895年3月，菊池生于河崎村，从广岛高等师范学校（现广岛大学）毕业后，在各地教生物。他的学生里不乏学术大家，上野动物园园长，为日本动物饲养学做出巨大贡献的古贺忠道便是他的门生。

菊池知道朱鹮非常机敏，所以从未和春雄一起外出观鸟，但他时不时会到春雄家，听取他观鸟和拾粪的成果。菊池的家在一个叫下久知的村落，从河崎往山里走一段即到。他曾听附近的居民说，每年冬季，朱鹮会来下久知的田里觅食，菊池也曾亲眼见过一次。虽然朱鹮已被列入天然纪念物，但人们对它还知之甚少。如此背景下，菊池是春雄重要的支持者。他建议春雄：

"佐藤,把你对朱鹮的观察成果,在文化节、展示节上公布一下如何?比如,搞个鸟粪展,多有意思。"

春雄却低下头,恳求道:

"如果继续放任捕兽夹不管,朱鹮早晚会有危险。要是有机会,请校长亲自跟县里交涉一下。"

"既然你都开了口,想必事态严重。我会尽最大的努力。借文化节这个机会,看能不能做点什么。"

"大家都知道朱鹮的重要性,但眼下却没有任何的保护行动。我想,应该集合有识之士,成立朱鹮爱护会。"

"不叫'保护'会,而叫'爱护'会,很有你的风格啊,很好。"

"起步阶段,可以从两津、新穗等朱鹮栖息的地方开始建立,最终发展到整个佐渡。"

"朱鹮爱护会……很好。可以通过它向大众普及朱鹮的知识。越早启动越好。"

"当然,我的观察不一定都正确。要是有人站出来对我的观点提出异议,也是极好的。毕竟关于朱鹮的生态研究、繁殖,还有太多的空白。"

"在日本地图上,佐渡只是个弹丸之地。但住这儿的人才知道它的广阔。在这佐渡岛上,说不定就有人比佐藤君更早开始观察朱鹮。"

"越是这样的人士,估计越不容易露面。要是有幸得见,一定虚心求教。"

春雄总能从菊池那里得到激励,哪怕是走廊上的简短谈话。

在课外活动上,春雄担任野鸟部顾问。野鸟部约有 20 人,由生物部里喜欢鸟的人组成。春雄有时会带队观鸟,但活动以成员各自观察为主。或许从春雄身上看出观察朱鹮的难度,还没有学生要求过春雄带自己去找朱鹮。

不过,学生们会为春雄提供关于朱鹮目击者的消息,是他的左膀右臂。但是,春雄也隐隐担心,某一天会从小助手的口中听到:"老师!不好了!朱鹮被捕兽夹……"

1950 年 7 月,得益于日本海的风浪雕塑出的海岸与大佐渡山脉的美景,佐渡弥彦被指定为国定公园①。在此之前,说到佐渡,人们只会想到流放地和金矿。佐渡在全国没有什么知名度,即便有,也不是什么正面的形象。

借此机会,新潟县和佐渡投入大量资金和精力,要把佐渡打造成一级旅游景区。这里面内容丰富,包括以"佐渡 OKESA"为代表的佐渡民谣,相传由流放至佐渡的世阿弥所发明的薪能(在柴火光中演出的能②),以及江户时代从京都传来,后经本土化演变而成的文弥人偶、说教人偶、野吕间人偶等三种人偶剧。此外,以海产和本地酒为代表的食文化也是亮点之一。

朱鹮亦作为佐渡特色登场。宣传册和报纸广告上印着这样的

---

① 与国家出资维护的国立公园不同,国定公园由地方政府出资维护。
② 能,日本传统的舞台表演形式。

宣传语:"佐渡,天然纪念物'朱鹮'起舞之地。"不管在哪个时代,动植物总是重要的宣传媒介。

在此背景下,新潟县林务课要求佐渡支厅,调查佐渡岛内的朱鹮数量,期限为一年左右。佐渡支厅将通知转发给以两津町长为首的各町村长,要求其动员入山者和熟悉朱鹮的人士,综合各种目击信息,推算出栖息数量。春雄没有直接协助县里,而是打算通过自己的观察和走访,独自计算朱鹮数量。他还请野鸟部的同学帮忙,在村里寻找目击者,详细询问目击的地点,之后再亲自登门拜访。

野鸟的数量是不可能精确掌握的。不过,春雄认为,比起普通的野鸟,朱鹮的难度也许稍微小一点。因为它是大型鸟,而且白色很醒目。加之,到了秋季,朱鹮会成群活动,一目了然。这和白鹭等鸟是一样的。

当然,很多时候它们会单独飞行,但一起觅食的情况居多。另外,傍晚觅食后,它们会返回山中休息。不知它们的夜宿地是什么样的,是像巢一样,还是直接停在树上睡觉?

不管是哪种情况,只要找到夜宿地,就能在某种程度上掌握朱鹮的数量。它们早晚都在椎泊一起觅食,可见它们的夜宿地不是分散在很广的区域,而是固定在某座山或某片森林里。

据樵夫和烧炭工人称,小佐渡山脉上,离新穗村较近的黑泷山和国见山里,好像有朱鹮的夜宿地。不过,靠春雄一人,要把佐渡所有山上的朱鹮夜宿地都找出来是不可能的。即使他有足够的时间,但朱鹮一旦迁移,便会出现重复计算的问题。

　　县林务课也认识到这一点。既然靠肉眼观察的方法行不通,那就根据目击报告,以村的大字①为单位推算栖息密度,从而得出一个平均值。这是一项相当繁琐的工作,却是实施保护的重要前提。很多人知道天然纪念物朱鹮,但对保护工作并不关心。所以,必须尽快查明朱鹮的现存数量并公布于众。

　　周六的下午和整个周日,春雄都忙于向进出山的人搜集目击报告。县里的调查进展缓慢,一年期限过于乐观,半年过去了,调查尚无头绪。

　　另一方面,春雄有了初步结果。对于大佐渡地区,他采取询问目击者的方式;对于小佐渡地区,他凭借自己在秋冬季对朱鹮群习性的观察,进行推算。这是一个令人不安的结果。1934年,朱鹮被列为天然纪念物时,预计有一百只。但依据春雄的调查,现存朱鹮远不到一百只,甚至连五十只也不到。

　　而且,五十只也渐成奢望。根据春雄的调查,1950年冬季,大佐渡十只,小佐渡二十五只,合计仅三十五只。虽然春雄宁愿自己的推算有误,但他把笔记本上的谈话记录进行反复整理,数字依旧停留在三十五只。到了1951年,春雄感到,现存数已跌破三十只。

　　1952年2月,调查启动两年后,县林务课公布了佐渡的朱

---

① 大字,町和村下一级的行政区划。

鹮数量。大佐渡两只，小佐渡二十二只，合计仅二十四只。佐渡作为日本除冲绳本岛外最大的岛屿，仅剩下二十四只朱鹮。十五年时间，数量锐减四分之三，虽说有战争因素，但这个结果也让人骇然。如今，有人在新穗村或者和木附近住了十多年，却从未见过朱鹮，或者仅瞥见过一眼。事实证明，统计数据不虚。

"二十四只"，这个数字很快传到文部省①和日本鸟类学会，并立刻引起重视。

"朱鹮是享誉世界的珍贵鸟类，现将其从'天然纪念物'指定为'特别天然纪念物'。禁止捕猎，并严禁一切危害其生存环境之行为。"

朱鹮升格为特别天然纪念物的通知下达到佐渡支厅，自3月29日起施行。春雄感觉保护工作要动真格，大为欣喜。不过，与第一次在谷平见到朱鹮时一样，喜悦之情很快被担心所取代。

"县里也知道朱鹮非常宝贵，必须保护，但具体方案还在研究。"

春雄以个人名义询问县林务课和佐渡支厅，才知道不管是国家还是县里，都完全没有开展保护行动的计划。然而，局势不等人。

由于大力发展旅游，交通基建工程向大山挺进，朱鹮的生存环境将日趋恶化。如果不立刻采取措施，朱鹮将彻底消失，而

---

① 文部省，相当于国家教育部。

"二十四只"也将成为历史——"1950年、1951年，佐渡曾有二十四只朱鹮栖息。"春雄曾写信恳请文部省采取保护措施，比如将朱鹮栖息的山及周边划定为禁猎区。他还把信连同自己拍的照片寄给多个部门，但都没有回音。

某日，春雄利用午休时间写信。正当他在笔记本上罗列保护朱鹮的方案时，几个同事打开了话匣子。

"春雄老师为什么要呼吁保护朱鹮呢？这种鸟早晚会从佐渡消失吧。朱鹮对于佐渡人的生活和经济，又不产生什么影响。"

"假定朱鹮已经灭绝，但并看不出这对佐渡产生了什么危害，那保护朱鹮的必要性从何而来？"

"是不是要抓来朱鹮供游客观赏，从而产生经济效益？抑或是因为品种珍贵，从学术的意义上进行保护？这倒是可以理解。"

对于这些问题，春雄并不感到吃惊。他站起身，目光迥然。

"对于我而言，朱鹮不仅仅是一种鸟。它是一个生命，生命是无可替代的，和我们人类的生命一样。"

接着，春雄简短谈到了自己的战争经历。此刻，他眼眶已湿润，话音颤抖。

"人都有一死。人生并不因为会死就失去意义。人生了病，医生会尽力医治，不会因为人迟早会死就放弃。对于时日不多的人，我们是竭尽所能的。现在，朱鹮正在消失。佐渡是它们在日本，乃至于世界上最后的栖息地。我作为这片土地上的人，不能袖手旁观。我不在乎最终能否改变它们的命运，只希望它们能在明治初期那样好的自然环境里，走完余生。"

上课预备铃响起，同事们静默不语。那以后，他们再不纠缠朱鹮一事。春雄则继续思考朱鹮的保护，得到如下方案。不过，这个方案，须得到新潟县和国家的配合。

首先，对佐渡广大民众进行启蒙。当年设立的"保护朱鹮"的标志桩尚在，只是锈迹斑斑。依样画葫芦，在佐渡各地增设"齐心协力，保护特别天然纪念物朱鹮"字样的宣传板。

其次，在小学、初高中开展启蒙教育。印制宣传册，在学校发放。孩子们将宣传册带回家，想必父母、祖父母也会看到。这样一来，该不会有人连"朱鹭"怎么念都不知道了。

两津港必须设置宣传板。那里是佐渡的门户，来自本土的访客、游客的必经之路。新潟港也可以设置宣传板。还可以请报纸、电台等媒体帮忙。新潟市有全国性报纸的记者站，如果能得到他们的帮助，或许能像当年的《东京日日新闻》一样，引起全国范围的关注。

最重要的是，在朱鹮栖息的和木等加茂的三个村落、椎泊谷平所在的河崎村以及朱鹮栖息和筑巢的新穗村等五个区域及周边，禁止捕猎鸟兽。最好是设立专门的鸟兽保护区。这项工作不仅须县里，更须国家的力量作为后盾。而且，要在保护区安排监督员，禁止人擅自闯入，并严防偷猎者。春雄想，这一系列方案其实也可作为"朱鹮爱护会"的框架。

现在的问题是，方案如何发布。

春雄首先想到了校长菊池。以菊池在县里的地位，他一旦发声，想必能立刻产生影响。不过，方案若是遭受任何非议，校长将卷入麻烦。朱鹮虽说是特别天然纪念物，但人们对它的认知度还很低，方案受人诟病也是意料之中的事。

（朱鹮爱护会成立时，还可以请校长担任会长，可是……）

春雄毕竟只是一个普通的教书匠。虽然这都是为了朱鹮，但重大问题上，他不得不考虑自己的身份。他想过依靠鸟类学会等机构进行发布，但那不现实。因为他只是在野外追踪朱鹮而已，没人会给他振臂高呼的机会或平台。他还想过在新潟县全体教师分科会上发布，但他并不是生物老师。若是在簿记、珠算分科会上讲，又必定会招人嫌弃。

1952年6月，春雄加入了"日本野鸟会"。该会于1934年成立，凡是爱鸟人士，不论年龄、职业，均可以个人名义注册。新潟下面各市都有支部，但佐渡没有。所以，春雄当初并不了解入会条件，还以为必须是鸟类专家才能注册，后来同事提起，他才入会。日本野鸟会有一份机关报叫《野鸟》。春雄本想投稿，但他既非学者又非专家，所在区域连支部也没有，踌躇苦闷许久，还是放弃了。

（今天这三只，是仅剩的二十四只中的三只。）

春雄骑着车，身后是谷平。见到朱鹮的喜悦被担忧所吞没。

在拯救朱鹮的道路上，春雄步履艰难。

2

1952年6月,春雄观察朱鹮已六年有余。此时,他方才解开朱鹮夜宿地之谜。

经过仔细收集整理目击者提供的信息,春雄在地图上用红色铅笔标出朱鹮的飞行路线,找出夜宿地的可能位置,再利用匍匐和伪装的方法进行实地确认,最终发现了朱鹮的夜宿地。

朱鹮的夜宿地,随季节变化而变化。

春雄在谷平见到的朱鹮,秋冬季以谷平中的杉林为夜宿地;夏季,它们在溪谷中的落叶树木上过夜。它们的作息十分规律。除夏季以外,朱鹮都是早上离开夜宿地,先到田里、湿地或河边等地吃早餐,然后进山觅食,傍晚回到早上的觅食地,日落前返回夜宿地。

通过在各个季节对夜宿地进行二十四小时彻底观察,春雄归纳出如下特点:

1. 朱鹮飞临夜宿地上空后,不会马上降落,而是先盘旋数周再进入夜宿地。有时即便已经降落到树上,也会再次起飞盘旋后,才回到夜宿地。可见它们戒备心之强。
2. 朱鹮的夜宿地并不像繁殖期所筑的巢,只是普通的树枝。它们停在树枝上睡觉,为抵御风寒,往往选择枝叶茂密的地方，松树等落叶林就不行。北风大的地方，栗树、栎树等杂木林为夜宿地的上选。

3. 同一处夜宿地，有时只有一只朱鹮，但多数情况有两三只。它们有的分开休息，有的停在同一树枝上。刚进入夜宿地时，朱鹮会不停地用喙整理羽毛或在树枝间跳来跳去。

4. 夜里，朱鹮睡觉时要缩着脖子，用爪子抓住树枝。如果太冷，它们还会屈腿，把头向后转，藏进翅膀里取暖。

5. 朱鹮夜里几乎不动弹，天空泛白时醒来，用喙整理羽毛，在树枝间跳来跳去。等到天亮，伴随"哞、哞"的鸣叫，它们结群飞往觅食地。中途，朱鹮会在高约十米的树枝上休整。有时，它们连续几天都在同一棵树上休整，但看起来这并非刻意。

6. 不论哪个季节，它们每天离开和回到夜宿地的时间都几乎相同：日出后十到十五分钟以内离开，日落前十到十五分钟以内回来。

7. 春天是繁殖季，无须繁殖的幼鸟和老鸟不会筑巢，继续在夜宿地度过。

在一些从未出现过朱鹮的地方，也会新发现它们觅食的踪迹，可见它们的觅食地并不固定。有像谷平这样常去的地方，也有一年只去一两次的地方。此外，冬季，朱鹮的夜宿地靠近村庄。

春雄发现，朱鹮的夜宿地都离觅食地不远。它们随觅食地的变化而迁移夜宿地，可见其生存的智慧。

樵夫和烧炭工称，白天没有在村里或人家附近见过朱鹮，却在小佐渡的深山里见过。这大概是因为深山里无人惊扰，却有很多昆虫、青蛙，适合朱鹮觅食。

白天，朱鹮不在田里，这可以印证，它们在山里活动。从谷平往外一二十公里，都是它们的飞行半径，范围广，很难定位。有时，即便它们早上没在谷平出现，但傍晚5点半左右也会回到夜宿地，在早上觅食的地方或其附近寻觅晚餐。不论早晚，必定有一只负责警戒，环视周边，以防外敌。

朱鹮停留在田里、小溪边，主要是在冬季。因为受降雪的影响，小河蟹成为它们的主要食物。

谷平的梯田，即便积雪，也能找到未被白色覆盖的地方。这些地方由于有地下水涌出，不会积雪。在佐渡，这种田被称为"常水田"。对于朱鹮而言，那是绝佳的食物供给地。在食物匮乏的冬季，若人为地在常水田里放好泥鳅、小河蟹，说不定就能帮助朱鹮度过寒冬，繁衍壮大。

虽然朱鹮的保护方案无处发布，但春雄的思考并未停下。他想到的一个办法是，将现存的二十四只进行人工繁殖后放回野外，从而增加其数量。不过，朱鹮的生态、繁殖方法尚不明确，眼下，应该先捉住雌雄各一只，配对观察。

二十四只中，雌雄各有几只，难以从外观上区别开来。可以利用繁殖期，从巢里捉来一对，再研究区分的办法。不过，问题是谁来捕捉，谁来饲养。

春雄将到目前为止观察所得的知识和推论在脑中进行梳理，保护朱鹮的最终目的逐渐清晰：增加其数量，让朱鹮色的双翼像早年一样随处可见。

为此，春雄考虑试试冬季撒食。他打算在朱鹮飞来前，在谷平的田里撒上食物，但又担心朱鹮不吃。它们那么敏感，即使戴上手套，不留下人的痕迹，可能还是会被嗅觉敏锐的朱鹮识破。

要是因为一次投喂被识破，朱鹮舍弃夜宿地去了别地，就得不偿失了。而且，文部省规定，对于特别天然纪念物朱鹮，"不得接触、接近。捕获者严惩不贷"。

一直以来，春雄在观察朱鹮时都尽量保持距离。若是对朱鹮的热爱反倒成了过度保护，扰乱了朱鹮的生活，那便违背了他观鸟时一向小心谨慎的良苦用心。

眼下，春雄迫切希望有人能给自己指点一二，或者能和自己认真地探讨保护朱鹮的话题。

就在这样的时候，春雄迎来一场幻梦般的邂逅。

1952年11月下旬，一个周六，恰逢学校停课。清早，春雄带上便当，做好露营的准备，出了家门。云积风骤，不见星辰，一副山雨欲来的架势。近两天，突然降温，春雄握住自行车车把的手，已经冻僵。这样的冷天，朱鹮或许不会来了。不过，最近一周，晴天里也没能见到朱鹮，说不定今天反倒能见着。春雄尚怀着些许期待。小佐渡山脉红叶残留，金北山顶白雪皑皑。冬天的脚步近了。

快到 6 点时，春雄到达椎泊的真木村落，放下自行车，踏着红叶往山上走。天空开始泛白，麻雀和鸭叽叽喳喳叫个不停。6 点半多一点，他来到农具屋。

春雄在小屋里坐下休息。五分钟后，梯田里出现一只朱鹮，正用喙在田里啄食。朱鹮和他的距离与以往无异，大约三百米，应该没有注意到春雄。

平时总是准备妥当等朱鹮来，今天，春雄被打了个措手不及。他赶紧用枯枝叶伪装登山帽，拿上望远镜，在芒草丛里匍匐前进。肉眼看过去只有一只，但用望远镜一看却远不止。朝阳升起，春雄才摸清数量。

二、三、四、五、六，一共有六只。

从芒草丛向下俯瞰，有一大片梯田。春雄把目光从三百米开外的朱鹮处收回，发现下方的梯田里，竟还有四只。而且，在一处地势较高的田埂上，还有一只负责放风，一边整理羽毛，一边环视四周。

"哗！"春雄听到一声尖锐的鸣叫。这一声不远不近，无法判断来自哪只朱鹮，也不像是来自望远镜里所能观察到的那些。

也许还有别的朱鹮。春雄用望远镜环视四周。在下方的梯田的右前方，又新发现四只，它们也正在觅食。

一次见到十五只朱鹮，这是前所未有的。对于春雄而言，现在该观察哪只,是观察单只,还是观察群体,成了甜蜜的忧愁。不过,他没有时间犹豫,他选择观察离自己最近的,芒草丛下方梯田里的那几只。

他把背上的背包转到怀里,左手握住望远镜,右手从包里取出笔记本和笔,快速记下朱鹮的位置和数量。然后,他取出相机,用长焦镜头拍摄。

朱鹮张开长长的喙,插入泥里找泥鳅。发现青蛙,它用喙准确地捉住泥里的蛙腿,嘴开合两次,青蛙便进了它的肚子。

春雄的观察持续了将近四十分钟。泥水浸透裤子,贴着皮肤。但他又不敢乱动,只觉得双腿发麻,渐渐没了知觉。

"哑!"

不远处的田里,一只乌鸦大叫一声,拍拍翅膀飞走了。受此惊吓,站岗的朱鹮先起飞,余下的朱鹮紧跟着升空。

春雄立即放下望远镜,用肉眼追踪朱鹮。低空飞行,高度不到五十米,朱鹮色的翅膀映着朝阳,闪着红色的光芒。片刻间,从左到右数过来,新加入两只,一共十七只。

它们在右方盘旋一周后,落到离春雄约一百米的梯田上,继续觅食。其中三只在上空盘旋监视。不过,盘旋三周后,这三只或许是确认乌鸦不会接近,叫了两声,降落下来加入觅食的队伍。

春雄再次从左至右确认数量。这次一共有十九只。也许是因为原本这里就有两只,再加上刚来的十七只。不管怎样,这再次刷新了春雄观察朱鹮的数量纪录。栖息于佐渡的二十四只朱鹮，一大半已在眼前。

春雄原以为今天见不到朱鹮，不曾想竟邂逅这梦幻般的景象。适逢谷平今日空无一人。

观察持续约一小时后，朱鹮再次突然起飞。这次，它们飞进了茂密的松树林。

春雄欲追，不料腿麻，竟站不起身。他不得不用手揉揉腿，做下屈伸运动，再前往松树林。刚一进松树林，他马上改为匍匐。

来到树林深处，春雄掏出望远镜。朱鹮在松树林另一侧的梯田里，又在觅食。梯田旁的红薯地里也有朱鹮。有的彼此衔着红薯蔓拔河，有的戳着剩下的红薯玩，但朱鹮并不吃红薯。

有的朱鹮相互戳着对方，生气的一方会竖起冠羽，兴奋地追过来。饱腹的朱鹮站在田埂上，略微缩着脖子。

天气意外转晴。有的朱鹮在啄理羽毛，有的在阳光下戏水。

两小时、三小时过去了。梯田里食物丰富，到了中午，朱鹮仍然没有要走的迹象。无人打扰，它们安然地与同伴嬉戏，觅食。时间仿佛静止了。

春雄紧张的神经也放松下来，悠闲地看着它们。一晃快到4点半，日色偏西，晚照斜映。

到了朱鹮回家的时候。想到朱鹮马上要从视野里消失，春雄心中泛起不舍之情。正当此时，一只朱鹮突然升空，同伴们随之而去。

朱鹮色的翅膀吸收夕阳的光辉,随着每一次振翅,呈现出赤、橙、粉、金等不同的颜色。

再次让春雄震惊的是,朱鹮数量增加到二十二只。数清飞行中的朱鹮并非易事,哪怕是长期观察野鸟的春雄。但他再三确认,确有二十二只。

想必附近田里还有三只朱鹮,见朱鹮群齐起,连忙加入了进来。朱鹮群消失在西边的远山,已经没法再追。

(二十四只中的二十二只。我竟然见到了小佐渡所有的朱鹮。)

朱鹮飞走后,春雄趴在松树林里,久久回不过神来。

他站起身,返回农具屋。带着强烈的兴奋和感动观察了大半日,此刻,疲劳和饥饿如潮水般涌来,将春雄推回现实。他取消露营观察的计划,提前下山。

二十二只朱鹮的身影深深地烙印在春雄的眼里、脑海里以及心里。日子一天天过去,那些身影不但没有消退,反而愈发清晰。

"壮观""绝顶""宏伟""雄伟""盛大""华丽""华美"……

所有的词汇都显得苍白。春雄还认为,天之羽衣的传说[1],

---

[1] 大意是,白鸟化身天女下凡沐浴,凡间男子不忍其归去,将其羽衣藏起。

正是以朱鹮为原型。

数日后，春雄在两津的商店街购物时，路过一家化妆品店。女老板右手拿着一只由数枚三十厘米长的朱鹮色羽毛做成的掸子，正在清扫商品的灰尘。春雄听说过这样的掸子，但从未见过。他抑制住内心的激动，赶忙上前，询问掸子的由来。

"昭和之前，我们在这里养蚕。蚕卵孵化的时候，用这个掸子收集幼虫。幼虫太小，不能用手，所以用掸子。"

春雄向女老板讨要这只掸子。

"给你也无所谓，反正都用了好多年了。收你钱又不合适，你拿个东西来换吧。话说，你为什么要这种东西……"

女老板爽快地答应了，只是见春雄急迫的样子，心里好生奇怪。春雄立刻回家取来给佛坛扫尘的鸭毛掸子以作交换。这件事也可以看出，女老板虽知道这是朱鹮羽毛，但对于朱鹮却毫不关心。

春雄在房间里，把玩着朱鹮羽掸子，沉浸在二十二只朱鹮起舞的壮美画面中。

（真的只有佐渡才有朱鹮吗？）

有人说，朱鹮夏天飞往能登和隐岐，说不定那片区域现在真有朱鹮栖息。但如何调查是个问题，春雄没时间亲自去能登和隐岐慢慢调查。

12月初，春雄将三十多张往返明信片寄往能登、隐岐的日本野鸟会支部以及大学、博物馆、高中等可能有鸟类专家的地方。日本野鸟会的会员名册起了大作用。春雄在去信页上，用日文打字机打上"请教当地是否有朱鹮栖息，是否有任何关于朱鹮的消息"，并在回信页上填好两津高中的地址。

次年2月末之前，春雄陆陆续续收到回信。既有把详细调查结果单独写成信的，也有冷淡告知当地没有朱鹮的。不过，对于唐突的询问，能收到回信，春雄已是欣喜。但结果并不喜人，春雄再次确认，日本国内，只有佐渡尚有朱鹮栖息。

3

"啊！还是没躲过。"

1953年3月1日清晨，春雄担心的事终于发生了。

春雄听说在河崎出现朱鹮，一大早便来到河崎的山里。此刻，在他的望远镜里，在顶着残雪的草丛中，站着一只朱鹮。

春雄立刻放下望远镜，匍匐接近。朱鹮的样子不对劲儿。眼球转动，时而张张嘴，但不见翅膀动弹。莫非？春雄站起身，从朱鹮背后缓缓走近一看，发现它右爪中指被捕兽夹夹住。捕兽夹徒手就可取掉，春雄赶紧帮它取下。

春雄生平第一次触碰到朱鹮。它余温尚存。捕兽夹的金属齿嵌入右爪中指里，皮开肉绽，流着血。被夹住的瞬间，想必它曾拼命地挣扎。四周还散落着约十根朱鹮的羽毛。

朱鹮不仅没有要逃走的意思，甚至连畏惧的神情都没有。这般奄奄一息，估计已被困了很久。再看这个捕兽夹，按规定，若要设置陷阱，必须向县里申报，并且在夹子上署名。要是没有属名，则属于盗猎，须受处罚。这个捕兽夹就没有署名。

怎么办？这样下去，朱鹮难逃一死。

望着受伤的朱鹮，战争时期的记忆，那些殒命的同伴的音容笑貌浮现在春雄脑海。

春雄下定决心，要把朱鹮治好。他抱着朱鹮下山，到村里借来干农活时用的背篓，并盖上一张包袱皮。现在的问题是，到哪里医治？毕竟是特别天然纪念物，应该先交给警察。可是，要是抱去巡逻点或是派出所，估计警员也没辙。看来只能去两津警察署。

骑自行车不安全，春雄把车寄放在一户人家，碰巧赶上早上头一班车，前往两津。

当时，警察分为国家警察和地方警察。两津警察署位于两津港附近，国家警察与地方警察合署办公。通常的处理流程是，地方警察接警后交由国家警察定夺。

两津警察署惯于处理盗窃、事故搜救，对于抱着特别天然纪念物来的春雄，显得颇不耐烦。警员询问春雄发现朱鹮的地点、时间，以及是否见到放置捕兽夹的可疑人物……其语气不是询问，更像是质问。原因很简单，春雄自称发现朱鹮被夹到，慌忙将其救下，但警员不了解春雄其人，反而怀疑眼前这个男人在撒谎，分明就是自己放的捕兽夹。作为两津高中的教师，每天早上不直接去学校,而是跑去反方向的椎泊看朱鹮,哪有这样的闲人?

甚至有人在一旁嘀咕:"你让它自生自灭不就完了,瞎折腾,唉……"

春雄提出,让兽医给它治伤,自己可以负责饲养。但警察自己也做不了决定。

春雄从警察署给校长菊池打了电话,菊池马上赶来。他察觉警员对春雄的怀疑,向警员解释,春雄向来热衷于在野外观察朱鹮,这才为春雄解了围。

上午8点半过,警察署请示佐渡支厅、新潟县厅林务课和新潟县社会教育课文化遗产科,很快,社会教育课代表三家单位做出答复:

"朱鹮属国有,理应由新潟县进行照顾管理,但鉴于其伤势,请小心照料至朱鹮康复。关于伤愈后放生的时机,届时再做商议。务必小心照料。"

得到县里全权委托,警方便将照料朱鹮一事交与春雄和菊池。

春雄遂与菊池商量饲养的地点。因为怕猫狗闯入,不能像养鸡一样在户外用铁网弄个鸟舍。时间不等人,情急之下,菊池想到两津高中的旧校舍。旧校舍是一栋两层平房,离主楼约五十米。里面有三间可容纳四十人左右的教室,还有一间八叠[①]大小、

[①] 一张榻榻米称作一叠,传统尺寸是长一百八十厘米,宽九十厘米。

铺着木板的守夜人住的房间。在战前和战中，旧校舍被用作青年训练所，现在作为仓库。

春雄建议，可以将朱鹮安置在八叠的房间，它的大小刚好适合饲养朱鹮，而且，离主楼较远，比较安静。

地上铺的木板是个问题。不过，菊池想到一个好主意。

"把地板取掉，下面就是土。正好设置饮水、进食的场所以及栖木。佐藤，现在正是展示你长期观察朱鹮成果的时候。"

在世界上无先例可循，不清楚喂养方法的情况下，春雄开始饲养朱鹮。可是，春雄还要讲课，不能整天围着朱鹮转。值得庆幸的是，早上的课外活动可以请假，第一节又没有他的课。春雄赶紧着手改造旧校舍那间房。

地板好拆，拔下钉子就行。纵横交错的托梁实在没法拆。春雄仔细检查土里有无钉子等危险物品后，用喷壶浇上水。朱鹮暂时放在旁边的教室里，请两津高中的兽医诊治。诊察结果是，朱鹮右爪中指骨折，治好需一个月。好在治疗并不困难，只需用双氧水消毒，再涂上红药水，贴上纱布，绑上绷带即可。也不需要兽医每天都来，春雄就可以处理。

春雄利用课间休息跑来，兽医嘱咐他，虽说是特别天然纪念物，但你要是畏手畏脚，反而影响治疗。

午饭时间，春雄饿着肚子，在房间中央挖了一个深十厘米、直径约一米的浅池子。为了尽量模拟野外环境，他从旧校舍背后的松林里找来大小刚好能搬进屋的松树种上，每棵直径约五厘米，共约十棵。他搬来一棵两米高的树和三十厘米高的木桩，作为栖木供朱鹮休息。另外，他留下一只十厘米深、直径十五厘米左右盛满水的水桶。

旧校舍的窗户有两层，外侧是玻璃窗，内侧是障子窗[①]。因为朱鹮生性机敏，为减小外界刺激，春雄只在傍晚到次日清晨才打开障子窗。

放学后，改造工程告一段落，朱鹮入住新家。春雄刚一放下朱鹮，便关上门，用手在窗户纸上捅个窟窿，在外观察。考虑到朱鹮的特性，春雄打算在它完全熟悉自己之前，先隔着窗户观察。

与谷平观鸟一样，春雄准备将观察到的朱鹮生态全部记录到笔记本上。这样近距离观察的机会实在难得。

朱鹮从狭小的背篓里解放出来，与刚被救下时不同，状态稳定了许多。它跛着脚走上几步，还扑腾了两三下翅膀。朱鹮活动时伸出长长的脖子，停下时缩起脖子。

但是，这只朱鹮的颜色并不鲜明。不知是因为被捕兽夹夹住后拼命挣扎，脱落掉多枚羽毛的缘故，还是衰弱的表现。

反过来讲，也许等它翅膀的朱鹮色再度鲜明起来，便可以放生了。

这只朱鹮，从脸、脖子到背，都带些黑灰色。春雄见此，结

[①] 障子窗，日式传统窗户，用纸糊成。

合一直以来的观察，对朱鹮的体色产生了疑问。

图鉴上讲，朱鹮分为两种类型，白色的叫"真朱鹮"，灰色的叫"黑朱鹮"。然而，这与春雄长期观察的结果不同。春雄认为，与其说有两种类型，不如说它们的体色随季节变化而变化。

3月到6月，脖子和背部带黑灰色或灰色的朱鹮较多，而秋季到春季，则白色居多。如此看来，或许它们一年会进行一次换羽。3月到6月正是筑巢、产卵、育雏的时期，羽毛可能是发情期的信号，也可能在它们的生活史上有别的重要意义。不知道能饲养这只朱鹮多久，这期间它的羽毛是否会由黑灰色、灰色变成白色？

正当春雄暗自思量，要在饲养期间好好观察朱鹮之时，只听朱鹮小声叫道："啊！"原来它跳上三十厘米高的栖木，弄疼了伤腿没能站住。不过，这会儿它在水池里却心情大好。右爪的绷带浸满了泥水。

春雄趁朱鹮动作稍停，上前抱住它，取下绷带，消毒，重新涂上红药水，绑上干净绷带。朱鹮并不挣扎，一动不动。等到春雄放手，它却再次跑到水池里。也许是伤腿浸在冷水里颇为舒服的缘故。见朱鹮喜欢自己挖的水池，春雄固然高兴，但不停地换绷带也不是个办法。于是，他改为三小时换一次。

有一个更大的难题等着春雄——食物。从朱鹮的粪便分析，它们以泥鳅、鲫鱼、小河蟹、青蛙、昆虫为食，但外面积雪尚存，得等上一个月才抓得到。山里的小河、小溪里倒是有小河蟹，可现在火烧眉毛了，必须马上喂食。去趟山里要好几个小时，春雄自己无法从这里抽身。

正在此时，来了一场"及时雨"。野鸟部成员十余人前来，询问老师是否需要帮忙。春雄给了他们买钓竿和渔网的钱，让他们去钓鲫鱼，或者抓些泥鳅、小河蟹、田螺。

"朱鹮非常喜欢吃青蛙，那它们一定爱吃蝌蚪，"春雄补充道，"如果有的话，顺便抓些蝌蚪来。"

"太想当然了吧。"

"这种时候哪钓得到鲫鱼，马上天就要黑了。"

"老师可真是着急呀。"

十来个同学一边唠叨，一边四散开去。有的上山，有的下河，有的去田里。

在学生回来之前，春雄打算先喂些海鱼对付一下。他急忙蹬着海绵轮胎的自行车，来到鱼店，准备把朱鹮可能会吃的东西给买个遍。他看中了半咸水的加茂湖里的养殖牡蛎，还有北国赤虾。这种虾的颜色很像冬日里晾晒的辣椒，佐渡人把它叫作"辣椒虾"。朱鹮特别爱吃小河蟹，说不定也会喜欢辣椒虾。当然，它要是愿意吃牡蛎是最省事的了。不过，也不能买太多，以防朱鹮消化不良。鲤鱼、鲶鱼等应该更对朱鹮胃口，可惜这个季节没有河鱼。

春雄最终买了切好的小鳕鱼、十厘米长的斑鳟、雷鱼、鲽鱼，十只去壳的小个儿牡蛎和带壳的辣椒虾。回学校路上，春雄又看了两家店,还是没有河鱼。

回到学校,春雄用菜刀把斑鳐、雷鱼、鲽鱼从中间切作两段,再连同买来的其他食物一起放到朱鹮身旁,然后关上门,从窗户窟窿里观察。朱鹮先是假装不感兴趣,顾自走来走去,但毕竟是饿了,一会儿,它停在排列好的食物面前,仔细打量。它看了看牡蛎,然后用长长的喙戳了一下。

朱鹮头一次见到牡蛎,不知道眼前为何物,能不能吃,自然会有些警戒。不过,有意思的是,尽管斑鳐和雷鱼明显是鱼类的形状,可朱鹮却先从牡蛎下手,这或许说明它有旺盛的好奇心。

朱鹮再次戳了戳牡蛎,这次还用喙夹了起来。春雄激动得屏住呼吸,但朱鹮随后丢下牡蛎,撇下食物,走到松树下方,缩起脖子在原地站着。又过了一会儿,它再次走过来。这次的目标是雷鱼。它用喙的尖儿戳了戳雷鱼的肚子,依然没有吃。

太阳快落山的时候,同学们回来了。春雄满心期待他们带着泥鳅、鲫鱼回来,可结果是,连蝌蚪都没捞着。

当晚,春雄在旧校舍过夜,但因为过于担心朱鹮,整夜没合眼,一直盯着它。准备的食物朱鹮也没再碰过。

难道朱鹮在狭小的空间里感到压抑?或许它非河鱼不吃?这样下去,别说放回野外,能否活到明天也是个未知数。

黎明时分,春雄便跑到两津港附近的海鲜市场,今天仍然没有河鱼。没办法,他只好买了五条雷鱼、五条鲽鱼。回到旧校舍,春雄把眼睛凑近窗户窟窿的一瞬间,忧心忡忡,生怕朱鹮已经没了呼吸。万幸，它此刻正转过头，用喙不停地整理羽毛，和野外观察到的情形一样。

打开门，春雄收起昨天的食物，用水壶换掉水桶里的水。水已被喝了一半。这时，朱鹮停止整理羽毛，转而望向春雄。焦急的春雄赶紧用菜刀把刚买的雷鱼切好，摆在朱鹮的脚边。

"求你了，快吃吧！"

说着，春雄禁不住用双手抚摸朱鹮，掌心传来朱鹮的体温。它并未闪躲，将头转向斜下方，轻轻鸣叫了两声。随后，春雄离开，站在窗户外观察。

像昨天一样，朱鹮戳了下雷鱼的肚子，但没把它衔起来。

过了一会儿，朱鹮对刚戳过那条雷鱼旁边的雷鱼发生了兴趣。那是带鱼头的半截雷鱼，朱鹮衔起它，嘴动了三两下，便吞了下去。

"吃了！"春雄激动得瞪大双眼，双手合十。

或许是饿极了，朱鹮不再戳鱼试探，而是接连吃掉了三整条雷鱼。朱鹮的食欲让熬了一整夜的春雄精神大振。

最后，剩下一整条雷鱼，但鲽鱼一条未动。

这天早上，两津警察署、佐渡支厅、新潟县厅通知菊池，所有手续都已办妥，请务必悉心照料，认真观察。

春雄一下课就跑去朱鹮那儿。上课期间，他请勤杂工帮忙，在窗外守着朱鹮，并告知他情况。春雄连同勤杂工的观察报告一起记录下来。他的观察日记精确到分钟。春雄以书信形式，向新潟县报告近况。收到报告后，新潟县再汇报给文部省。

朱鹮只在中午和傍晚吃雷鱼，一次的量在五条左右。后来，春雄改为早中晚三次投喂。因为腿上有伤，担心它缺乏运动，春雄特意把雷鱼放到房间的角落，让朱鹮自己走过去。另外，他还故意让雷鱼粘上泥放到朱鹮面前，朱鹮会像在野外一样，先衔着鱼到池子里洗洗再吃。

不过，一周以后，朱鹮到底厌倦了雷鱼，最多只吃两条。但它开始少量进食鲽鱼、斑鳞、鳕鱼籽、带壳的辣椒虾、牡蛎、海螺、紫贻贝肉和小田螺。小田螺是连壳一块吃；吃辣椒虾时，它会衔住虾头，将虾身甩断，然后找地上的虾尾部来吃。

喂养开始的第十天，朱鹮的右腿已摘下绷带，虽然没有痊愈，但羽毛的色泽已大抵恢复，状况良好。

每天早晨，春雄来做卫生，见门突然开了，朱鹮会"呱、呱"大叫。春雄扫地时，它会跳到三十厘米高的栖木上一动不动。

春雄把障子窗打开，让它晒太阳。考虑到它还需要呼吸外面的空气，春雄便把它带到户外，好好晒个日光浴。虽然知道朱鹮还不能飞，但搬动它时，春雄还是把它紧紧抱在怀里。

夜里，朱鹮几乎不动，双腿站在栖木上，缩着脖子睡觉。偶尔，它把受伤的右腿收进羽毛里，单脚站立。

春雄晚上就住在旧校舍里，晚饭由家人送来。他不再有时间去椎泊谷平观鸟。对于这只朱鹮的粪便，他也会认真收集。

终于，野鸟部的同学在野外抓到了小河蟹、青蛙和蝌蚪。朱鹮爱吃极了。不过，仍然没有鲫鱼和泥鳅。有同学碰巧抓着蝾螈，试着扔给它，它追上去捉住蝾螈，吃了。

春雄打算让新潟市那边寄河鱼过来。新潟市万代桥附近的本町市场被誉为新潟市的厨房，那里一定有鲫鱼和泥鳅。他拜托住在新潟市的战友，要是找到河鱼，用佐渡轮船托运过来。本町还真没有泥鳅，但有冬鲫鱼。在战友的帮助下，春雄两天一次来到两津港，等着傍晚到港的轮船，船上有朱鹮的晚餐。

根据之前对鸟粪的观察，春雄发现朱鹮只吃动物类的食物，但植物类的是否一概不吃，他尚存疑问。于是，他从家里拿来数种蔬菜，观察朱鹮的反应。

大豆、生米，或是牛蒡、胡萝卜、白菜、白萝卜、马铃薯、红薯、芋头等蔬菜，大小和形状适合朱鹮用喙衔起，但它只把它们当玩具玩，衔起来或是戳一戳，一点儿也不吃。

另一方面，既然它要吃鱼类、贝类和两栖类，春雄想看看它是否也吃肉类。于是，他准备了牛、猪、鸡三种肉类。也许是它偏好脂肪少的东西，朱鹮只吃了鸡肉。春雄把鸡肉混进鲽鱼、牡蛎里，朱鹮却再次青睐起雷鱼来。

渐渐地，收容朱鹮的旧校舍，在两津高中被称为"朱鹮小屋"。春雄每天都会在朱鹮小屋吃便当，里面往往只有白米饭、梅干、腌萝卜、水煮菜叶等。学生们见状，会揶揄道："朱鹮吃肉，老师吃菜。"

朱鹮的伙食都是春雄自掏腰包。既然是上面指示春雄喂养，照理说，特别天然纪念物的伙食应该国家出资才对。平均算下来，朱鹮每天的花费约五十日元，一个月就是一千五百日元，对于春雄八千日元的月薪而言，是笔不小的开销。不过，在他看来，钱是次要的。

被委以重任的紧张感逐渐被亲近朱鹮的快乐所取代。也许是适应了朱鹮小屋的生活，朱鹮不再表现出敏感机警的一面。对此，春雄不解。是因为身体状况欠佳才导致不够机敏吗？可是，羽毛的色泽已恢复。那是右腿恢复得不好吗？春雄始终放不下心。

午休或放学后，教职员工和学生也开始隔着窗户窸窣观察朱鹮。一开始，春雄出于对朱鹮本性的了解，认为不该让他们来看。可喂养过程中，发现朱鹮的戒备心并不强。春雄甚至觉得，说不定朱鹮是种容易亲近人类的鸟。

即使是佐渡人，也有大半没见过朱鹮。所以，春雄也想借此机会，让大家一睹朱鹮的风采。而且，这对于宣传保护朱鹮也大有裨益。有同学见到朱鹮整翅的样子，为朱鹮色的羽毛所倾倒，禁不住欢呼起来。不管春雄如何提醒保持安静，欢呼声仍然此起彼伏。美术老师也受到吸引，隔着窗户给朱鹮画素描。

朱鹮终于能轻松飞上两米高的栖木了。春雄把小屋的池子拓宽，做成一小块水田，再往里放上鲫鱼、小河蟹。朱鹮在里面高高兴兴地觅食。春雄准备解开一直以来的疑问，那就是可一曾打电话求教的：朱鹮是否会夜间飞行。

夜里，朱鹮停在两米高的栖木上，睁着眼。春雄在朱鹮面前挥手，它并无反应。不过，当春雄在朱鹮身边打开手电筒，朱鹮则拍拍翅膀，从栖木下来，"咔、咔"地叫唤。过了一会，春雄关上手电筒，朱鹮又回到栖木上。由此，春雄得出结论，在没有月亮的漆黑的夜里，朱鹮不飞；在满月等明亮的夜里，它们才会飞。时隔七年，春雄终于回答上可一的提问。

朱鹮逐渐好转，佐渡支厅、新潟县厅先后来人察看。闻讯，佐渡的学校也带小孩子们来参观。这让春雄忙得不可开交。为了不影响教学，春雄只好请参观单位调整时间，以便抽时间为其讲解。

媒体也纷至沓来。县里的民营报纸《新潟日报》以及全国性报纸的新潟地方版都刊登了朱鹮的照片。有时，媒体找不到满意的照片，春雄便提供给它们。

NHK[①]新潟放送局用35毫米胶片拍摄了朱鹮的影片，并收录了它的叫声。3月22日，正值"放送纪念日"，朱鹮的声音通过广播向全国播放，第一次出现在电波里。不过，这次的录音并非是它们在蓝天下翱翔时的"咔啊、咔啊"之声，而是带着些惊恐和警戒的"呱、呱"声。

播放朱鹮叫声的次日，新潟县社会教育课打来电话，称接到

---

① NHK，日本放送协会（日本广播协会）。

文部省的指示："经与林野厅商量，请在朱鹮腿伤痊愈后予以放生。"

但它的腿只好了八九分。朱鹮可以飞上两米高的栖木，但仍不具备在山野里自由飞行的能力。春雄提出，朱鹮还需要照料一段时间。

虽已决定要放生，但上野动物园还是表达了饲养朱鹮的强烈愿望。上野动物园园长古贺忠道是菊池的学生，基于这层关系，他联系到两津高中。进入4月，春雄饲养朱鹮一个月有余，朱鹮的腿伤仍然没有痊愈。

4月14日，新潟县教育长通知菊池，已决定由上野动物园饲养朱鹮。这是文部省、林野厅和上野动物园商议的结果，委托上野动物园饲养管理朱鹮，一方面调养朱鹮身体，使其完全康复，另一方面解开其生态之谜。17日，上野动物园的饲养员到达佐渡，定于次日傍晚乘船出发，于后日清早抵达上野动物园。

突然的离别。

春雄为朱鹮此行准备了大量的鲫鱼和泥鳅。他想，朱鹮完全康复后，应该会重返佐渡，回归山野吧。

17日中午，到访的饲养员与春雄就饲养事宜交换了意见，并当场制作了长宽高各一米的木箱，用于运送朱鹮。

饲养员之所以没有带箱子过来，是考虑到不了解朱鹮的生态和习性，还是见面商议后再定为好。

春雄有一个一岁的儿子和三个女儿，分别有七岁、五岁和三岁。他虽然想象不出孩子们长大成人后的模样，但曾在夜里模模糊糊地想象过女儿嫁人的情景。当时，他躺在床上，既欣喜又难过，感慨万千。

如今，春雄要送走朱鹮，心想，也许这就是女儿嫁人、儿子自立门户时做父母的感受吧。

（不过，这只朱鹮是一定会回来的。）

不舍中夹带希望。

春雄总共照料了朱鹮四十九天。最后一晚，春雄在朱鹮小屋外守了一夜。次日下午，朱鹮被送上了轮船。

（你要保重，早点回来。）

望着船远去，春雄默念道。

4

19日上午6时，朱鹮顺利入住上野动物园。抵达后，它吃了两小时泥鳅，状况良好。动物园安排朱鹮住进一间鹤舍，并派一名拥有四十年养鸟经验的饲养员照料它。

大约过了一周，朱鹮食欲更加旺盛，一天能吃掉约三百克泥鳅、几条竹筴鱼。一条泥鳅大概七厘米长，十克重，算下来，它一天能吃掉三十条泥鳅。

朱鹮仅存于佐渡，对于如此珍贵且世界上没有饲养先例的鸟类，上野动物园非常谨慎。不过，园方并不愿放弃对公众开放的机会。鉴于在佐渡饲养时，朱鹮已经习惯人类的接近，在入住动物园一个月之后，朱鹮对公众开放。它右腿的伤势，从外观上看已经恢复，但走路时右腿仍有些抬不起来的感觉，医生诊断，它很难完全恢复。

园长古贺给春雄寄来观察日记，春雄收到后，将上野方面的情况誊抄在笔记本上，继续写饲养日记。

关于朱鹮小屋，春雄希望保留，日后再有朱鹮受伤时可用。菊池表示同意。

实际饲养过朱鹮，春雄知道饲养之难。自己在朱鹮身上的开销，他当时并不在意，现在回想起来，反而自责付出得不够，应该给朱鹮多买些食物。可见春雄对远在上野的朱鹮是多么的牵挂。不过，想到朱鹮身在日本最好的动物园，条件完善，而且，得到国家的重视，想必佐渡的朱鹮保护政策也会相应推进，春雄才得以释怀。

春雄再度开始往返于谷平观鸟。他望着自由翱翔于谷平天空中的朱鹮，心中却对它们的未来充满忧虑。虽然佐渡的自然环境还算不错，但山野、河流的开发方兴未艾。每年登岛的游客近五万人，为了开通公交线路，方便游客出行，农用道路被迫扩建。两津与新潟之间，乘坐轮船需要近三小时，有人甚至提议，为大幅缩短交通时间，在加茂湖边修建机场，开通往返新潟机场的航班，将时间压缩到一小时以内。而且，这个建议很可能落实。这样下去，朱鹮的栖息地将逐年缩小，最终影响到它的种群数量。

农药也是春雄的一块心病。因为他家务农，所以对农业的状况比较熟悉。为了谷物和蔬菜增收，人们开始大规模使用化肥和农药。化肥能替代人粪和鸡粪，农药能驱赶蛀食水稻的钻心虫等大量的害虫。

但能驱赶害虫，正说明农药的毒性。一旦大量使用，朱鹮可以捕食的昆虫将减少，农药渗入地下水，还将导致泥鳅等动物的死亡。并且，随着技术的进步，成本的降低，这种兼具提高土地产能和驱虫效果的产品将进一步普及。农药的生产已成为日本工业生产力的重要支柱。

因此，建立保护机制，刻不容缓。

正当春雄忧心农药污染之际，他接到日本野鸟会新潟支部、新潟县野鸟爱护会举办年会的通知。会议时间是下月（8月）10日，地点在长冈市的市立科学博物馆。

主办方并非因春雄饲养过特别天然纪念物朱鹮而要求他参会。通知是面向所有会员的，内容是通知会议日程并征集演讲者和听会者。去年，春雄因故缺席。这个会议，每个会员都可以参加，一般各地支部长会携两三位支部成员赴会，算下来，年会若能聚集一百人便是盛况。

这次，春雄迫切地想要参加。不是作为听众，而是作为演讲者，向爱鸟人士宣讲佐渡朱鹮的现状与保护。这是发布保护方案绝佳的机会。主办方接受了春雄的申请，欢迎他进行演讲，时间一小时。除了教课，春雄没有在人前讲话的经验，他把演讲内容写在稿纸上，反复朗读。他还准备了自己拍摄的照片和几个装有朱鹮粪便的培养皿。

很快就到了8月。春雄于会前一天从新潟市乘火车到达长冈。会场长冈市立科学博物馆位于供市民休息的悠久山公园内。

"从佐渡远道而来，真是辛苦了。"

作为唯一一名来自佐渡的参加者，春雄受到了支部长及爱护会干部的欢迎。受到欢迎倒是令春雄欣喜，但"远道而来"则让他感到困惑。

会议9点开始，支部长致辞后进入正题。春雄第一个登台，面对会场里一百余位听众，他先做了简单的自我介绍。

"据说，能登半岛、隐岐有朱鹮。我以个人名义，发出近三十枚明信片，咨询了日本野鸟会支部及当地鸟类爱好者，得到的回复是，没有发现朱鹮。现在，在这个地球上，只有佐渡还有朱鹮，而且仅有二十四只。"

接着，春雄进入主题。

他把一张佐渡地图挂上黑板，上面用红色标出了朱鹮的栖息地。

春雄详细介绍了战前、战时、战后朱鹮生存环境的变化，去年在谷平发现二十二只朱鹮的情形，以及世界上首次饲养朱鹮的经过，然后，他提出自己酝酿许久的保护方案。

方案内容包括：设立宣传板；通过媒体普及爱护朱鹮的理

念；在佐渡及新潟县，以地区为单位成立朱鹮爱护会；在朱鹮栖息地减少森林砍伐，并建立鸟兽保护区，派人监察；冬季投喂食物；尝试人工繁殖。

与会的人们第一次了解到朱鹮这种鸟的生存状况。在开讲前，或许曾有人对这个既非学者，又非专家的簿记老师产生过怀疑，不相信他能讲出什么名堂。但春雄的演讲背后，是他日复一日、起早贪黑的观察，用时间和汗水书写的结论，不容批判和质疑。参会者都以爱鸟之士自居自傲，但听完春雄的发言，估计不少人自愧不如。

"若不立即采取措施，朱鹮这种鸟将永远地从地球上消失。"

春雄结束了演讲。在回答完两三个提问后，支部长对他说：

"我真切地认识到，生活在佐渡的这种特别天然纪念物目前情况危急。请问，您能否以文字形式提交一份保护方案。我们新潟县野鸟爱护会愿意尽全力做县厅的工作，让事态朝佐藤老师希望的方向发展。"

支部长是新潟县内屈指可数的律师，同时也兼任新潟县文化遗产保护委员，在县里是说得上话的。

这可是个大好消息。春雄一回到佐渡，就立刻将方案油印出来，用快信寄出。次日傍晚，支部长打来电话，说他收到文件后，中午就去了县厅，谈得不错。并且，县厅的职员还联系了文部省等相关国家部门。

春雄手握听筒，数次鞠躬，致谢。挂断电话后不到三十分钟，春雄又给支部长打了电话，提出在县里行动之前，佐渡方面的当务之急是成立朱鹮爱护会。他也向菊池提出了成立"佐渡朱鹮爱护会"的建议。会名虽然也可以叫"保护会"，但"爱"字寄托了春雄对朱鹮这一生命的热爱与怜惜，春雄无论如何也想取名"爱护会"。支部长建议，请新潟大学理学部教授帮忙。教授很快答应，并于三天后赴佐渡，访问两津高中，与春雄、菊池共同商议。三人一同访问了朱鹮栖息的加茂村、新穗村，取得了村长等人对爱护会的支持。

秋季文化节的野鸟展，展出了朱鹮标本，并通过发放油印传单等形式，重点介绍了朱鹮。但家长和其他前来观展的人们对朱鹮并不关心。

"朱鹮有那么重要？"

"佐渡有这种鸟？好大个儿啊。"

"倒是听说过朱鹮色，一直以为是指脸的红色，原来是指翅膀内侧的浅粉色。"

事实上，很多人根本不知道朱鹮是种什么鸟，关心也就无从谈起。

佐渡朱鹮爱护会任重道远。春雄后悔没早点举办野鸟展，不过，即便两三年前就举办，能在多大程度上提高人们对朱鹮的兴趣，也是个问题。

而且，身为教师，切忌将自己的意见强加于人。能在佐渡朱鹮爱护会成立前意识到这一点，值得庆幸。那到底该怎么做，才能唤起大众的关心呢？拍摄8毫米胶片的影片是个办法，但在朱鹮小屋里拍摄还行，要在野外拍摄朱鹮，难度不可同日而语。

这样一来，只能通过向岛内外的学校发放宣传册的方式。将自己观察总结的朱鹮的习性、生态、饮食特性等用日文打字机打出来，再油印制成简单的册子。日文打字机和轮转印刷机可以从学校借，纸张费用从自己微薄的收入里出。爱护会成立之后，这笔钱可以从预算里筹措，但眼下，也只能自费了。

不过，靠自己的钱，要印上两三百册是不可能的。怎样才能既不需要大量的册子，又能让更多的人看到？幻灯片。播放幻灯片的同时，一个人念册子的内容，便可以让观众了解朱鹮的习性。政府机关和各级教委都有幻灯机，只要有幻灯片，便可以在多地播放。

市面上没有朱鹮的幻灯片卖，只能用自己的底片来做。但佐渡没人会这门技术。春雄看了制作幻灯片的书和杂志，还是不太懂，只好跑到新潟市去听课，终于明白还需要幻灯片专用的"胶卷正片"，并学习了将黑白胶卷制作成正片的方法。

但是，知易行难，要掌握好幻灯片的制作，还需要相当长的时间。他准备把朱鹮的外观、历史、佐渡朱鹮的生存状况、饮食特性等自己掌握的所有知识总结成一本小册子，然后，配合册子的内容，做一套二十张左右的幻灯片。

11月27日，经过各项准备，佐渡朱鹮爱护会正式成立。发起人除了春雄，还有菊池、日本野鸟会新潟支部长、新潟大学理学部教授、佐渡支厅长、佐渡郡町村会长、新潟县社会教育课长、新潟县林务课长等，皆是专家、权威。

佐渡支厅长任会长，秘书处设在佐渡支厅和县厅林务课。爱护会的宗旨是："弘扬永久保护朱鹮之精神，促进积极保护朱鹮之行为，提升国民之文化修养。"它以"普及培养爱护思想""朱鹮生态调研""推进制定保护政策"为主要工作内容，同时积极推进相关事项。

设立包括禁猎区在内的保护区，也是其工作内容之一。爱护会经费将纳入县预算，并接受捐赠。爱护会步入正轨后，还将广泛发展普通会员。

次年（1954年）2月末，春雄接到上野动物园园长古贺来信。他近来都没有收到饲养记录，想必朱鹮状况良好。可这突如其来的信却让春雄心里一紧。拆开信一看，春雄目瞪口呆。

朱鹮的死亡报告及三张死亡诊断书。

解剖报告

1. 所属　　　东京都恩赐上野动物园饲养管理对象
2. 动物名　　朱鹮
3. 性别　　　雄性
4. 产地　　　新潟县佐渡郡
5. 入园时间　1953年4月19日晨
6. 猝死时间　1954年2月25日晨

7. 解剖时间　　同上

8. 病名　　　　内出血

9. 病历概要　　2月25日晨，走路踉跄，几乎无法站稳。发现异常仅五分钟后四肢瘫软死亡

这是第一页。第二页是"外部检查"和"内部检查"，第三页是"病理诊断"。死亡原因是肝脏右侧及腹腔内出血。

朱鹮的性别无法通过外观判断，此次解剖通过生殖器确认其为雄性。朱鹮的年龄无法确认。

一直以来，春雄都没机会去东京，不清楚饲养的情况，但心里始终盼着重逢的那一天。

（还不到一年时间，为什么就永远回不来了？）

春雄被难以名状的悲伤所裹挟，萎靡不振。

（要是它当初留在佐渡，或许……）

虽然明知道佐渡的饲养条件不好，但朱鹮留在佐渡的假设和曾经的点点滴滴却萦绕春雄心中，挥之不去。

朱鹮的尸体被制成标本，收入位于上野的国立科学博物馆。

一个月之后的3月23日，加茂村公所打来电话。

"是佐藤老师，朱鹮老师，对吧？"

对方告知佐藤，为了保护朱鹮，已向新潟县林务课申请，将加茂村的山地设为禁猎区。其后，工作人员于25日到当地视察，

办理了相关手续。林务课称，正式公布还需些时日，但事情年内一定能确定下来。也就是说，设立禁猎区保护朱鹮，已无悬念。

5月，对于爱护会而言，有一桩喜事。朱鹮被选定为新潟县的县鸟。1947年，日本鸟学会将绿雉选定为国鸟，受此影响，新潟县野鸟爱护会马上开始县鸟的选定工作。当时，在日本全国还没有选定县鸟的先例。鉴于全世界范围内，仅在佐渡有朱鹮栖息，并且爱护会已成立，新潟县野鸟爱护会将朱鹮选为县鸟。

对于春雄和爱护会的成员而言，这是求之不得的好事。借此，可以让更多的人认识朱鹮。

12月，佐渡禁猎区正式设立。实施时间从1955年1月1日至1959年12月31日，为期五年。加茂村地区为第一禁猎区，河崎村地区为第二禁猎区，新穗村地区为第三禁猎区，合计面积四千三百七十六公顷。

很快，禁猎区内的树上，绑上了写着"新潟县禁猎区"的圆形牌子和标识，共六十枚；禁猎区的周边，设置了十六根提示禁猎区的标志桩。

生椿之夜

1

爱护会已成立，禁猎区也已设立。春雄受县里委托，调查禁猎区内一百多种小鸟的增减情况。每周日，他早上4点起床，到禁猎区内徒步。

朱鹮进一步受到媒体关注，在全国性报纸的新潟版、县民营报纸《新潟日报》及当地的《佐渡时事新报》上，出现大量关于朱鹮的报道。凡是关于朱鹮的报道，不管版面大小，春雄都会剪下，认真保存。

采写朱鹮的记者，几乎都会找到春雄，寻求他的协助。不过，很多记者最终写的却是春雄本人。

春雄作为一名高中教师，并且教的不是生物，而是珠算和簿记，他却为了保护朱鹮而奔走，并亲自饲养朱鹮。对于记者而言，这样动人的故事是不容错过的。曾有记者清晨跟随春雄到谷平观鸟。很多时候，报道的内容占据近半个版面，篇幅之大，令春雄倍感惊讶。

有报道的标题叫《佐渡岛上　两津高中簿记老师　爱鸟情深》，里面详述了春雄从出生至今的经历。不管在哪个时代，报纸的力量都是巨大的。读者来信雪片般寄往两津高中，为春雄打气。

本以为，借助报纸的力量，朱鹮的保护将迎来一波浪潮，但事情并非如此简单。不管是国家还是县里，都没就保护朱鹮下拨过一分钱。

"保护特别天然纪念物'朱鹮'佐渡朱鹮爱护会""打造朱鹮宜居之岛　佐渡朱鹮爱护会"，这样的标识本该出现在两津港周边、町或村里的显著位置，以及学校和禁猎区周边，但苦于没有经费，现在只能停留在春雄的想象里。

不止于此，进入1955年，爱护会成立已一年有余，本打算频繁召开的爱护会会议，竟一次也没召开过。爱护会连印发开会通知的钱都没有。当然，主要原因还是发起人公务繁忙，无暇顾及朱鹮。

实际开展工作的，估计只有春雄一人。不过，他所做的，也仅限于继续观鸟，以及关于保护朱鹮的思考。

春雄自己做了十五张宣传板，放到山里。本应由爱护会出资制作，对外无偿提供的宣传册和幻灯片，也只能由春雄自费解决。宣传册和幻灯片，对于提高佐渡民众对朱鹮的认知，非常有必要，但春雄周日要监考珠算和簿记的鉴定考试，时间也成为一个问题。制作幻灯片时，他会让妻子和九岁的长女、七岁的二女来帮忙，让她们站在一两米长的胶卷那头卷胶卷。不过，做出来的片子效果并不理想，要么拍摄主体太小，要么成像不好，令春雄颇为焦虑。

培养大众对朱鹮的兴趣，首先要让鸟类研究者关注朱鹮。春雄复员十年，关注朱鹮也已有十年。一直以来，他都抱有一个疑问。

那就是"朱鹮二色论"。所谓"二色论"，是指朱鹮分两种，白色的叫"真朱鹮"，黑灰色的叫"黑朱鹮"。对此，春雄一直持怀疑态度。

通过观察，他发现，在2月至6月的繁殖期，大半数朱鹮从脖子到上半身是黑灰色；其余的季节所有朱鹮都是白色。春雄饲养过的那只，一开始灰中带黑，送入上野动物园后，春雄从收到的照片看，它呈现灰色，较之前变白了。

意识到这一点，春雄在谷平观察时更加留意。在繁殖期见到的白色朱鹮，体格要么偏小，要么偏大。估计它们要么是尚不能繁殖的幼鸟，要么是已不能繁殖的老鸟。

朱鹮整理羽毛时，是将后脑勺和脖子插入上半身。春雄推测，在繁殖期，它们的脖子和脸上的皮肤或许会分泌黑色素，整翅时通过摩擦，把羽毛染成了黑灰色。

春雄找到了根据。首先，他把在山里收集到的羽毛按采集年月日进行分类。

然后，他询问了保存在全国各地的朱鹮标本的羽毛颜色和采集时间。当时，佐渡有两具标本，分别在两津高中和新穗村教育委员会。根据日本野鸟会新潟支部的标本调查记录，春雄发现长冈科学博物馆和加茂市农林局也各有一具。

全国范围有多少标本不得而知，明确有标本的是上野的国立科学博物馆和东京都涩谷区（现千叶县我孙子市）的山阶鸟类研究所。后者由原皇室成员山阶芳麿创立，是世界知名的鸟类研究所。另外，林野厅可能也有。春雄向上述单位询问标本的有无，以及相关情况。他曾向能登、隐岐的日本野鸟会会员函询过当地是否有朱鹮，这次，他再次向他们发出明信片，询问标本一事。春雄本担心收不到答复，但可喜的是，每个地方都认真给予了回复。

春雄总共取得了十七具标本的资料，归纳如下。

编号	标本保存地	采集地	采集日期	成长度	雌雄	体色
1	山阶鸟类研究所	新潟本土	1893年2月	成鸟	不明	白色
2	山阶鸟类研究所	新潟本土	1893年2月	成鸟	不明	灰色
3	山阶鸟类研究所	朝鲜半岛	1929年3月	成鸟	雄	灰色
4	山阶鸟类研究所	朝鲜半岛	1930年2月	不明	雄	白色
5	山阶鸟类研究所	朝鲜半岛	1912年1月	不明	雌	白色
6	山阶鸟类研究所	朝鲜半岛	1912年1月	幼鸟	不明	白色
7	山阶鸟类研究所	朝鲜半岛	1912年1月	幼鸟	不明	白色
8	山阶鸟类研究所	朝鲜半岛	1919年1月	成鸟	不明	白色
9	国立科学博物馆	岩手县宫古市	1900年2月	成鸟	不明	白色
10	国立科学博物馆	佐渡　河崎村	1953年3月	成鸟	雄	灰色
11	林野厅造林保护课	石川县羽咋町	1929年3月	成鸟	不明	白色
12	林野厅造林保护课	佐渡　新穗村	1933年5月	幼鸟	不明	白色
13	两津高中	佐渡　加茂村	1916年7月	成鸟	不明	白色

续 表

编号	标本保存地	采集地	采集日期	成长度	雌雄	体色
14	新穗村教育委员会	佐渡 新穗村	1925年2月	成鸟	雄	白色
15	长冈科学博物馆	佐渡 两津市	1954年11月	成鸟	雄	白色
16	小将町初中	石川县石川郡	1901年12月	不明	雄	白色
17	加茂农林局	朝鲜半岛	1941年11月	成鸟	雄	白色

标本由尸体制成。10号标本是经春雄饲养后送往上野动物园那只。这些标本，有经人工饲养后死亡的，也有在野外发现但腐烂程度较低的朱鹮尸体。上表中的"采集日期"，基本上是人发现朱鹮的时间，有的彼时已经死亡，有的尚存活。

十七具标本中，呈现灰色的有2号、3号和10号，都是处于繁殖期的成鸟。处于繁殖期的幼鸟12号呈现白色。虽然1号、9号和11号有些模棱两可，但这些数据让春雄坚定了自己的结论。

世界上有九千种鸟。很多鸟的体色变化发生在春秋两季，旧羽毛自然脱落，长出新羽毛，也就是所谓的"换羽"。而类似朱鹮的体色变化，世界上尚无先例。若春雄的结论正确，这将成为一项的新发现。

春雄反复研读鸟类相关论文，撰写出自己的稿子，并最终整理成题为《关于朱鹮羽色的新见解》的论文。不过，这并不是荣登学会志、学术志的著作，只是自费出版的论文罢了。

然而，春雄暂无精力顾及论文的印刷。

因为，佐渡的朱鹮数量有了大的变化。根据春雄自身的观察，以及佐渡朱鹮爱护会从禁猎区周边相关人士、农夫处了解到的信息，1954年，小佐渡时存十二只，大佐渡时存两只，合计十四只。1955年，小佐渡时存十二只，大佐渡时存一只，合计十三只。大佐渡的数据来自走访，小佐渡的数据来自春雄于秋冬两季对结群的朱鹮所做的观察。

1950年，佐渡共有三十五只，其中小佐渡有二十五只，大佐渡十只。1952年有二十四只，小佐渡二十二只，大佐渡二只。1953年有二十二只，小佐渡十四只，大佐渡八只……减少的幅度非同寻常。

究其原因，春雄首先考虑的是农药。特别是当下正处在神武景气①时期，方便到"连除草都省了"的农药，被农民视为宝贝。由此，田里和小河里的泥鳅、青蛙大量死亡。从鸟粪的过滤物来看，与五年前相比，小河蟹、泥鳅的骨头以及昆虫壳明显减少。不仅朱鹮的食物减少，若是吃了中毒的青蛙和泥鳅，朱鹮本身也很有可能中毒死亡。另外，山林开采日盛，栖息地遭到蚕食或许也是原因之一。

对于农药的使用，春雄认为，朱鹮吃田里的昆虫，这本身就是在帮助谷物驱除害虫。如今，农田已无它们的容身之处，还有什么地方可去？

成立爱护会，设立禁猎区，但朱鹮的数量却骤减。这对于刚

---

① 神武景气，日本战后第一次经济发展高潮。

刚成立的爱护会来说，是极具讽刺意味的。实际上，爱护会除了调查朱鹮数量，别无建树，若有人将责任推到爱护会身上，爱护会也无话可说。

春雄把精力集中到制作幻灯片上。眼下，要打破保护朱鹮的现状，必须让大众关注朱鹮。他能做的，只有赶紧制作幻灯片和册子，并分发给相关单位。

1956年3月末，经反复尝试，题为《佐渡岛之朱鹮》的二十三张连续黑白幻灯片和配套的解说册终于完成。

第一张幻灯片呈现的是日本地图，讲述的是仅佐渡尚存朱鹮的现状；第二张是春雄曾饲养的那只朱鹮的侧面照，用于讲解朱鹮的特征；第三至第八张详细呈现佐渡的栖息环境；第九至第十四张介绍迄今为止已知的朱鹮的繁殖情况；第十五、十六张介绍饮食特性；第十七张介绍朱鹮的栖木；第十八张呈现一座荒山，讲述朱鹮日益恶劣的生存环境；从第十九张开始播放禁猎区标识等，介绍保护方案；最后的第二十三张是一只翱翔于天空的朱鹮与一个"终"字。

解说册这样结尾道："朱鹮，这种世界珍贵鸟类要免于灭绝之厄运，须仰仗各位岛民的积极努力。请大家给予更多的理解和支持，感激不尽！"

这部幻灯电影共制作了三十部，放入直径、高度各三厘米的专用铝罐保存。若操作得当，可长期使用。

此外，这二十三张幻灯片还可根据需要制成相片。春雄从未考虑过版权等细节,一心希望这些宣传品能发挥作用。解说册按照一部幻灯片五本的比例,一共印制了一百五十本。

首先,春雄邀两津高中野鸟部成员试看。因简单易懂,受到大家好评,这也增强了春雄的信心。刚进入4月,他便向佐渡岛内的各级行政组织、学校及佐渡朱鹮爱护会发起人所在单位无偿发放,并委托他们放映。当然,春雄也寄给了农林省、文部省等国家机关,被称为"幻灯片请愿"。

《新潟日报》刊登标题为《幻灯片映出朱鹮生态 两津高中教师佐藤》的报道,读者纷纷表示,十分愿意观看。

日本野鸟会成立佐渡支部,春雄就任干事。前期会员多来自两津市和小木町,遂于两津和小木举办了放映会。有会员单独借来幻灯片,放给感兴趣的友人看。当时,人们缺少娱乐生活,曾有一所公民馆①以电影上映为名进行宣传。听说可以免费看电影,不少家庭全体出动。各家公民馆总是爆满,一晚上要播放好几场。春雄还准备在秋季文化节野鸟展上播放。

放映的效果体现在佐渡支厅收到的大量提问和意见上。其中,有人提出,为保护朱鹮应该禁止人员进山。不过,大部分反馈还是停留在关于朱鹮的基本的疑问。很多问题的答案,其实就在解说册里,或许大家看漏了,或者听漏了。有时,佐渡支厅的工作人员答不上来,只好把问题推给春雄:"两津高中有一位朱

---

① 公民馆,由市、町、村设置的社会教育设施。

鹮老师，麻烦您向他咨询，请您见谅。"

有对朱鹮感兴趣的中学生，直接来找春雄。其中不乏两津高中的同学，有的甚至是课上一言不发的学生，却积极地请教关于朱鹮的问题。春雄也借此窥见学生们的另一面。

虽然春雄希望幻灯片能引起国家部门的重视，但国家和县里依然没给爱护会下拨一分钱。

小佐渡山里的标牌不知去向，猎枪声时有响起，私自放置的捕兽夹也有增无减……尽管春雄重新立好标牌，但数日后再度消失。他周日进山察看，发现原来是偷猎者泄愤之举。春雄与之争辩，双方近乎扭打起来。如果没有国家的强力支持，这些现象只会屡禁不止。

秋季来临。1956年的朱鹮数量出炉，小佐渡十一只，大佐渡两只，总共十三只，与上年持平。

等到12月，春雄仍然没接到国家方面的任何消息。日本进入经济高速发展时期，为了跻身发达国家，国策必须以经济发展为优先考量，决策者哪里有时间顾及区区一个佐渡岛。但是，农药的普及和森林的砍伐正在将朱鹮赶上绝路。环境若连鸟类都容不下，谁能保证将来还能容人类安居？人类对环境的适应能力还没有强大到那种地步。

彼时，《每日新闻》记者就国家和县里不拨经费一事，采访了春雄和佐渡支厅，并在新潟地方版上以三分之一的版面刊文：

《两津高中佐藤老师　幻灯片请愿煞费苦心　国家部门　置

若冈闻》

以下是内容摘要。

"三年前的1953年，佐藤老师得到当地町村会、猎友会的支持，成立了朱鹮爱护会。可是，由于没有补贴和捐款，该会从未召开会议，名存实亡。1955年，其与爱鸟人士共同发起运动，成功将栖息地定为禁猎区。（中略）禁猎区为期五年，违者按县条例和狩猎法论处。县里捐赠并设置了十六根保护朱鹮的标志桩和六十枚标识。不过，仅有标识，却全无保护政策。不止于此，禁猎区遭到猎人破坏，最后连标识也不知去向。佐藤老师悲愤之余，制作一百五十份报告向岛内外发放，经县野鸟会向国家陈情。（中略）将朱鹮生态制作成二十三张幻灯片寄给当局及爱鸟人士。报告与幻灯片都是关于朱鹮的重要学术资料，且倾注了佐藤老师对朱鹮的万千情愫，但文部省和文化遗产保护委员们却无动于衷。实际承担保护职责的佐渡支厅也推脱道：'一点保护经费都没有，连电话费都是我们工作人员自己出。前年，町村会和佐渡朱鹮爱护会发出了陈情书，但毫无回音。佐藤老师的努力令人感动，但国家不行动，我们也没有办法。保护政策确实是一片空白。'爱鸟人士的善意令人动容，但改变不了朱鹮行将灭绝的命运……"

虽说是新闻报道，但文风更像是杂志，字里行间饱含记者的真情实感。在压轴部分，记者提及喂养朱鹮的食物皆为春雄自费，难掩愤怒之情。

"连吃食的钱都不给,国家就是这样保护特别天然纪念物的。"

保护政策一片空白。要打破现状,春雄寄希望于日本鸟类保护联盟、日本鸟学会、日本野鸟会本部等鸟类保护团体亲临佐渡。至于如何吸引他们前来,春雄想到了自己的论文。

朱鹮是罕见的会改变体色的鸟类。希望这点可以引起学术界的兴趣。春雄酝酿已久的论文于1957年初印刷,并寄送给了鸟类学会、研究所、大学、动物园等研究机关。

"感谢您寄来论文,祝您今后的研究硕果累累。"虽然有回音,但完全没有谈及具体内容,这就意味着春雄的论文并未受到认可。站在学者们的角度,这或许理所当然。世界上还未发现哪一种鸟,会将脖子上的分泌物涂到身上,从而改变体色。纵然还没有研究人员对朱鹮的生态进行观察,但偏偏朱鹮就具有这一罕见特性?

论文上,春雄的署名是"两津高中教师、佐渡朱鹮爱护会会员佐藤春雄"。也许有人只是看到这个头衔,便付之一笑,将论文扔进垃圾桶里了。不管在什么时代,在这个保守而注重学派的世界,既非学者又非专家的门外汉要想发表论文,其难度可想而知。春雄虽有思想准备,但难免也感到失落。不过,这是春雄自己的观察,要是换作学者,即便在佐渡住上几年,依然会误以为朱鹮有两种类型。

春雄希望,爱护会筹措相关经费,请鸟类学者来佐渡,对朱鹮进行全方位的研究。一旦确认其改变体色的特性，朱鹮将作为世界珍稀鸟类而受到重视，佐渡将出现专门的研究机构。这对于推动保护政策是大有裨益的。

就对朱鹮的了解而言，春雄是有自信的。但即便是春雄，也有大开眼界的时候。

在新穗村禁猎区的正中央，有一个叫"生椿"的村落。它位于海拔三百至四百米的小佐渡山脉的山坳里，汽车只能到达山麓。那是一个贫寒的村落，仅三户人家，不通水电。它离位于新穗村中心的村公所约十二三公里。去往生椿有两条路，从新穗村出发是最近的，但车行一段距离后，还需要徒步七八公里，男人也需要走至少两个小时；第二条路是自前浜海岸的赤玉村落北上。这个村落因开采"赤玉石"（赤褐色的含铁石英岩）而闻名。每天，两津市和小木都有几班前往赤玉的巴士。在赤玉村落下车后，还需走上近十五公里山路才能到达生椿。这条山路，是一条蜿蜒于溪谷的羊肠小道，古称"四十八重关"，估计是由"四十八重滩"讹化而来。不仅在佐渡，即便是在新潟范围内，生椿都是人口最稀少的地域，春雄从未踏足过。

据新闻报道，就在生椿，住着一名叫高野高治的男子，与朱鹮相生相伴。高野生于生椿，四十四岁（1913年生），耕一亩五分地，于梯田作水稻，于旱田作蔬菜，在山中烧炭，种植蘑菇。他自小开始观察身边的朱鹮。

对于高野而言，朱鹮不是什么特别天然纪念物，也不是什么县鸟,而是近在咫尺的朋友。1931年10月,他曾在离家二十米远的田里,目睹二十七只朱鹮悠闲地吃泥鳅。

春雄此前并不知高野其人,虽然去过新穗村无数趟,但并没有人向他提起过高野。春雄一直期盼的,能和自己聊聊朱鹮并答疑解惑的人物,终于出现了。

春雄本希望立刻拜访高野,但由于诸事缠身,很难抽出时间。到了寒假,观察朱鹮告一段落,但他又听说生椿位于大山深处,连房檐上都积了厚厚的雪,路上若是遇上暴风雪,说不定性命难保。于是,见高野之事一拖再拖。

2

朱鹮已从日本本土消失,仅佐渡尚存,这已成共识。但1956年,鸟类爱好者在石川县能登半岛西南部的羽咋町(现羽咋市)拍摄了朱鹮照片,震惊学术界。

羽咋町有山,名为眉丈。山如其名,在羽咋町以北约十公里处,山势趋缓,山脊似眉形。该山多丘陵,八十余处小湖泊散布其间。海拔不高,仅一百七十二米。眉丈山夏季多绿雉,冬季多野鸭,因此吸引了大量盗猎者。

朱鹮是在当年8月被拍摄到的。地点是眉丈山里的一处湖泊。共有三只。同年11月,在同属石川县的轮岛市洲卫,当地某初中校长拍摄到结伴飞行的五只朱鹮。

拍摄照片的二人,将照片寄给了鸟类研究者和研究机构,证明能登亦有朱鹮,并呼吁进行保护。

此外,羽咋町鹿岛路小学有一具朱鹮标本,体色白,疑似幼鸟。它于1954年在眉丈山中被射杀,射杀经过不明。因为是珍贵鸟类,当地居民发现后自费将其制成标本,赠予学校。

山阶鸟类研究所、日本鸟学会、石川县野鸟会陆续派人前往眉丈山和轮岛市视察。经走访当地农夫,发现这里的朱鹮,春季到夏季在眉丈山栖息,秋冬季飞往四十公里以北的轮岛市的山里。之所以夏季在眉丈山栖息,是因为那里的湖里泥鳅、鲫鱼、青蛙及水生昆虫众多,是朱鹮理想的觅食地。鹿岛路小学的标本是3月在眉丈山被发现的,因为是幼鸟,飞翔能力有限,才留在眉丈山。据估计,能登的朱鹮数量在七到十只之间。

春雄得知能登的消息,激动万分。虽然朱鹮数量不多,但总算在佐渡之外发现了朱鹮。

1957年7月,羽咋朱鹮保护会成立,他们来信向春雄请教经验。春雄在回信中详细介绍了佐渡朱鹮爱护会的工作内容等情况,并在结尾写道:"非常希望近日拜访能登。也请你们一定来佐渡考察。"

春雄希望,通过两地的交流,促进朱鹮的保护。可是,能登与佐渡一样,当地居民的保护热情不高,保护工作处于原地踏步的状态。他们提出要把眉丈山原有的一百四十二公顷禁猎区扩大十倍，遭到猎友会强烈反对，气氛十分紧张。

1957年秋，春雄已无心顾及能登的情况。因为大佐渡朱鹮栖息的迹象完全消失。小佐渡也跌至九只，有史以来朱鹮数量第一次滑落至个位数。

第二年（1958年）秋，情况进一步恶化。小佐渡方面，春雄反复观察，最终只找到四只。虽然大佐渡方面确认有两只，但合计仅六只。（朱鹮应该不会在大佐渡与小佐渡之间迁徙，也未曾听说。）朱鹮已被推向灭绝的边缘。

春雄被前所未有的危机感所包围。他以佐渡朱鹮爱护会会员名义，向县厅和文部省发出陈情书，请求火速出台保护政策。不过，这次依旧石沉大海。

必须采取行动。在万分焦急之中，高野的名字浮现在春雄脑海。不知高野如何看待四只这个数字，能否指点迷津？

11月的某个周六。放学后，春雄乘巴士到新穗村，再按照地图沿东南方的狭窄山路前往生椿。这是春雄最后的希望。他本已习惯往返于谷平，并常走山路，但前往生椿的这八公里路，却走得异常艰难。

春雄甚至怀疑，这山中是否真有人住。地图上，除了脚下这条路，什么也没有。可实际上，春雄刚开始走在一片梯田上，现在又穿梭于树林之中。

生椿位于禁猎区的中央。四处是高大的栗树，上面覆盖着厚厚的蕨类植物和青苔。有的山路甚至不见阳光。这一幅人迹未至的原始景象中，说不定隐藏着盗猎者，只是春雄没见到而已。

而且，禁猎只是针对鸟兽，森林砍伐不受此限。这是一个重大盲点，必须改善。忧心小佐渡朱鹮的生存环境，春雄脚步沉重。

一个半小时，前进六公里，到达清水平。这是一处海拔四百米的盆地，面积四公顷有余，其中一公顷是农用蓄水池。蓄水池用于收集地下涌出的清水，这里因而得名"清水平"。在战前及战后伊始，这里像谷平一样，遍布梯田。但随着越来越多的人下山，如今只剩下一部分。

向南，能看见朱鹮的繁殖地黑泷山；向东，能看见国见山。春雄喝了口水壶里的水，休息片刻后再出发。

走了约二十分钟，出现两座被称为"铊切地藏"的地藏菩萨像。站姿、坐姿各一座，都很破旧。这里也可清晰地望见黑泷、国见二山。不知菩萨像是何时所立，也没有介绍原委的碑文。地藏像前摆放有像样的供品。在新穗村，人们相信地藏菩萨能保佑入山之人平安，铊切地藏，便是生椿的入口。再走上几步，是开阔的梯田。景象与谷平颇为相似。梯田中，有些松、杉密集的树林，茅草屋顶点缀其间。

这里就是生椿。不知高野是否在家，要从仅三户人家的村落里找到他的家并非难事。树林中传来砍树的声响。春雄寻声走去，见到一个强壮的背影，身高与春雄相仿，正挥动着手中的斧头。略微后退的发际线，让春雄想起报纸上高野的脸。春雄询问，请问是高野高治先生吗？

高野停下手里的活儿，转过身。

"突然拜访，恕我冒昧。我是两津高中的佐藤。这次来……"

"啊！你是朱鹮老师？"

没等春雄讲完，高野问道。但他旋即微笑着自问自答，我可是知道老师你的。估计高野在报纸上读到过春雄，并且，他也看出春雄是为朱鹮而来。

"好啊，佐藤老师，咱们慢慢聊。进屋吧！"

"请不要叫我'老师'，您是前辈，叫我佐藤吧。"

"好，就叫佐藤。"

春雄跟着高野进了屋。高野的房子被松树和杉树包围，房顶盖着厚厚的茅草，屋内有一个巨大的灶和两个地炉。面积约八十坪①。如此气派的家，与春雄的想象完全不同。

在降雪相对较少的佐渡，生椿可谓唯一的大雪之地。房子的梁和柱都非常粗壮。屋脊长达七八米。家里有挂钟、大型箱式收音机和铺了瓷砖的浴室。窗户都是玻璃窗。此外，院子里还有两层楼的仓库、储物的平房和两头牛。

春雄被请到屋子正中央的地炉旁坐下。炉火映出他微明的身影。高野的妻子岛，头上裹着头巾。她用地下的清泉煮茶，并从一个瓦罐里取出柿子酱菜招待春雄。

柿子是小佐渡的特产。柿子酱菜要用到佐渡产的涩柿子，在

---

① 一坪约三点三平方米。

它尚未变红时摘下，放入红味噌中腌制。涩柿子经味噌腌制，竟由涩变甜，是茶点或佐餐的上佳之选。柿子酱菜也是小佐渡家庭的招牌菜之一。

春雄嚼了一口柿子："山里的生活，想必很是艰苦。"高野立刻摇头回应。

"一直住在这儿，并没觉得艰苦。小学在赤玉，初中在新穗，都是寄宿在亲戚家里。但周六一定会回来。听父辈、祖辈讲，我们的祖先三百年前就来生椿拓荒。这块土地我可舍不得。"

高野讲，现在的房子是明治时代修的。岛摘下头巾，点点头，微笑着说，别小看这山里的生活，田里的农活，养牛，忙得很呢。一点儿都不寂寞。

岛的微笑令春雄印象深刻。她每周赶着牛去一次新穗村，把高野烧的两袋炭、香菇和蔬菜卖掉。他们有三个儿子，老大已经读高中。每次到新穗，与三个儿子相见是岛最高兴的事。高野每天的娱乐则是在清早，一边准备农具，一边听广播。

"听说，现在就三户人。"

"不，就两户了。房子有三户。战争刚结束那会儿，有九户人，因为山里太不方便，就都走了。现在只剩一个快八十的老太太。空着那家，最多两年，雪就会把房子压塌，然后烂掉。这里的雪能积到六尺（一百八十二厘米[①]），4月末才完全融化。不

[①] 日本一尺约为三十点三厘米。

过,夏天倒是凉快。"

离地炉不远处,堆放着《新潟日报》。送报的每隔两天从赤玉方向骑摩托车来一次。邮递员也来自赤玉方向,即使只有一枚明信片也会专程送来。高野的孩子寒暑假回家,上课期间每月回家一到两次。生椿是新穗小学三年级的秋游目的地,老师不熟悉路,便让高野的孩子带路。因此,高野的长子五年都没有参加自己学年的郊游。高野和岛会准备野菜和蘑菇做成的佳肴款待孩子们。

"积雪到4月末才化,雪化后,生椿会淹没在红色的雪山茶之中。这个房子也会被美丽的雪山茶花所包围。"

岛用骄傲的口吻介绍道。说起山茶,人们往往会联想到海岸附近的野山茶。而在有雪国之称的新潟县,在它的内陆丘陵地带,广泛分布着雪山茶。雪山茶树也被指定为县树。它的枝条柔软,即使积雪也不易折枝,非常适合在雪国存活。想必"生椿"这一地名便是"椿①之故里"之意。

"还有朱鹮。佐藤君,我观察过森林里朱鹮的夜宿地,它真是种有意思的鸟。早上,先是一只从夜宿地出来,站在树枝上等同伴,随后,它和同伴们一起飞走。要是同伴睡过头或是整翅耽搁了,先出来这只会回到夜宿地,像是去催促似的。就像咱们人一样。雪山茶花开的时候,能见着朱鹮带着雏儿。那是雏鸟离巢

---

① 椿,在日语里意为山茶。

的时节。看雏鸟学飞，真是一大乐事。"

春天，高野还喜欢站在铊切地藏旁，沿着朱鹮的飞行方向，猜测它们在黑泷山和国见山里的筑巢地。

"可是，今年没有雏鸟孵出来。"

高野的语气有些落寞。春雄本可以把话引入正题，但是他没有。他想先听听高野与朱鹮的故事，以及高野本人的成长经历。他想知道，这些年，高野是如何与朱鹮、与生椿相生相伴的？

进入高野家门的那一刻，春雄便开始思考，如何进行这场重要的对话。就观察朱鹮而言，高野是自己的前辈，日后仰仗的老师。这是与前辈的第一次对话，须字字铭记于心。要与前辈充分地交流，同时也分享自己与朱鹮的故事之后，进入正题方才妥当。

高野稍作停歇，喝了口茶。待高野放下茶碗，春雄说："这是与您初次相见，能否讲讲您与朱鹮的故事？"虽然报纸对此有所介绍，但春雄想听高野亲自讲讲。

"简单得很。我是在这儿出生的，打记事起，就在这山里玩，捉小河蟹、泥鳅，抓野兔、绣眼鸟。还以为树的果子和野草都能吃呢。那时候，生椿有九户人家，和我同辈的孩子有三个，大家一起在这山里玩耍。岛就是小时候的伙伴之一。当时，看见天空中的朱鹮，只是觉得，这鸟可真漂亮。"

早上，它们在朝阳中起舞；傍晚，十只、二十只朱鹮在夕阳的映照下，发出神秘的光辉。朱鹮群经常在高野家后的田里停留。近看，高野不由感叹，没有比朱鹮更美的鸟了。

因为朱鹮觅食时会踩坏稻谷，所以谁见了都会大声呵斥，让它们离自己辛苦种的稻谷远点。

有的朱鹮还会在田里戏水。不过，高野的父亲却非常宽容，朱鹮饿了，随它去吧。等朱鹮走后，他再把被踩坏的稻子扶起来。父亲已不在人世，但高野继承了父亲的习惯。

"我小时候那会儿，朱鹮不是什么稀奇的鸟，就像是身边的朋友，熟悉得很。现在成了特别天然纪念物，出息了。"

高野语气一转，神色黯淡下来。

"……报纸上说，1931年10月，您见到了二十七只朱鹮？"

高野点点头，招呼春雄往屋外走。二人来到屋后的梯田田埂上。虽然天色向晚，但眼前的梯田清晰可见。田里水流清澈，到处是泥鳅。对于朱鹮而言，生椿的梯田是重要的觅食地，至今仍有朱鹮出没。当然，这里的人是完全不用农药的。

"那是一个早上，就在这附近，我看到二十七只。悠闲地啄泥鳅……就像是一地的牡丹，漂亮极了。而且，它们一只只飞起来的时候，真的是……"

高野抬头望向远方，把思绪拉回过去。

高野开始感觉到朱鹮减少，是在1932年。那是他看到二十七只朱鹮的第二年，当时他已经二十岁。高野偶然间在赤玉村落见到了"保护朱鹮"的标志桩，心想，人们对朱鹮一无所知，不知道它是什么鸟，以什么为食，立个标志桩不起任何作用。朱鹮减少的原因有二。一是进山伐木的人增多；二是佐渡来了新物种，黄鼠狼。不知何时起，人们为了对付糟蹋农田的野兔，把它带了进来。

"对于黄鼠狼而言，野兔跑得太快，抓它还不如抓停在地面的朱鹮。佐藤君，别以为朱鹮有翅膀就安全了，黄鼠狼聪明得很。它们趁朱鹮把脖子插进田里觅食，从田埂上全速冲过来，一口咬住朱鹮的脖子。速度相当惊人。冬季，黄鼠狼的毛皮变得很漂亮，能卖个好价钱。于是，猎人放置捕兽夹，而捕兽夹也会误伤到朱鹮。"

说完，高野带春雄回到屋里。他从房间一角取出一本剪贴簿，里面整齐地存放着关于朱鹮的报道。高野翻出春雄饲养朱鹮时的《新潟日报》，递给春雄。

"佐藤，饲养朱鹮可不容易啊。"高野望着春雄。

"是的，四十九天，总算是熬过来了。"

"今天就在我家休息吧？"

"不给您添麻烦，我去新穗村住，明天再来打扰。"

"就住这儿吧。咱们要聊的才刚刚开始呢。你瞧，岛已经在准备晚饭了。"

热油飞溅的声音。

"回去就跟家人说，一整晚都在观察朱鹮的夜宿地。"

春雄难为情地笑。看来通过新闻报道，高野已经掌握了他的性格。

"请先尝尝这两道菜,都是刚抓到的呢。"岛端来一个大盘子放到地炉边,里面盛有八条约三十厘米长的油炸红点鲑和十只干炸小河蟹。

从赤玉前往生椿的路上,有一条溪流,叫作"久知川"。那里是红点鲑的乐园。那八条红点鲑就是高野在那儿花了不到一小时捉到的。

地炉的吊钩上挂着野菜汤。米饭也已煮好。

氛围融洽。高野取出一瓶自家酿的药酒,给春雄斟上。这酒是将软枣子和白糖放在三十度的烧酒中浸泡五年而成,味甘甜,不醉人。

"我每天都喝这药酒,从没感冒过。"不知是否有意,高野没用佐渡方言。

他再次为春雄斟酒。春雄听得出,高野对药酒的功效颇为自豪。

春雄接过米饭,一边品味生椿的佳肴,一边开启了话题。

"我在朝鲜服过役,您呢?"

3

"我去了中国北方。没想到,还能从前线活着回来。"

高野说,子弹射入他右侧肩胛骨。

"枪击的冲击力非常大,我心想,完了,当即仰面倒下去。失去了意识,我完全感觉不到伤口疼痛或者灼烧。子弹贯穿身体。同伴马上把我转移到后方。大概二十分钟后醒来,感觉像死过了一回。要是子弹再偏一些,打到脑袋或是别的要害……能活到今天,真是万幸。"

春雄也谈起当兵时的事。

"这么说可能很可笑,对于我而言,恰恰是战争中的经历拉近了我和朱鹮的距离。"春雄侃侃而谈,还聊起当初不认识农林省的标志桩,以及后来又回到加茂湖边去找的事。

"对于我而言,虽然算不上直接影响,"高野顿了一下,"复员回到佐渡,刚开始还曾因能活着回来痛哭流涕,可是,佐渡不再是从前的佐渡了。山都秃了。虽说佐渡没被空袭,但战争的影响不可谓不大。"

高野开始了种地和烧炭的日子。就在彼时,他注意到,入伍前田里的朱鹮成群结队,而现在却只有零星的几只。而且,朱鹮变得异常机敏,一见人就跑。

"太奇怪了,我当时认真想了想这事。"

人类如此大量地伐木,是朱鹮从未经历过的。由于夜宿地和巢都在树上,它们一次次失去家园。

曾经,郁郁葱葱的树林是朱鹮的庇护所,现如今,老鹰、鸢等大型猛禽能轻易在天空中捕捉到它们的身影。

"毕竟白色羽毛太醒目了,没了树难以藏身。对于鸟类等野生动物和人类而言，大自然的意义截然不同。就算某座山被砍光了，但只要还有下一座山，人们便觉得大自然取之不竭。但当地的动物，却不得不面临巨大的危机。环境的变化，导致捕食对象突然灭绝。失去绿荫的保护，土地干裂，朱鹮爱吃的昆虫也消失得无影无踪。"

高野认为，朱鹮之所以变得机敏，正是因为频繁地在山中见到人类，并且，亲眼目睹一只只同伴命丧猛禽之口。

春雄点了点头。这个说法符合食物链的规律。人类处于食物链金字塔的顶端，最底层是草木等植物。它们上方是昆虫和鱼类。朱鹮位于昆虫和鱼类的上方、猛禽类的下方。因此，从植物减少那一刻起，朱鹮的命运也随之飘摇。

与其他鸟类相比，朱鹮的数量本来就少，一旦平衡被打破，趋势便很难逆转。高野冥思苦想，自己能做的，唯有帮助朱鹮填饱肚子。与从前相比，它们的食量明显减少了，必须要让朱鹮多进食，补充体力，以便遇到敌人时顺利脱险，才能繁衍壮大。

高野采取的方法是撒食。他自己捉来青蛙、泥鳅、鲫鱼、小河蟹，撒到田里。春雄通过观察鸟类了解朱鹮的食性，而高野则是源自童年的见闻。

放好食物，高野原以为只需等朱鹮早上飞来即可。其实并没那么容易。高野在朱鹮离开夜宿地的时间放好食物，但没料想被"它"捷足先登。

乌鸦。即使朱鹮先到，结局也一样。乌鸦大摇大摆地降落到田里，享用美食。而朱鹮却慌忙逃入附近的林中，等待乌鸦离去。高野想办法赶走乌鸦，但朱鹮也一并逃走。若是等到乌鸦自己飞走，田里却已无食物。

高野伤透脑筋后，开始自己养殖朱鹮的猎物。这也颇费了工夫。

下大雨时，小河蟹被冲进生椿的河里。高野和妻子以及三个儿子一道，拿着瓮去捉。这时，他才发现，原来大蟹会吃小蟹，小河蟹竟是自相残食的物种。于是，他增加了三个瓮，在其底部铺上砂子、较大的石头、树枝和枯叶，让小蟹有地方可逃。

高野用同样的方法养殖泥鳅和鲫鱼。夏季，他每天都从河里取水，按照几分之一的量替换瓮中的水。因为对于鱼而言，水中的微生物十分重要。养泥鳅的瓮底，高野特地铺上三寸土（九厘米）。因为泥鳅有钻土的习性，晚上睡觉离不开土。冬季，泥鳅会在土中冬眠，这时一定要减少水量，将土加厚，再在上面铺上枯叶保温。另外，眼看着小蝌蚪出生是养蛙的一大乐趣。家人们都开朗豁达，就算青蛙或者小河蟹夜里跑到卧室里，大家也不会生气。

这样一来，即使食物被乌鸦吃了个精光，高野也拿得出足够的吃食让朱鹮饱餐。

"不过，有意思的事来了。渐渐地，我对乌鸦也有了好感。受到伐木的影响，乌鸦能吃的小动物减少，加上居民家里也没什么剩饭菜，乌鸦也挣扎在死亡线上。为了活命，不得不抢朱鹮的食物。所以，我决不会把乌鸦当恶人。"

1947年年中，撒食步入正轨，当初嚷着"高野，你在干吗"的邻居们，也开始帮忙。不过，他们逐渐对生椿的生活失去信心，下山去了。

高野的撒食行动至今持续，他给春雄指了指瓮所在的方向。对于高野此举，春雄满心感激。

（终于找到这么一个人。）

如果高野没有撒食，也许朱鹮已经绝迹。特别是在严冬，高野铲掉田里的积雪，放上食物，这对于朱鹮而言，无异于救命稻草。

"怎么了？佐藤君。"

见春雄愣神，还带着笑意，高野问道。春雄详细介绍了自己一边观察朱鹮一边收集鸟粪的经历："我刚才想起，也许我捡的鸟粪里，有一部分就来自您为朱鹮准备的食物呢。"

高野也笑起来。

晚饭过后，岛端上柿子和茶。

高野还嘱咐岛取来大福①招待春雄。岛特制的特大大福，有成年人的手掌大小。佐渡的大福，一般是将七叶树的果实磨成粉制成。馅儿里的红豆是高野自家田里种的。

谈了这么多，春雄终于切入正题。

---

① 大福，一种日式点心。

"您应该知道,现在朱鹮只剩六只了,其中小佐渡四只,大佐渡两只。六年前是二十四只,三年前是十三只。"

"确实如此。我只熟悉小佐渡,黑泷山没人伐木,环境不错,可惜今年没雏鸟出巢。四只,差不多是这个数。"

高野的神色严肃起来,他盯着春雄的眼睛。

"佐藤,大佐渡的情况我虽不是特别了解,但现在搞旅游开发,朱鹮的栖息环境日益窘迫。朱鹮要生存下去,非常非常难。大佐渡是不能待了。"

"完全没希望了吗?"

"不能说完全,但是,可能性很小。不要说增加数量,维持住现在的两只就很难。"

"那小佐渡呢?"

短暂的沉默后,高野接着说:

"很困难,即便我坚持撒食。生椿倒是完全没使用农药,但在其他地方,如果不用农药,产量上不去的话,农户难以维持生计。"

尽管高野在撒食,但朱鹮在自然界自己觅食也是很重要的。可是,随着农药的普及,朱鹮的猎物减少,而且是急剧减少。高野也有切身感受,他能抓到的泥鳅和小河蟹也比以前少了。

"虽然设立了禁猎区,但人们依然能进山。"

春雄知道,高野要说的,是在朱鹮繁殖期入山的人。据春雄观察,虽然人们只是进山摘野菜,但却有可能无意中接近雌雄朱鹮的筑巢地，导致机敏的朱鹮离巢躲避。如果当时巢里有卵，那即使朱鹮只离开一会儿，朱鹮卵也非常可能成为黄鼠狼的盘中餐。沉默片刻，春雄谈起1952年11月，自己见到二十二只朱鹮的那一天。

"六年前还有二十四只。现在，朱鹮面临有史以来最大的危机。相关部门应该尽快出台保护政策，但实际上却毫无动静；佐渡朱鹮爱护会本想做些工作，又苦于没有经费。所以，我想提一个我个人的请求。虽然一直以来，与生椿没有往来，但我希望今后，能就保护朱鹮与您建立经常性的联系。为了朱鹮能留在佐渡的天空，请您一定帮忙。"

听完春雄的提议，高野点头，欣然接受。

"如高野先生您所言，朱鹮的栖息环境正逐年恶化。现在最大的问题，就是食物和繁殖。我想，眼下的当务之急，应该是像您一样，为朱鹮撒食。时间上，要坚持到每年雏鸟出巢。数量上，要尽量与朱鹮的数量相匹配。您觉得呢？"

"事实上，能做的也只有这个。我考虑过很多，但都行不通。"

高野的回答直截了当。春雄不明白高野为什么说"只有这个"。高野接着说："要让人完全不进山非常困难。首先，那些进山采野菜、蘑菇的老人家，不可能把他们赶走。另一方面，人工繁殖，这可比撒食难得多。想必你深有体会。"

春雄这才明白"能做的也只有这个"的意思。之前在两津高中养殖朱鹮，可谓困难重重。不清楚朱鹮的性别，直到它在上野动物园死亡后才得知。对于这种从外观上难辨雌雄的动物，即便运气好，捕获到野生朱鹮，但若是把两只雄性放在一起，也是徒劳。实际上，要人工繁殖朱鹮，还缺少对于朱鹮的充足的基础研究。就像动物园的繁殖工作，也是要有长期的基础研究才能实现的。

"尽管如此，我还是对人工繁殖抱有希望。"

这句话，春雄说得很小声。因为他意识到，小佐渡仅剩四只朱鹮，要是从中抓几只，风险非常大。同时，他还意识到一件重要的事。

人工繁殖的最终目的，在于放回野外。不过，即便将繁育的雏鸟放回野外，野外环境是否适合朱鹮栖息也是个问题。朱鹮不是一种善于适应环境变化的鸟，现在的环境对于它们而言，已然很恶劣。

而且，环境将继续恶化，改善就更免谈了。日后就算是成功增加了朱鹮数量，但环境问题不解决，人工增殖就没有意义。高野所说的"行不通"便是这个意思。

"我很清楚您说的'行不通'是指的什么。但眼下的局面，我们能做的恐怕只有撒食和人工增殖了。"

"如果撒食顺利，自然界中的朱鹮增加，小佐渡也能有四五十只的话，捕获几只进行人工饲养，倒也不是不可能。"高野的话让春雄看到一线希望。

"看来还是要从撒食开始。"

"我说的那种情况近乎奇迹。动物数量一旦减少,要再度壮大起来是非常困难的。"

"尽管如此,也不能放任朱鹮不管。先从撒食开始吧。"

"嗯。但是,佐藤,有句话我要说在前面。我与朱鹮打交道多年,以我的感觉,或者说,我有一个结论。"

高野声明,他说的不一定正确,不全信也没有关系。这让春雄很紧张,预感将听到一个悲观的判断。

"朱鹮减少到四只以后,我有个强烈的感觉。我觉得,朱鹮这种鸟,即使人工饲养,它的数量也未见得会增加。当然,我们还没有试过,这样说也许有些奇怪。但是,它在自然界中都无法增殖,在人的手里为什么就可以呢?这话看似矛盾,但正是问题的症结所在。"

高野的话,也印证了人们对于朱鹮知之甚少的事实。

"我们谈朱鹮的增殖也好,饲养也罢,一定不要忘记,在这个世界上,只剩佐渡还有朱鹮。当然,能登也有朱鹮,我们不去抠这个细节。朱鹮正是适应佐渡这一方水土才在此地栖息。"

高野接下来的话让春雄铭记于心。

"朱鹮留在佐渡,那它就是佐渡大自然的一部分。不要把目光局限于朱鹮这一点,要认识到,它是与自然界紧密相连的。"

日本野鸟会的会员,多是爱鸟人士。不过,其中的不少人,眼里只看到鸟本身,只关心鸟的食物、栖木的种类和周围的环境。

同理，就朱鹮而言，不能只关注朱鹮本身，而要放眼整个自然界。春雄抬头望着高野，仔细斟酌他刚才的话。

生椿之夜，缓慢流逝。

四

聚光灯下的苦难

1

小佐渡四只,大佐渡两只。这是朱鹮的现状。

对于这个数字,不仅是佐渡朱鹮爱护会,朱鹮栖息的新穗村也非常关注。在朱鹮被列为特别天然纪念物的 1952 年,新穗村教育委员会就独自开展了对其栖息状况的调查。新穗村的调查结果同样是四只,并确认它们在小佐渡山脉黑泷山上筑巢。

佐渡朱鹮爱护会依然连一次会议也没召开过。爱护会无法按照当初的计划开展活动,作为实际发起人,春雄忧心忡忡。他意识到,爱护会的组织构成存在问题,必须对僵化的组织进行改造,让其能积极地、灵活地开展工作。认识到这一点的不只春雄,爱护会秘书处所在的佐渡支厅以及新穗村的友人都向春雄提出过相同见解。

现在爱护会只是一个空架子,加上国家和县里未下拨经费,成立之初的计划形同虚设。国家好像认为,将朱鹮指定为特别天然纪念物,便可以坐视不管了。不管怎样,现在是必须做出改变的时候了。1959 年 2 月,春雄着手对爱护会进行改造。在两津高中举行的猎政运营会议上,他与相关人士商议,确定了三条方针,并定于 4 月之后实施。

  一、申请保护朱鹮补助金。
  二、成立猎友会、野鸟会、朱鹮保护会三方联络协调会。
  三、为增强亲和力,将现佐渡朱鹮爱护会改名为"佐渡TOKI①保护会"。

  春雄原本希望通过放映幻灯片促进朱鹮保护思想的启蒙,不过,虽然当时反响强烈,但难以持续。必须开展更深入的启蒙,执行根本性的方案。按照春雄的提案,两津市决定,冬季在椎泊谷平以及和木的田里播撒泥鳅和鲫鱼。食物撒在常水田里,即使降雪,常水田因为有地下水涌出,也不会积雪。若是没有常水田的地方,便将雪化掉后再播撒。他们还商量设置监督员,在附近的小屋内用望远镜远距离观察,以确认朱鹮是否前来捕食。此事的经费,来自佐渡朱鹮爱护会会员的自愿捐赠。
  为了防止食物被黄鼠狼、貂等动物吃掉,曾有人提议,在撒食场周围修上篱笆墙。但考虑到朱鹮戒备心强,没有采纳。关键是准备足够的食物,即便其他动物分一杯羹,也有足够剩余满足朱鹮。

---

  ① 新会名将复杂的汉字"朱鷺"改为了更容易辨认和记忆的"トキ"。为方便中国读者阅读,文中会名里的"トキ"都译作其日语发音"TOKI"。

方案成形，正值3月女儿节。县教育管理主任打电话到两津高中找春雄。春雄听说是管理主任的电话，当即猜出了其用意。

"佐藤君，怎么样？差不多该动一动了。"

管理主任在等春雄的答复。他所谓的"动一动"，是指调动到别的学校任副校长。对于春雄而言，一方面考虑到朱鹮的因素，另一方面，他对两津高中有很深的感情，毫无去意。升任副校长乃至校长固然好，但春雄认为，教师这份工作的真谛体现在带班。因此，他到两津高中以来，没有哪年没担任班主任。到了别的学校，即便做了副校长，若不能带班就没有意义。所幸这个调令并非必须执行。

"我没有动一动的打算，希望能留在两津高中继续履职。"

春雄语气坚定，毫无犹豫。

另一方面，新穗村教育委员会的委员长也表现出对保护朱鹮的热情。这其中也有高野的功劳，因为他与教育委员长私交甚好。2月，村里拨款，在包括生椿地区在内的黑泷山周边，开始实施冬季撒食。4月，"新穗TOKI爱护会"成立，成员十五名，由教育委员长任会长。其主要从事黑泷山的巡查以及冬季撒食工作。

4月，国家和县里终于为保护朱鹮下拨了经费。佐渡朱鹮爱护会得到县里拨付的一万日元，新穗TOKI爱护会得到文部省文化遗产保护委员会下拨的五万日元，同时得到县里拨付的五万日元。一边是新潟县名流荟萃的佐渡朱鹮爱护会，一边是区区一个小山村的爱护会，两者所获经费相差十倍。乍一看多寡正好相反，但经费数量背后，反映的是朱鹮数量，大半数的佐渡朱鹮栖息于黑泷山所在的新穗村。

新穗TOKI爱护会正在号召村民入会，年会费一百日元。上面拨付十万日元，估计也考虑到其会员发展尚未步入正轨，故给予阶段性扶持。

可以见得，人们已经普遍认为，对于朱鹮的生死，不能再袖手旁观了。这一点让春雄感到欣慰，但爱护会的活动能否改变朱鹮的现状，却始终令春雄忧虑。

经过各方磋商，5月，"佐渡朱鹮爱护会"改组为"佐渡TOKI保护会"。菊池被选为会长。当时，他已从两津高中校长任上退休，任两津市教育长及佐和田町的财团法人佐渡博物馆馆长。

佐渡TOKI保护会的第一项工作，是制作呼吁保护朱鹮的海报。海报由新潟县知事[①]亲笔题字："保护朱鹮，保护新潟之骄傲。"内容不止于此，春雄还拜托两津高中的美术老师为朱鹮作画。这位美术老师不曾见过朱鹮，春雄给他看自己拍的照片，并逐一介绍朱鹮的特征。

该海报将张贴在朱鹮栖息地周边，一共印制了一百张，平均一张的费用是九十日元，合计九千日元，县里给的经费基本用完。

---

① 知事，相当于省长。

春雄在制作宣传册和幻灯片时思考得出的爱护思想，在保护会得到延续。春雄还通过保护会，呼吁禁止捕兽夹的使用。

在两个保护会之外，还有一件关于朱鹮的大事将至。

文部省文化遗产保护委员会决定访问佐渡，着手对朱鹮进行生态调查。调查预计8月下旬开始，为期一周。正式日程随后确定，但参与成员已早早确定。

受文化遗产保护委员会委托，参与调查的包括日本鸟类保护联盟会长兼山阶鸟类研究所理事长山阶芳麿，日本野鸟会创始人、会长中西悟堂。对于鸟类爱好者和鸟类研究人员而言，山阶和中西这两位的大名可谓如雷贯耳。春雄也为这二人亲临佐渡而振奋不已。他期待着，借此机会，朱鹮保护工作大步前进，相关政策方案也得以出台。

新潟县方面也积极配合。新潟大学理学部教授、县林务课、社会教育课等部门职员将参与调查，两津市、新穗村的保护会将提供协助。调查的准备工作开始。所谓准备工作，是指事前确认朱鹮的栖息地和栖息数量。5月，根据春雄的观察，不管在大佐渡还是小佐渡，今年均没有朱鹮雏鸟出生。通过撒食活动，高野也得出相同的结论。

合计最多六只，这一数字没有变化。在佐渡TOKI保护会，甚至有人怀疑，朱鹮已无机会增殖，即便进行撒食，也为时晚矣。

对此，春雄只能回应，不要过早下结论。轻易放弃才是最大的敌人。在增加朱鹮数量上，必须倾尽所有手段，探索一切可能，等待8月末调查人员的到来。

进入7月，文部省文化遗产保护委员会通知，将自7月24日起，在能登开展为期五天的调查，佐渡方面的调查顺延到9月上旬。

能登眉丈山的禁猎区面积扩大到原来的十倍，一千五百三十公顷。为此，山阶和中西已于5月末到访过一次能登，视察了禁猎区并对栖息地进行了环境调查。7月的能登之行开门见喜，视察团在调查的头一天，便在羽咋市眉丈山发现返回夜宿地的四只朱鹮。

佐渡作为下一站，却收到通知，由于调查员公务繁忙，佐渡之行被无限期推迟。佐渡方面大失所望。不过，也许文部省感受到佐渡的失望情绪，后正式决定调查于10月初进行。

就在作出该决定的8月，位于两津市西南部、加茂湖西畔的佐渡机场正式开航，航班联结新潟市与两津市，每日往返一次，时间三十分钟。对于佐渡岛而言，比起耗时三小时的海路，航班的开通无疑是喜讯。但在佐渡TOKI保护会和新穗TOKI爱护会眼里，飞机的噪音或对朱鹮的生活造成某种影响，令人担忧。

新潟机场位于新潟市以东的郊外，飞机自此起飞，直线横渡日本海后，经赤玉、黑泷山、新穗村上空到达佐渡机场。由于机型并非大型喷气式客机，而是载十人的小型螺旋桨飞机，再加上每日仅往返一趟，当地居民并无异议，但对于不善于适应环境变化且敏感的朱鹮而言，其影响不可小觑。于是，富士航空收到了变更航线的申请。

富士航空立刻接受申请，变更了航线。朱鹮是特别天然纪念物，并由新潟县出资保护，作为航空公司，不可能无视变更航线的申请。此外，飞机的名称为"朱鹮号"也是重要因素。航线变更后，飞机飞离新潟，在水津附近海面上空左旋，经两津港上空进入佐渡机场，这与海路的路线几乎完全一致。

调查定于10月6日至9日，共四天。不过，由于调查员6日下午才乘船进入佐渡，9日上午便乘飞机回新潟市，实际的调查时间仅仅两天。

10月6日下午，由山阶、中西率队的视察团乘船如期抵达两津。春雄、高野等当地朱鹮保护人士旋即与视察团举行了晚餐会。7日、8日，视察团都将在新穗村徒步视察，重点放在谷平、生椿等有朱鹮夜宿地的地方。

7日，天公不作美，从早上开始便大雨如注。上午9点，众人乘坐四辆两津市役所的车，前往椎泊，再由春雄带路，前往谷平。车行至最接近谷平处，一行人下车，撑伞上山。

"山间的梯田。这样的环境，和能登一样，很适合朱鹮生息。不过，这里森林更茂密，环境比能登还要好。"

未见到朱鹮，山阶、中西一行人边聊边走。

春雄语气稍显紧张，说："我认为，设立禁猎区是保护的第一阶段，值得担心的事还有很多。比如，人们在朱鹮繁殖期进山，惊扰鸟巢。还有，受农药的影响，泥鳅、鲫鱼比从前明显减少。从它们的粪便来看……"

他还指出了粪便中昆虫类减少的现象和农药使用的关联。在朱鹮的栖息地如何使用农药,如何说服农民。朱鹮夏季喜在深山里活动,但山林的开采要是继续进行下去,它们无处可去,也许会前往春、秋、冬三季的觅食地。那么,目前两津和新穗只在冬季进行的撒食活动,就有必要改在全年进行。

作为最极端的意见,视察团里有人提到,将两津市、新穗村整体指定为国家特别保护地区,不仅禁止山林的砍伐,农药的禁用也在探讨的内容之列。不过,可以想象,这样将造成人与鸟的对立,人与人之间的分歧。

为了让仅存的六只朱鹮繁衍壮大,真的要付出如此巨大的代价吗?春雄暗自揣度。

视察团拍摄了谷平的照片,画了草图。随后,一行终于向生椿出发。

保护工作的目的,在于增加朱鹮数量,让这种美丽的鸟儿在佐渡随处可见。可是,通往终点的路径众多,现在所做的工作,所提出的方案,走的究竟是其中的哪一条路?自以为正确的路,自以为是捷径的路,说不定却是最糟糕的路。也许,勒住朱鹮脖子的人,不是别人,正是自己。

接待视察团,让春雄意识到肩上的责任重大。望着车窗外的阴雨,他的心情也愈发沉重。

穿过赤玉地区,道路变得难走。这是一条尚未铺装的单车道山路，因下雨而泥泞，车只能沿着道路缓慢上山。周遭的风景颇似谷平。

到了不通车的地方，一行人在高野的带领下向前徒步。因为下雨，旱蚂蟥纷纷跑了出来。道路湿滑。足足走了一个多小时，一行人终于抵达生椿。在高野家吃过午餐，高野带大家视察了朱鹮常来的田地。雪山茶挡道，高野和春雄手持镰刀在前开路。雪山茶上附着大量旱蚂蟥，高野和春雄的手指和手背都被咬破了。如此葱郁的林间，即使白天也很晦暗。

眺望黑泷山、国见山一带之后，一行人急忙赶回两津，参加与新穗村相关人士的座谈会。现在，小佐渡朱鹮仅剩四只，保护它们的繁殖地——山林，迫在眉睫。虽然黑泷、国见二山都已成为鸟兽保护区，但山林采伐却不受限。若要保护鸟兽，必须保护山林。目前的措施有些自相矛盾。黑泷山周边五十公顷土地已经卖给林业公司，采伐也已开始，新穗村没有办法提出全面反对。人重要还是鸟重要？这个问题已经摆在佐渡人的面前。新穗村的回答是，禁止进一步的采伐，将保护朱鹮放在首位，采取抑制开发的方针。

2

1960年4月末。春雄与一名两津高中的毕业生一道，在小佐渡山里徒步。这名学生曾受教于春雄，也曾是野鸟部成员，毕业后，他在两津市内工作。现在，他已长大成人，春雄不好意思再以老师自居，而是将其作为"鸟友"。

"我正好路过这附近。"学生登门的时候，春雄正指挥孩子给自己打下手。

"昆虫的壳要放到中间那个培养皿里，滋子，蟹壳放右边，拿筷子那边。贝壳放左边，吃饭端碗那边。对，对。啊，辰夫，慢慢弄，别急。"

十岁的三女和八岁的儿子正帮春雄分拣粪便的过滤物。大人做事的时候，小孩往往喜欢蹲在面前目不转睛地看，不过，春雄家的四个孩子早在懂事之前，就一边嚷着"让我来，让我来"，一边模仿春雄手上的动作，尽管他们还搞不懂父亲在做什么。

"小朋友们动作很熟练啊。"

"也不知道为什么，他们玩玩具会腻，搞这个永远不会腻。"

"您带他们去过谷平吗？"

"没有。他们帮着分拣鸟粪，但对于朱鹮本身，好像没什么特别的感情，也从没要求过我带他们去。"

"就算他们想去，小孩子也不可能起那么早吧。"

"嗯，还是在房前的田里、水渠里抓鱼更好玩。"

"而且，就算带去了，要让他们匍匐或者忍住不吭声也太难了。"

"是啊。不过，孩子的好奇心都很强，照理说，至少应该要求一次说'我要去'。我最近在想，也许，照子跟他们打过招呼吧。也可能是我想多了。"

这便是久未见面的二人的开场白。彼此都是爱鸟之人，自然不会一直憋在这狭小的房间里。外面阳光明媚，学生从早上开始在大佐渡观鸟，所以随身带着望远镜、手工制作的"伪装衣"等观鸟装备。他所穿的工作服被染成墨绿色，这是很好的保护色，可以骗过鸟儿的眼睛。

春雄原本打算待在家里，这下也待不住了。两人骑着助动车，一同前往黑泷山附近的山里。

助动车是春雄的新交通工具，他3月刚刚拿到驾照。

今天的目的不在于朱鹮。这个季节，动植物生机勃发，绣眼鸟、山雀、白背啄木鸟、鱼鹰等鸟儿已结束繁殖，雏鸟们陆续离巢。这是他们的首要看点。另外，时下小佐渡春意盎然，正是采摘刺嫩芽等野菜的时候。雪山茶的浅粉色花朵含苞欲放，即将于初夏产卵的肥美的三块鱼在浅滩游弋，在路上买张小网捞上两条，为晚餐添道菜也不错。虽然不是观朱鹮，但春雄如同平时观察朱鹮一样，装备齐整。

沿着陡峭狭窄的山路而上，白头翁、绣眼鸟的鸣叫不绝于耳。山路两侧，有梯田、小河、小溪。小溪里，有几只小河蟹、小绿蛙悠闲地晒着太阳。

田埂褪去冬衣，郁郁葱葱。小河涓涓，流水潺潺。冬季沉睡于雪下的梯田，展露新颜。春雄沉浸在春意里，对曾经在此开荒

TOKI NO YUIGON 133

拓土的祖先心生敬意。佐渡有这样的清水、良田，才留下了朱鹮。春雄一边眺望梯田，一边继续往上走。

这里太适合朱鹮了，说不定今天就能碰上。虽不为朱鹮而来，春雄却禁不住期待起来。离开梯田和小溪，往山上又走了约一公里，盛开的雪山茶映入眼帘。两人不由得停下脚步。

"樱花虽好，但在佐渡，看花还是要看雪山茶啊。"春雄感叹。

"那里有蛇。"沿着学生的手望去，只见一条缓慢爬行的蝮蛇，收起尾巴，钻进了草丛。春雄正要拍摄这成片的雪山茶，突然，头顶传来酷似朱鹮的叫声。

"咔啊，咔啊……"

春雄立刻弯腰，举起望远镜，循声望去。学生见状，意识到是朱鹮出现，也马上拿起望远镜。在新绿的枝头上方，一只朱鹮在天空中悠然盘旋。这是学生第一次见到朱鹮——春雄在两津高中饲养朱鹮时，他尚未入学，而他自己未曾在野外见过朱鹮。出于顾虑，他也未提出过随春雄到谷平观鸟。

二人缓慢移动到附近的树荫下。春雄可以清晰看见，朱鹮的羽毛已变成黑灰色。二人与周围的树木融为一色，并未被空中的朱鹮发现。朱鹮慢慢地划出一道半径约二十米的弧线，落在离他俩约五十米的树枝上，缩着脖子。春雄连忙给相机换上长焦镜头。

"老师，它的巢说不定就在附近。"

"很有可能。在它飞走前，我们在这藏着别动，千万别吓着它。"

两人压低声音，屏住呼吸。朱鹮不仅缩着脖子，还时不时用喙整理羽毛。别的鸟鸣好像并未引起它的警觉。观察十五分钟后，朱鹮飞走。春雄和学生仔细环顾四周的树木，但没有发现朱鹮的巢。朱鹮飞往梯田的方向，估计巢在那附近。

"我们来时经过的梯田和小溪就是它的觅食地。巢一定在那附近，咱们去看看。"

两人随即折返。空中传来鱼鹰的叫声。春雄抬头望去，见鱼鹰盘旋后飞入林中。春雄的视线被带到正前方的树枝上，那里有个巢状的东西，离地约十二三米。巢由无数的小树枝堆叠而成，位于树枝Y字形分岔处。Y字形的正中间有一根粗枝，用来支撑巢，确保安全。

春雄想起1933年在新穗村发现的那个巢：椭圆形，长直径七十五厘米，短直径五十五厘米。

不会是鹰巢，鹰巢比这个稍大。那这肯定就是朱鹮的巢。

凭借多年的经验，春雄几乎认得所有的鸟巢，这是他第一次见到朱鹮的巢。巢由树枝筑成，从缝隙里能看得出，里面没有亲鸟，不过，是否有卵和雏鸟，却看不真切。朱鹮过于机敏，要是这个时候有人接近，可能会影响它的繁殖活动。

不过，机会千载难逢。如今，朱鹮的繁殖还是一个谜。春雄观察朱鹮已进入第15年，但既没见过繁殖期的朱鹮，也没见过朱鹮巢。既然撞见，他打算仔细探究一番。

所幸，这附近坡度很陡，足足有三十度。

要是往上坡方向走一段距离，爬上树用望远镜观察，说不定能窥见巢中状况。两人边走边穿上了"伪装衣"。

他们来到直线距离约一百米的地方，中间无树枝遮挡，不用上树便能看见巢中的样子。巢直径约一米，近乎圆形。

更让春雄欣喜的是，巢内竟有四颗卵。细枝筑成的巢的中央，铺着厚厚的青苔，卵位于青苔之上。春雄赶紧换上照相机拍摄。

"亲鸟随时可能回来，咱们赶紧离开。"

离开前，春雄走到巢的正下方，拍摄仰视的照片。

原来如此。之所以选这里筑巢，是因为上方的枝条能起到遮风挡雨的作用。而且，纵然从下方可以发现巢的所在，但从天空俯瞰，却很难发觉。这样一来，便免于鹰和鸢等天敌的袭击。从这一点上，也能看出朱鹮戒备心之强。

春雄将视线转到脚下，发现无数的鸟粪。他习惯性地将鸟粪舀起，放入相纸袋，然后赶紧下了山。

春雄刚一到家便开始分析鸟粪。小河蟹居多，还有青蛙的骨头、水生昆虫的壳等。几乎没有泥鳅和鲫鱼。如春雄所料，附近的小溪便是朱鹮上佳的觅食地。

春雄十分惦记巢里的卵是否孵化，5月15日，他与学生一道，再次入山。他万分希望，今年一定要孵出雏鸟，哪怕一只也行。

早上7点出门,9点到达。他们沿着上次的路走到巢的附近,然后绕了一大圈,来到上次观察的地点。

因为浓雾,视线不清。隐约见到巢中有两只成年朱鹮,从脖子到背部都呈黑灰色。它们站在巢的左侧,离中心稍有一段距离。巢中央有三只雏鸟,从喙尖儿到尾部的长度,约和矮脚鸡的鸡仔一般大。看来,四只卵中,有一只没能孵出。亲鸟低头,守护着新生的雏鸟,画面令人颇为欣慰。春雄想起高野的话,朱鹮"就像人一样"。

两人静静地观察,三十分钟后,亲鸟飞走。估计是去给雏鸟找食吃。

两只同时离开。不知它们是疏忽大意,还是认定不会有外敌入侵,抑或是为了带回足够多的食物,才不得不一同行动。也许,是训练雏鸟看家,让它们从小自立。"老师。"学生将春雄从思绪中拉回现实,示意他穿上"伪装衣"。观察雏鸟,拍照。雏鸟蹲在巢中央,紧紧挨在一起,微微缩着脖子。它们时不时将脖子往前后、左右探,但并没有恐慌的神情。

有一只站起身。是要离巢吗?这么小就能飞?二人疑惑之际,只见它摇摇晃晃走到巢边,把尾部支到巢外,屁股排出白色的液状物。先后排了三次。原来雏鸟是在排便。

春雄推测,因为亲鸟不在身旁,这不会是后天的训练,应该是本能。

另一只雏鸟也排了便。在飞走一小时后，有一只亲鸟回来了。见到父亲（母亲）回家，三只雏鸟张着嘴，你戳我，我戳你，像是在打架。为先抢到吃的，三只在比谁先将头伸进亲鸟嘴里。

进行了三次排便的那只最先将头伸了进去。亲鸟猛地前后左右甩头，把喉咙里的食物喂给它。食物但凡能被亲鸟吞进喉咙，雏鸟便能吃得下。第一只雏鸟将头从亲鸟嘴里缩回来，吞下食物。

本以为喂食是三只交替进行，没想到第一只把头往亲鸟嘴里伸了三次，才终于轮到排便一次的那只。这只进食了两次，每次耗时约一两分钟。

十分钟后，想必食物已经喂完，亲鸟再次飞走。第三只雏鸟一次也没能把头伸进亲鸟嘴里。与其他两只相比，这只体型小一号，看上去没吃饱。但它并不气馁，头后部的冠羽高高立起，精神头儿十足。

雏鸟在巢中走动，整翅。三十分钟后的11点10分，又有一只亲鸟返回。它已经辨不出刚才谁吃了，谁没吃。不过这次，第一口给了刚才没吃上的那只，然后三只交替，亲鸟一共喂了八次，11点16分再次离开。12点22分，一只亲鸟飞回，喂食三次后，于29分离开。三只雏鸟缩着脖子，相互依偎着睡去。整个身体随着呼吸缓慢地起伏。

不过，这一觉只睡到下午1点5分。亲鸟一回来，它们睁开眼，又打作一团。亲鸟停留了三十分钟，喂食十三次后，再度离开。2点30分又一只亲鸟返回，喂食四次，38分飞离。

此时，春雄已对观察成果心满意足，下山去了。

两年前，小佐渡朱鹮数量跌至四只，现在虽出现转机，但并非高枕无忧。目前，只是确认有雏鸟诞生而已，离雏鸟会飞，会自行觅食还有漫漫长路。这期间，天敌貂、黄鼠狼要是趁亲鸟不在时袭击朱鹮巢，雏鸟是毫无抵抗能力的。

高野和妻子也发现了这三只雏鸟。生椿的春天来得晚，对于生长在这片土地的高野夫妇而言，朱鹮的雏鸟便是春天的象征，春天的使者。

除了高野家，生椿本还住着一位独居的老奶奶。她的孩子住在新穗村，考虑到她近八十岁高龄，不放心，便接她下山去了。现在的生椿，只住着高野和岛两个人。邻居离开，日子平添寂寥，但只要见到刚出生的小朱鹮飞来生椿，他们会感觉跟家里添了新丁一般，格外喜悦。也正因为如此，二人才不舍得离开生椿。

眼下，雏鸟还不会飞。根据以往的经验，到了六月，雏鸟就会随亲鸟一同飞行。高野和春雄都认为，要是走不到飞行那一步，雏鸟诞生就没有意义。

春雄和高野每天都挂念雏鸟的情况，但又不敢频繁地接近鸟巢。

三只雏鸟诞生的同月，5月24日，第十二届国际鸟类保护会议在东京都港区国际文化会馆举办，为期五天，有五十八个国家参加。该国际学会历史悠久，首次会议可追溯到1922年。学会的宗旨是，呼吁重视自然保护和环境保护，打破地域界限，召集全世界的有识之士一同保护那些受环境影响而逐渐减少的野鸟。

这次是该学会第一次在亚洲地区举办会议。结合当时日本的时代背景，此次会议的选址颇具意味。去年（1959年），超越"神武景气"的"岩户景气"① 时代到来。随着经济进入高速增长期，人们开始信奉"科学技术万能"，技术创新、能源革命初现端倪。1955年，通产省②发布"石油化学培育方针"，在川崎、四日市、岩国、新居浜建设石油联合厂，并于1958年开始生产。

洗衣机、冰箱、电视等电器迅速普及。1959年4月，皇太子结婚游行，电器店的电视机被一抢而空。此外，1959年也成为私家车普及的元年。东京成为经济高速增长的代表城市。1964年东京奥运会开幕在即，新干线、高速公路等交通基础设施加速建设，高楼大厦拔地而起。消费被人们视为美德。在这样的时代背景下，国际鸟类保护会议在东京召开。

在此次会议上，发生了一件划时代的重要事件，朱鹮被指定为国际保护鸟。至此，国际保护鸟增至十三种。两年前，伊豆诸岛的短尾信天翁因骤减至二十五只，被指定为国际保护鸟。朱鹮

---

① 岩户景气，日本战后第二次经济发展高潮。
② 通商产业省，主管工商业、贸易等的国家机构。

是日本第二种入选的鸟类。

鸟类学会呼吁："世界上共九千种鸟，让全世界携手，一起保护那些濒临灭绝的鸟类。"不过，鸟类学会只是民间组织，并不具有任何法律权限，所谓保护，只是停留在呼吁的层面而已。

因此，成为国际保护鸟，并不意味着文部省等国家机关将以首相的名义采取什么强有力的措施保护朱鹮，使其免于灭绝之灾。不过，当时，"国际保护鸟"一词已为媒体所熟知。通常，学会的东西往往过于学术，不易报道，但关于环境变化与生物种类的减少这一话题，可读性强，颇受报社青睐。朱鹮入选国际保护鸟，邮局还发行了以它为图案的纪念邮票。

三只雏鸟的诞生尚未向国际学会报告。朱鹮入选国际保护鸟的新闻在全国性报纸上广为宣传。对此，舆论见仁见智。主流的反应是呼吁积极保护：

"朱鹮的学名是 Nipponia nippon，它是日本的骄傲，大家应该一起保护它。"

新潟县旅游业内人士则认为：

"非常光荣。这次的报道简直就是给佐渡做的免费广告。"

春雄心里却五味杂陈。从佐渡 TOKI 保护会的角度考虑，朱鹮入选国际保护鸟，保护会也许更容易获得活动经费，这令人高兴。在出台相关规定，限制人们进山方面，国际保护鸟的名头也更有说服力。眼下，正好借着"国际保护鸟"的东风，积极地推进保护事业。而从春雄个人的角度而言，他却觉得，入选国际保护鸟不仅不光荣，反而很羞愧。

关于入选背后的意味，从表面上理解，"朱鹮近年减少，现在必须要保护，需要全世界的力量"。但对于观察朱鹮十四年有余，在保护道路上一路摸爬滚打过来的春雄而言，却不是那么简单。

春雄的解读是，日本没能保护好朱鹮，今后，仅靠日本是没希望的，只好请全世界伸出援手。

朱鹮虽是国际保护鸟，但曾经在全日本随处可见。所以，整个日本都对朱鹮负有责任，但如今，责任却落到佐渡的头上。

春雄总爱从最好和最坏两个极端考虑问题。最好的结果，在不远的将来，朱鹮可以在佐渡的上空自由翱翔。最坏的情况，对于佐渡的野生动物而言，"国际保护鸟"是前所未有的头衔。春雄担心，这个头衔会转化为沉重的责任，反而压得佐渡喘不过气来。

不过，一想到有三只雏鸟诞生，春雄又对未来充满了希望。入选国际保护鸟，仿佛是对雏鸟们的祝贺。

6月初，春雄与学生一道，第三次上山。这次，他们要确认雏鸟是否离巢出飞。和上次一样，他们迂回来到之前的观察点，用望远镜观察，却没发现雏鸟。

或许已经离巢，或许……在这两周里，已经丧命于天敌之口。两人仔仔细细打量巢的周围，发现有两只雏鸟站在附近的枝头。那么，另一只去了哪里？已经离巢了吗？

亲鸟也不在。大概是外出觅食去了。过了一会儿，亲鸟返回，没有停到巢所在的树上，而停到另一棵树上，这令人费解。春雄的视线跟着亲鸟，发现它在树上扑腾。原来，那个枝头上有一只雏鸟。亲鸟朝着雏鸟张开嘴，雏鸟用喙往里戳着取食。

看来，只有一只学会了飞。

朱鹮和其他鸟一样，雏鸟的成长有个体差异，并不是一齐离巢出飞，而是逐个离巢。

二人安下心，满足地下山去。

三天后，高野在离巢一公里外的生椿发现飞行中的三只雏鸟和两只亲鸟。他写明信片告知春雄。明信片上，写有高野一手漂亮的钢笔字，并印有"新穗村"的邮戳。

三只雏鸟诞生，并且安全离巢出飞的消息，从佐渡TOKI保护会传到新潟县社会教育课，再上报到农林省、山阶鸟类研究所、日本野鸟会等组织。

此时，出席国际鸟类保护会议的各国会员正在北海道旅行。他们获悉佐渡三只朱鹮诞生的消息，皆欢欣鼓舞。

这样一来，小佐渡合计共七只，但不知为何，两津市和木方面却没人目击到大佐渡的两只朱鹮。若无意外，合计应该为九只。不知大佐渡两只朱鹮是已经死去，还是人们没有见到而已。另外，能登方面公布，1960年现存朱鹮三只。

3

就在三只雏鸟诞生的 1960 年，两津市、新穗村的主要道路及山里，出现了用捐款修建而成的宣传板。这些宣传板约一张榻榻米大小，上写有"大家携起手来，保护国际保护鸟、特别天然纪念物朱鹮""保护佐渡之宝、世界之宝朱鹮"等字样，并配有朱鹮图案。

暑假期间，春雄到访能登，在当地羽咋 TOKI 保护会的陪同下，考察了眉丈山及冬季夜宿地轮岛市。与佐渡相比，这里的土地开发更甚。佐渡的森林尚且茂密，环境更适合朱鹮栖息。春雄回到佐渡，深感佐渡 TOKI 保护会责任重大。

当年 12 月上旬，一向少雪的佐渡，遭遇了暴风雪。天气预报预测，从年末到来年 1 月，日本海沿岸将降下超出往年的大雪，提醒大家做好防范措施。

从中旬至下旬，雪大抵停了，春雄像以往一样，在谷平及周边观察朱鹮。离新年还有一周的时候，再次下起了雪。此时，春雄在小佐渡地区发现异常。

加上今年孵化的三只，小佐渡地区应该有七只朱鹮。可春雄却只见到六只。三只雏鸟都在，少的是一只成鸟。迁徙到大佐渡是不可能的。春雄放心不下，踏着积雪的山路，前往生椿，请教高野。

"我也是，只见到六只。"高野的结论相同。两人探讨了最坏的可能性。

正如天气预报所预测的，从年底 27 日开始，北陆地区日本海沿岸下起了大雪。这是新潟地方气象台开设以来最大的一场雪。从 29 日到元旦黎明，雪势变大，积雪量到达二至四米。连除雪车也无法动弹，处于瘫痪状态。国铁①上百条线路就地停车。十五万名乘客靠当地居民的接济，在列车上跨年。一千五百条线路停运，此次雪灾创下国铁运行以来之最。

北陆地区的房屋也受损严重。六百三十户整体或局部垮塌。三十九人死亡，四十人受伤。大部分遇难者是铁路乘客，他们受不了久坐，腿脚麻木，选择徒步前往目的地，却在途中遭遇暴风雪遇难。

此次雪灾被称为"北陆豪雪"，并成为暴雪的代名词。佐渡的积雪量较新潟本土少，但由于降雪不曾间断，两津市内的街道上积雪足足有一米。田、湖泊，就连常水田都几乎完全被积雪覆盖。一天之中，暴风雪可达数次，能见度极低。朱鹮遭遇异常严重的食物危机。

元旦的上午，出现了短暂的阳光。连续的降雪，让所有人都失去了外出的欲望，就连烧炭的工人也打消了进山的念头。更何

---

① 国铁，原日本国有铁道。

况,时值正月①。只有春雄,为了打探朱鹮的情况,迫不及待地出了门。

趁着天晴,他骑车前往两津的街上。不过,半路上车胎冻住,他只好扔下自行车,走到鱼店。鱼店本未营业,春雄敲开门,买上雷鱼,乘巴士前往椎泊谷平。一到常水田,他赶紧用随身带的小刀,将雷鱼切作两段放好。但是,不见朱鹮的踪影。春雄还发动了佐渡 TOKI 保护会的会员,并联系了新穗村的爱护会。

自秋季以来,爱护会的会员几乎每天都要给朱鹮撒食。即便下雪,他们仍然穿着踏雪板到黑泷山、国见山等五处常水田,撒上鲫鱼、青蛙、雷鱼、胡瓜鱼、小鱼干等。

据他们讲,12 月 19 日之后,朱鹮曾于 21 日和 23 日前来觅食。27 日和 31 日他们没能出门。春雄听后暂且宽心,至少在鸟巢所在的黑泷山附近,朱鹮找到了吃的。另外,听说高野也在撒食,春雄忐忑之心才稍有舒缓。

生椿一带的积雪厚达两米。高野夫妇担心朱鹮安危,顶着暴风雪,去到常水田,扒开积雪,撒上食物。对于高野而言,穿越雪地去撒食虽已成习惯,不过,这次的大雪不同以往,令他格外担心。有高野在,春雄吃了一颗定心丸,但他还担心朱鹮被暴风雪困在巢里,活活饿死。

---

① 日本的正月按照新历算。

1月3日下午3点半左右,有人在大佐渡山脉脚下的金井町三濑川村落,目击到两只飞行的朱鹮。此处东与两津市相接,南邻新穗村,此前从未发现过朱鹮。朱鹮的飞行路线往往离不开夜宿地和觅食地,这次的发现让春雄不解。这两只朱鹮究竟属于哪里?是去年从和木消失的那两只,还是小佐渡的朱鹮?为何要选择一条从未走过的飞行线路?

因为找不到食物四处巡回?抑或在飞行途中遭遇暴风雪,被风吹至此?唯一可以确定的是,这次大雪,对于朱鹮是场严峻的考验。

小佐渡的朱鹮数量,一直无法确定为七只。1月23日午后,两津高中接到新潟警方的电话。

在距离新潟本土的新潟市二十公里的内陆城市五泉市,一只朱鹮被射杀。春雄错愕。新潟本土为何出现朱鹮?数十年来,新潟本土都没有发现朱鹮的踪迹。莫非它们一直隐居?还是,越后真有朱鹮的筑巢地?若属实,这将成为关于朱鹮栖息的重大发现,是不幸中的万幸。不过,朱鹮具有一定程度的群居特性,当地若真有朱鹮,是不可能避得过农林业从业者的眼睛的。

这样一来,在五泉市被射杀的朱鹮,应该来自佐渡。要么是被暴风雪刮过去的,要么是迫于饥饿,挣扎着飞过了日本海。

下午的课,春雄心神不安,无法集中精力。五泉那只朱鹮在他的脑中挥之不去。刚一下课,春雄接受了《新潟日报》记者的电话采访。记者身在五泉市事发现场附近,向春雄介绍了现场的情况。

1月3日早上7点前后,一名当地的猎人在市内的河岸边,用霰弹枪射杀了五只野鸭。野鸭被冲向下游,考虑到野鸭会被过滤垃圾的网截住,再加上脚一直穿着踏雪板,需要休息,猎人便先回家吃早饭。小睡后,他于上午10点乘船前往垃圾拦截处。

野鸭确实被垃圾网拦住,但两只游隼和一只乌鸦竟合伙吃起野鸭来。见状,猎人大怒,冲上河岸,在距离其五十米处,用霰弹枪朝游隼开枪数次。游隼受惊飞走,不久后掉落一只。雪中染上红色血迹,游隼剧烈挣扎后死去。突然,他发现附近还有一只朱鹮,神情萎靡。一枚弹片击中它的胸部。猎人被朱鹮色的羽翼所吸引,将其带回了家。猎人之所以知道这是朱鹮,是因为他刚好于去年到过佐渡旅行。为什么朱鹮会出现在这里,他也想不明白。到家后,猎人把游隼和朱鹮放置在户外的仓库里。

第二天,猎人开始为射杀朱鹮而苦恼,但又不敢告诉他人。十七天之后的20日中午,他将此事告诉好友,好友劝他立刻报警。于是,猎人很快带着游隼和朱鹮自首。一番调查之后,警方以涉嫌违反狩猎法及文化遗产保护法,将其移送检察机关。

时值严冬,尸体腐烂速度慢。朱鹮的羽毛几乎没有损伤,展开后约有一米二。此时,它的体重为两千克,虽小,但为成鸟。

五泉警察署上报新潟县厅:"我处有一只疑似朱鹮的鸟。"次日,县厅派出技术人员前往。23日中午,朱鹮遭误杀的消息正式发布。

"这一突发事件令大家都感到震惊。据说,现在,新潟大学正对朱鹮进行解剖,研究它的内脏及捕食状况。基本认定它是从佐渡飞来。另外,解剖后,内脏将用福尔马林溶液保存,羽毛等将被制成剥制标本。"

晚上,春雄得知解剖结果。肝脏和下腹部各发现一枚弹片。

朱鹮体内发现有小龙虾、鲶鱼、珠星三块鱼的骨头,水生昆虫水甲虫的壳。小龙虾、鲶鱼、珠星三块鱼都已被消化,从骨骼判断,体长约十厘米。

这次解剖结果,有一点值得关注。在显微镜下对朱鹮生殖细胞进行观察,通过辨认精子及生成精子的精原细胞,判断该朱鹮为雄性。同时,还拍摄了精子的形状、细胞的构造的照片。这填补了学会在朱鹮生殖细胞研究上的空白。这只朱鹮体型较小,但确属已具备生殖能力的成鸟。春雄当场将记者的讲述记录到笔记上。

挂断电话后,他在自己的办公室里,一边看笔记,一边想着那只朱鹮,心里很是遗憾。

这是失踪的朱鹮中的一只吗?是被暴风雪刮过去的吗?如果,这次可以生擒它,送回佐渡,今年很有可能繁殖后代。真是可惜。

从朱鹮被误杀的时间 1 月 3 日来看,春雄认为,朱鹮极有可能是在暴风雪肆虐的 27 日或 31 日,被来自西伯利亚的强烈北风和气流刮到新潟本土去的。

虽然县厅有人认为，朱鹮也许因为佐渡的食物不足，才自己穿越佐渡和新潟本土之间的越佐（佐渡）海峡，前去觅食。但春雄觉得其可能性很小。因猛禽追逐而穿越越佐海峡的可能性也很小。

这只朱鹮是否穿越了越佐海峡，难有定论。新潟大学理学部计算了穿越海峡的可能性。佐渡到新潟本土的最短距离是三十二公里。实际上，从朱鹮的筑巢地小佐渡到新潟本土，直线距离是四十公里。没有关于朱鹮飞行速度的记录，天鹅的时速为一百六十公里，野鸭的时速为一百四十公里，但朱鹮与之相去甚远。从它们飞行的样子推测，速度估计介于时速六十公里的布谷鸟和时速四十公里的信鸽之间。假设时速四十公里，从小佐渡飞行一小时可以抵达新潟县本土。要是顺风，且风力强，时间会更短。

从理论上，飞越海峡是有可能的。在能登，朱鹮会随季节在眉丈山和轮岛洲卫之间迁徙，两地相距也是四十公里。但不知道它们在途中是否有过停留。鉴于最近遭遇的西伯利亚的强烈北风和大雪，大家推测，朱鹮是被风刮到新潟本土的。

三天后的 1 月 26 日。朱鹮被误杀的阴霾尚未散去，新潟本土再次传来讣告，又发现一具朱鹮尸体。

这次是在国铁东三条站东南十四公里的南蒲原郡下田村。1 月 25 日上午，三条警察署警员巡逻到村里的理发店时，听顾客说，水渠里有只白鸟。下午，警员到现场勘察，发现确实有一只白鸟的尸体浸在水里，已经开始腐烂，伴有强烈恶臭。

尸体上布满了水蛭，警员用水冲洗干净一看，发现其与昨天报纸上的朱鹮相似。于是，三条警察署咨询五泉警察署，得到同样的鉴定结果。从内脏的腐烂程度看，这只朱鹮死亡至少已有三周。解剖结果，胃里只发现蚂蚁的头，肠里只有两粒稻谷壳和一颗小石子。由此可见，死因是饿死。

另外，在显微镜下观察其生殖器，得知其为雌性。此次通过对两只罹难的朱鹮的分析，研究人员得出结论，朱鹮的性别无外部特征，只能通过解剖检查判定。这只朱鹮的出生地自然也受到大家关注。新潟县厅的热心人士怀着本土也有朱鹮筑巢地的期望，于当年对两个事发地周边的山林进行重点调查，向农林业相关人士打听朱鹮的消息。

此次大雪的影响持续至 2 月。残雪久久不化，新雪降下，国铁等交通工具瘫痪的消息不绝于耳。要撒食，化雪是第一要务。春天将至，朱鹮的繁殖期也即将到来。

不管在两津，还是在新穗村，人们都殷切希望，在去年三只雏鸟诞生的基础上，今年至少见到一只小朱鹮。大家已基本认定，死于本土的两只是从佐渡飞过去的，也正因为如此，人们才更期待雏鸟的诞生。

鲫鱼、泥鳅等是朱鹮最爱吃的东西。大家怀着母亲对孩子一般的感情，希望朱鹮能多吃些，多储存些体力，但这个冬天，新潟市却运不来泥鳅、鲫鱼。鱼店的人讲，新潟既有人养殖泥鳅，也有人挖泥鳅，但问题是养殖所需的露天水池都已被大雪所覆盖。从东京寄送，两地间的交通又被大雪所阻断。

在如此艰难的条件下，新穗村仍旧坚持撒食。食物来自东京，是一位新穗村出身的爱心人士寄来的。他现居神奈川县大矶町，是松竹演艺公司的高层，也是当时新桥演舞场①的大总管。他从东京的新穗村老乡那里听说冬季缺乏泥鳅、鲫鱼的事，特意跑到位于浅草的朋友开的河鱼料理专营店以及千叶县的泥鳅养殖场，买来寄回新穗。

最大的问题是运输。要是用邮政包裹，不知道什么时候能寄到不说，那个时代的搬运也相当野蛮。毕竟寄的是活物。于是，他找到经常出入鱼店的物流公司商量，也征求了料理店的意见。经估算，正常运输条件下，泥鳅可以存活二十小时，到达新潟市之后，先用河水换一次水，再送上佐渡轮船，还有足够的时间送往新穗村。具体操作上，先乘十小时国铁到达新潟市，物流公司新潟分公司员工收货后，立即换水，送上佐渡轮船，最后，新穗村的相关人员在两津港接收。

去年末，大总管采购了约一个月分量的鲫鱼、泥鳅发往新潟市，但不巧遇上大雪，列车抛锚。在出发十小时后，泥鳅、鲫鱼又被送回了上野。2月，他吸取上次的教训，亲自押送至新潟市，新鲜的鱼得以顺利抵达新穗村。送上佐渡轮船时，船方听说这些活的泥鳅、鲫鱼是为朱鹮准备的，特意免去了运费。

---

① 新桥演舞场，位于东京银座的歌舞剧场。

尽管人们百般努力，但是，1961年，并没有雏鸟孵出。

朱鹮栖息数不容乐观。小佐渡有六只，问题在于大佐渡。1月3日，有人在金井町上空目击到两只朱鹮。按照春雄的观点，朱鹮不会在大佐渡和小佐渡之间迁徙，那么，这两只应该就是1958年和1959年都曾出现过，但1960年（去年）消失的两只。但是，金井町之后，再没有关于它们的目击报告。在新潟县1961年的公报里，大佐渡数量为零，小佐渡六只。能登方面，6月孵出两只雏鸟，总计五只。因为去年没有雏鸟降生，这次让人倍感振奋。

佐渡的栖息数基本持平。1962年，佐渡共六只（小佐渡六只，大佐渡零只）；1963年，佐渡共九只（小佐渡八只，大佐渡一只）。

1962年，国铁开通了连接新潟和上野的特急列车，并以"TOKI"命名。当时，春雄给国铁提供了许多朱鹮的照片，并受邀登上"TOKI"号第一班从新潟发往上野的列车。一等车厢里的，都是受邀前来的嘉宾。主办方逐一介绍嘉宾，称呼春雄为"朱鹮老师"。嘉宾们纷纷向春雄请教关于朱鹮的问题，搞得春雄全程都忙着回答问题。

在回程的"TOKI"号上，春雄想，纵然朱鹮声名在外，但所处的困境却毫无改变。人们真正了解和关心朱鹮的生存状况吗？

朱鹮的羽毛繁殖期呈黑灰色，秋冬为白色。春雄曾于1957

年将这一发现写入论文《关于朱鹮羽色的新见解》。1961年，他对自己的观察更为自信，发表了《再论朱鹮的羽色》。1963年，他综合前两篇论文内容，并加入新的见解，发表了《关于朱鹮的羽色》。

后两篇论文刊登在日本鸟学会机关报《鸟》上。《再论朱鹮的羽色》虽然是《关于朱鹮羽色的新见解》的续篇，但因加入了前文提要，未读过第一篇论文的读者，读起来也并无障碍。

在繁殖期，朱鹮的羽毛会变成黑灰色，但幼鸟例外，即便进入繁殖期也不会变色。另外，朱鹮虽群居，但繁殖期间，幼鸟并不会跟随成鸟进山，而会到田间等地觅食。也就是说，倘若在4月到6月前后见到朱鹮飞行或是在谷平等地觅食，那多半是与繁殖无关的幼鸟或无繁殖能力的老鸟。以上就是春雄的新见解。

学术界对于朱鹮本该越发感兴趣，但春雄的论文却并未引起太大反响。在派系当道的日本学术界，专家们好像并不承认春雄的新见解属于直接或间接的研究成果。有点"非会员勿入"的意味。

（我只是一个农村里的鸟类爱好者……也罢。）

春雄泄气，但此事并没影响他太久。一方面，他对佐渡朱鹮数量冲上两位数充满期待，另一方面，他接到喜讯，1962年10月，小佐渡的朱鹮筑巢地黑泷山一带和大佐渡筑巢地两津市和木村落一带被指定为国家级禁猎区，暂定十年。此外，新穗村已有的禁猎区也升格为国家级禁猎区。

自朱鹮被指定为国际保护鸟后，农林省多次派人到佐渡调查。每次来，春雄和当地相关人士都会呼吁，将朱鹮栖息地永久划归国有。农林省积极回应，设立了国家级禁猎区。国家级禁猎区的设立对爱护朱鹮人士是一大激励。眼下，朱鹮数量有所增加，但接下来数量若是减少，便只能怪自己工作不力了。

1963年，县里的经费到位，冬季的撒食活动得到进一步加强，准备工作从夏季便开始了。两津市新设八处撒食场，两津市东初中和新穗初中建立鲫鱼、泥鳅的饲养池，由两校学生协助饲养，确保朱鹮冬季食物供给。

另外，两津市教育委员会也加入到保护朱鹮的队伍，与佐渡TOKI保护会、新穗TOKI爱护会建立了联系机制。

春雄是1950年4月到两津高中赴任的。明年，1964年4月，他将迎来在两津高中的第十五个年头。一天傍晚，他被叫到校长室。

"怎么样，差不多该去新潟市了吧？"校长开门见山，劝他调动。"我明白，你把保护朱鹮放在第一位，但也该为自己的前途做打算了。继续留在两津高中，这辈子就只是个普通教师。我希望你到新潟市任副校长，再回佐渡做校长……"

自上次教育管理主任打电话以来，春雄的想法并无丝毫改变。恐怕这次调动谈话，也是县教育委员会看他在校时间太长而授意的。春雄告诉校长，自己愿意就这样干到退休，愿意并打算一直在两津高中做个班主任。

对于春雄的决定，校长点了点头，但仍忍不住补充："这恐怕是最后一次升任副校长、校长的机会了，真的选择放弃吗？"

"是的。"春雄回答得很干脆。

"我知道了……"校长只好作罢。

五

勠力同心

1

朱鹮被指定为国际保护鸟的消息传遍全国，它的名字也逐渐被国人所知晓。青少年爱鸟俱乐部、全国各地的孩子以及爱心人士开始向佐渡、能登捐款。尤其是青少年爱鸟俱乐部，非常积极地开展活动。它的本部设在神奈川县横滨市，会员皆是高中及以下学生。为保护朱鹮，自1961年起，俱乐部向全国爱鸟的孩子发出了捐赠倡议。捐款主要来自街头募捐，也不乏孩子们打工的收入和零花钱。募集到捐款后，高中生代表访问当地，转交数万日元的捐款，并前往朱鹮的觅食地及夜宿地周边参观。一行人返回后，再通过机关报向全国爱鸟人士汇报整个经过。

与全国各地孩子们的捐款一同送到的，还有他们的作文。作文里讲，道德、理科的老师在课上给他们读了剪报，介绍了关于朱鹮的知识。孩子们有了保护朱鹮的意识，自发地存下零花钱，给朱鹮买鱼吃。

那个时代，在东京，一碗拉面卖五十日元，一碗冷荞麦面卖四十日元。对于孩子而言，一百日元相当于一大笔钱。捐款附上了每个孩子是如何攒出这些钱的。

"二百日元。这是给奶奶捶背，给妈妈跑腿得来的，是我所有的财产。请拿去给朱鹮用。"

"五十日元。加油！朱鹮同学。我把我买零食的钱给你。"

"一百五十日元。这是我一周上下学坐地铁的钱。我来去学校都是走路。请保护好朱鹮。"

本地的孩子们也积极行动起来，他们设置保护朱鹮的宣传板、标志桩，画海报，普及保护朱鹮的思想，也通过朱鹮，与各地的孩子们开展相互交流。

能登的朱鹮数量堪忧。综合各地采集的信息，1961年，两只朱鹮长大，时存共五只。1962年为三只，1963年为两只。

朱鹮减少的原因不明。春雄听说，1963年，能登遭遇强降雪。2月，一只本该于冬季飞往轮岛的朱鹮，在眉丈山遭到貂袭击，成了貂的盘中餐。

事发地在眉丈山以北十二公里的山里。当时积雪近四十厘米，一只搜寻野兔的猎犬在一棵古老的栗树下叫唤。栗树根部有貂的洞穴，直径约二十厘米。猎人发现，洞穴内有疑似朱鹮羽毛的东西。貂见猎犬守在门口，自己没有出路，但也没有退路。它突然从洞中冲出，嘴里还淌着血，在雪地里与猎犬打作一团。不过，貂根本不是训练有素的猎犬的对手。

猎人将手伸进貂的洞里，取出朱鹮的残骸。死状凄惨。脖子和左腿根部被咬断，胸脯已无肉。残骸尚未腐烂，估计被拖入洞中不过两三天。很快，羽咋TOKI保护会接到通报，将貂的腹部打开，在胃、肠里发现大量朱鹮肉，推测是昨天刚吃下的。

如此一来，剩下的两只，如果再死一只，从数据上，本土朱鹮便宣告绝迹。鸟类学者曾听说，朝鲜半岛、苏联等地有朱鹮栖息，也有新闻报道称，当地有人见到过飞行中的朱鹮。但是否属实，是否与日本朱鹮同种，都无法确认。羽咋TOKI保护会曾考虑过，要是与日本朱鹮同种，可以从外国进口，进行配对繁殖，但国外是否真有朱鹮，始终是一个疑问，所以配对的想法一直没有实施。

1964年，能登的朱鹮数跌至一只。佐渡增加一只，变成十只，时隔十年回到两位数。

能登一只，佐渡十只。在能登，有人提议，将能登最后的朱鹮捉住后转移到佐渡，让它孕育新生命。也有人提议，从佐渡转移朱鹮到能登来。

提议归提议，若真要在佐渡捕捉朱鹮，稍有不慎，有可能会破坏朱鹮群的稳定，对佐渡朱鹮的生存造成负面影响。而且，朱鹮那么警觉，到底要怎么捉？像对付绣眼鸟那样，在笼子下面放食物引诱，然后抽掉棍子，那肯定是不行的。

要是把能登的朱鹮转移到佐渡，它能否适应新的环境？有人指出，既然生在能登，就应该让它在能登终老。

仅剩一只是无法繁殖的。如果是奄奄一息的老鸟，倒是没有移居佐渡的必要，不过，能登这只应该是幼鸟，来日方长。大家不能眼看着它无法繁殖却又袖手旁观。从繁殖的角度考量，移居佐渡是没有选择的选择。然而，这最终需要国家作出决定，耗时长，再加上当地反对的声音干扰，朱鹮的时间被白白浪费掉。

时下的佐渡，旅游逐渐成为支柱产业。在经济高速增长的背景下，各个家庭有了结余，旅游的热情高涨。轮船大型化，加上航运班次增加，1960年佐渡年接待旅客达到创纪录的十五万四千人，而且增速惊人，眼看1964年便要突破三十万人。两津市加茂湖周边正大兴土木，修建酒店、宾馆，各町各村的民宿也明显增加。原有的道路铺上柏油，一条条新路翻山越岭，乘坐巴士环岛一周也成为可能。

具有划时代意义的是，从国中平原金井町新保到相川町金山，贯穿大佐渡山脉山脊的长约三十公里的"大佐渡览山公路"于1965年3月全线开通。晴天，隔着小佐渡山脉，可眺望本州的崇山峻岭；初夏时节，莲华踯躅、常绿杜鹃绽放于道路两侧；秋季，可欣赏漫山红叶。

游客的增加带动了旅游商品的销售。国际保护鸟朱鹮正逐渐成为佐渡的代名词，被冠以"朱鹮"名字的旅游商品层出不穷。有"朱鹮"牌的当地酒，印上朱鹮图案的馒头，朱鹮羊羹，还有朱鹮造型的土铃铛、钥匙扣、摆件、木雕等。与自然界中朱鹮的命运截然相反，土特产商店里的"朱鹮"呈现爆发式的增长。连生鲜食品店里，咸乌贼的瓶盖上、鱼糕的标签上都印有朱鹮的画或剪影，甚至出现了"朱鹮酱油"。

不止于此，渔船也改名"朱鹮丸"。为了客人好记，拉近与游客的距离，佐渡的公司、商店都纷纷冠以朱鹮的名字：朱鹮旅游、朱鹮酒店、朱鹮寿司、朱鹮寿司店、朱鹮民俗餐厅、朱鹮理发店、朱鹮美容等等。新潟本土的媒体将其称为"朱鹮一族"。

朱鹮即佐渡，佐渡即朱鹮。并且，朱鹮正成为整个新潟县的象征。1965年初夏，新潟县为呼吁人们保护野生鸟兽，爱护自然，决定通过公投选出"县民之鸟"。经与新潟县内的教育委员会、猎友会商议，朱鹮、天鹅、白颊鸟等六种鸟被列为候选。9月，县里将举行县民投票，票多者当选。有人认为，朱鹮已于1954年5月被指定为"县鸟"，况且仅佐渡一地有寥寥几只，还不如将白颊鸟等常见鸟类作为候选。话虽有理，但选择稀有品种为县鸟、县民之鸟的不在少数，比如兵库县的东方白鹳、鹿儿岛县的琉球松鸦。而且，虽然朱鹮极为罕见，但作为国际保护鸟和特别天然纪念物，它已家喻户晓。最终，朱鹮获得3257票中的2504票，高票当选"县民之鸟"。

这一年，有两只朱鹮的动向成为佐渡岛民关心的话题。

7月1日上午9时许，新穗村靠近黑泷山一侧的山里。一名新穗村的伐木工人在登山途中，在一处荒废的田里发现一只朱鹮。它右翼受伤，渗着血。或许因伤口太深，已无法飞行，在地上垂死挣扎。工人立刻将其抱起，送到新穗村教育长处。

新穗TOKI爱护会的办公室就设在新穗村教育委员会，位于新穗村公民馆内。爱护会成立七年以来，前任及现任教育长都热心从事朱鹮保护事业，村民们受此积极影响，皆将朱鹮视为新穗村为世界所称道的重要文化遗产。

朱鹮奄奄一息。教育长一见到朱鹮,立刻联系相关部门,申请让兽医对朱鹮进行紧急治疗。兽医对伤口进行消毒后,给朱鹮打上点滴,补充体力。朱鹮暂时被放在铺了报纸的瓦楞纸箱里。

消息很快在村里传开。新穗TOKI爱护会的主要成员闻讯赶到公民馆。新潟县要求,妥善照顾朱鹮,明天将派人到新穗村探视。

紧急治疗之后,教育委员会正为如何安排这只朱鹮伤脑筋。该将它交与谁?佐渡只有春雄有饲养经验,但这个方案马上就被替代了。因为正巧高野来到公民馆。这天,高野下山办事。他来到教育长的家里,想拜会下老朋友,从教育长的家人那里听说了朱鹮之事。

朱鹮博士来了,大家都松了一口气。高野见到朱鹮,"是只幼鸟,今后大有繁殖的机会,必须想办法把它治好。"

高野分析,也许朱鹮遭到了老鹰的袭击。翅膀根部的骨头已经断了,想必经过殊死抵抗才逃过一劫。被人发现真是万幸。不然,要是再遇上老鹰就完了。

高野受托,接管了朱鹮。为了便于县里的人员视察,他没有将朱鹮带回生椿,而是决定在公民馆大院的一个角落,紧急搭建临时小屋,尽早把纸箱里的朱鹮转移出来。高野暂时在公民馆留宿以照顾朱鹮。

爱护会的几名成员立刻行动,到田里、河里捉鲫鱼、泥鳅、田螺。不过，不知为何，没能抓到泥鳅。傍晚，临时小屋建好。高野保留土质地面，将四十厘米高的木桩作为栖木。朱鹮从纸箱里出来，小幅度活动，右脚有点抬不起来。它时不时发出低沉的叫声，一副不安的样子。高野见状，决定在它平静下来之前先不喂水喂食。

高野深感责任重大。虽然自己长期观察朱鹮，并在冬季撒食，但饲养朱鹮的经验为零。而且，他认为，朱鹮必须靠自然的力量生长，他也向春雄表达过这样的意思。眼下，至少在明天县里来人之前，他不得不靠自己的判断行事。

春雄得到消息，学校的事一结束便跑到公民馆。他从高野口中了解了大致情况，向高野介绍了饲养的经验。他回忆起十二年前饲养朱鹮的事："我觉得朱鹮并不算难养，但若长期饲养，会遇到很多困难。还好现在是夏季，不用担心食物的问题。"

高野担心朱鹮不吃食，一脸紧张。见状，春雄虽不想坐视不管，但他又相信，只要朱鹮啄食，高野的不安便会缓解。既然受托照料朱鹮的是高野，春雄自觉不便多言，过一会就离开了。

夏季，日落晚。晚8点过，天色转暗，朱鹮终于平静下来。高野放上碟子，盛上水和食物。

公民馆里，被子等卧具倒是齐全，但高野岂能安眠。野狗来袭等担忧萦绕他的心头。不过，他也不能一直在小屋前看着，因为他一来到小屋前，朱鹮便不安地来回走动。于是，高野到公民馆背后，在离小屋约十米左右的地方守着。朱鹮镇定下来后，把五十克鲫鱼（五厘米长）和四十五克田螺（二十五个）吃了个精光，还喝了水。然后，它在栖木上缩着脖子睡去。次日，大家与县里的人商量，决定请上野动物园的兽医来治伤，另外，把朱鹮转移到更大的地方饲养。上野动物园的人将于7月14日抵达。饲养方面，朱鹮将转移到新穗村的行谷小学，那里将准备一间可容纳十几只鸡的鸟舍。

朱鹮状态不错。早中晚三餐，鱼类贝类多的情况下，它能吃四百克食物，少的时候也能吃二百克。不过，进食以外的时间，它对人非常警惕。高野请大家除投喂食物外，不要接近。

村里很多人听说饲养朱鹮的消息，都跑来看，但被告知须等到转移至行谷小学之后。大家都表示理解，没人发一句牢骚。为了解决运动不足的问题，高野在地上埋了一个塑料池子，灌上水，作为戏水的地方。不过，朱鹮只是接近，却不进去玩耍。14日，上野动物园的人诊断，右翼部分肌肉缺失，翅膀这样垂着，伤愈后会影响飞行。所以，康复前必须用绷带固定。

兽医说，绷带需每四天换一次。高野盘腿坐在地上，兽医教他如何将朱鹮抱在怀里换绷带。朱鹮一侧翅膀被固定住，很不自在，"呱、呱"直叫。18日，第一次换绷带。旧绷带刚一摘下，朱鹮重获自由一般高兴地拍打翅膀。外观上，右翼已经恢复正常了一般。

见朱鹮如此高兴，高野没忍心再给它缠上绷带。可是，第二天早上，翅膀又垂了下来。高野只好绑上绷带，不过，朱鹮很反感,想用喙把绷带取下来,令高野很头疼。22日,摘下绷带后,朱鹮又高兴地拍打翅膀。高野放弃绷带,但次日翅膀又垂下来,他再次绑上绷带固定,但朱鹮又想把它拆了。终于,朱鹮学会了怎么拆绷带,搞得高野不停地给朱鹮绑绷带。29日拆下绷带后,朱鹮第一次入池戏水。

8月9日,朱鹮转移至行谷小学。高野见它在宽敞的鸟舍里戏水,决定不再绑绷带。十天后,也未见翅膀下垂。朱鹮好像对宽敞的鸟舍甚是满意,即便有人接近,也不再慌张地走来走去。

高野多了一个帮手,行谷小学的勤杂工。他和高野交替留宿,照料朱鹮。因此,高野每隔一天回一次生椿。勤杂工既佩服他的脚力,更佩服他精神。暑假刚过去一半,很多学校的孩子以及村民都来到行谷小学看朱鹮。参观者还有来自两津市、真野町、佐和田町等地的,甚至还出现了旅游大巴。

有人提出,难得饲养一只朱鹮,不如给它取个名字。很快,这只朱鹮便有了名字,叫"小和"。因为将它从山上救下来的人,叫"阿部和夫",取其中的"和"字,表达对恩人的敬意。

小和格外亲近高野。见高野来喂食,它会主动来到门边迎接。它还特别喜欢高野用手抚摸它的羽毛。

参观者多是第一次见到朱鹮,见此情景,他们都笑道,听说朱鹮警觉性很高,其实很黏人嘛。

小和完全适应了人的环境,它甚至会衔起树枝、树叶递给围网外的村民。到了傍晚,见高野要走,它会发出低沉婉转的"哼啊、哼啊"声，一副不情愿的样子。

　　春雄前来探班，高野对他说："也许因为是幼鸟，才这样的与人亲近。现在绷带也不用绑了，太好了。"

　　高野脸上，往日的愁容已烟消云散。而春雄，则非常希望朱鹮能早日回到山里。

　　新穗村里甚至有人骄傲地说，朱鹮的学名不是"Nipponia nippon"么，那么小和就是"Nibonia nibo"①，它不是"日本之鸟"，而是"新穗之鸟"。孩子们特别热心，经常带来鲫鱼、泥鳅，所以小和的食物非常充足。另外，新穗TOKI爱护会也非常热心，常常送来餐食，慰劳高野和勤杂工。

2

　　真野町，位于佐渡中部靠下的西海岸。在真野町中心的大字真野，有一座陵墓，叫"真野御陵"。那是1221年因承久之乱被流放的顺德天皇之墓。御陵一带被打造成真野公园，是佐渡旅游的重要一站。

　　9月1日，小和迁入行谷小学已三周。下午2点前后，在离真野御陵徒步三分钟左右的地方，一对农家夫妇在自家门前的田

---

　　① "Nibo"是新穗的日语发音，"nippon"是日本的日语发音，此处是一个谐音的文字游戏。

里收割稻子。已经完成收割的田里，灌上了水。

暑热尚未消退，夫妇二人忙得汗流浃背。突然，一只喙长体白的鸟如一阵凉风般降下，停在已收割完的田里捉起泥鳅来。尽管人们就在旁边收割稻子，沙沙作响，但它却毫不惧怕，没有要逃跑的迹象，反而望着忙碌的人们。

这鸟很是陌生。霎时，农夫想到了朱鹮。他听说，六十年前真野的上空曾有过朱鹮。不过，那已是陈年旧话了。近些年，在真野没人见过朱鹮。据说，朱鹮警惕性极高，即使人在远处，它也会逃跑，更不会专挑有人的地方降落。这只鸟在这儿捉泥鳅捉了三小时，而且，从次日开始，每天早上5点多、午后和下午5点左右都会在农夫的田里现身。

五天后的9月6日，邻居怀疑这是朱鹮，通知了真野町公所。一听说有朱鹮，公所的教育长、副所长连忙带着相机赶来。不过，这只不避人的鸟，是否真是朱鹮，大家都将信将疑。

第二天，新穗村公民馆的人碰巧来到真野町公所，见到昨天的照片，断定那是朱鹮。有了新穗村方面的认定，公所上下一片哗然。

为了进一步确认，下午，公所请来春雄和新穗村教育委员会的人，等傍晚朱鹮飞来。春雄听了事情经过，觉得很疑惑，照片上确实是朱鹮，但朱鹮应该躲着人才对。

下午5点过，朱鹮果然来了。春雄第一眼便确认这是朱鹮。朱鹮旁若无人地吃着泥鳅、田螺。这田里完全不使用农药，所以泥鳅、田螺等非常丰富，对于朱鹮而言，是绝佳的觅食地。

这只朱鹮，体格较成鸟小一号，春雄推测，它是今年刚出生的幼鸟。小和亲近高野，是因为他悉心的照料，但这只朱鹮的情况令长期观察朱鹮的春雄都摸不着头脑。它就像个迷路的孩子，闯进人类的生活圈。

确认是朱鹮后，町长、町议会议长、教育长等一起召开了"紧急对策会议"，并向县教育委员会报告了情况。会议决定，努力确保朱鹮的安全。首先，向全町公务员通报此事，并设置宣传板，提醒民众保护朱鹮。真野町靠近海岸，海滩上的渔获吸引了大量老鹰、乌鸦，而且野狗的数量也不少。为此，町内实施捕狗行动，并设监察员，看护朱鹮。为了保证朱鹮的食物供应，町里迅速从新穗村教育委员会调运四公斤泥鳅，撒到田里。事发突然，町公所被搞得手忙脚乱。

朱鹮飞来一周后，它在田里觅食的时间逐渐变长。从早上到傍晚，一直待在田里，不曾离开。它像是掌握了特殊技能，可以不受打扰，静享美味。

"那只朱鹮很聪明，它一定是知道我们都在给它打工。"一名从教育委员会学校巡查的岗位上被突然调来的年轻监察员发牢骚说。不久，这只朱鹮开始穿过马路，来到真野御陵前的土特产店、关着日本猴的笼子外散步。

春雄一有时间就到真野观察朱鹮。他发现，不知为何，这只朱鹮动作显得略微迟缓，过马路时会撞到电线杆。路上出现朱鹮，汽车、摩托车驾驶员不得不降低车速。不知什么时候起，通过真野公园的所有车辆都改为缓行。

朱鹮的消息传到旅游业界，参观真野御陵的旅游大巴开始在田边停靠。不管是导游讲解，还是游客拍照，朱鹮都旁若无人地吃着泥鳅。不过，它只吃田里已有的泥鳅，不吃刚扔到它面前的。

闻讯前来的町民，新潟市的媒体、摄影师与日俱增。一片喧嚣中，甚至有人说，朱鹮是特意来感谢大家选它为"县民之鸟"的。

朱鹮的夜宿地位于真野公园以北两公里左右的山脚，离大山深处还很遥远。春雄担心，到了冬季，下起雪来，它能否御寒过冬？就算挺过了冬天，万一遭遇什么事故，也会影响将来繁育后代。

9月末，朱鹮敢走到距离撒食的人仅两米处，吃刚投喂的泥鳅。有人高兴道，这样下去，离驯养朱鹮就不远了。参观朱鹮的人越来越多，真野町公所、教育委员会生怕出点什么岔子。这与将"小和"视为骄傲的新穗村形成鲜明对比。

朱鹮被围观了多日，也许真是受不了了，迁往真野町以北五公里的佐和田町。它依然从早上到傍晚都在田里捉泥鳅。

町内出现国际保护鸟，整个佐和田町忙得四脚朝天。町公所和教育委员会当天便开始撒食，修建宣传板，安排监察员。

新潟县教育委员会担心他们忙中出错，请示了文化厅。文化厅征求山阶鸟类研究所的意见，所长山阶芳麿决定亲自到当地调查。山阶很快动身，11月6日到达佐渡。他先后考察了行谷小学和佐和田町，并听取了情况介绍。

朱鹮有时会闯到居民家或者公路上，还曾险些被车辆撞到，被野猫、野狗袭击的风险也不可小觑。它觅食的田里用了农药，长此以往，健康状况也令人担心。另外，因为看不出它自己回到山里的迹象，倘若人为捉住它放到黑泷山，说不定它还会自己跑出来。

山阶给的结论是，赶在严冬来临前的11月，将朱鹮捉住，放到行谷小学与小和一同饲养。倘若没有先行饲养的小和，不知山阶会下怎样的结论。虽然不知这两只朱鹮的性别，但这一结论确实包含了让它们繁育后代的期望。

至于如何捕捉，山阶推荐日本自古沿用的"无双网"。无双网垂直放置，宽二十米，高两米，装有弹簧，靠弹力扑倒捉住鸟类。山阶知道宫内厅式部职①的福田嗣夫，是善用无双网的高手，这也是他推荐无双网的理由之一。向农林省申请捕捉许可的同时，可请农林省安排福田前来。山阶嘱咐，预计11月内实施捕捉，做好相关准备工作。他还说，无双网分两种，一种是一只手就可以操作的单面无双网，另一种则是需要几个人配合的无双网。具体采用哪种，等福田来了决定。

---

① 宫内厅，负责皇室事务的国家机关。式部职，宫内厅负责礼宾工作的部门。

为了便于捕捉，需要在田里的固定地点进行撒食。等朱鹮在此处觅食时，放倒带弹簧的无双网，将其捉住。

福田率队的宫内厅捕获小组于11月23日登岛。佐和田町工作人员已实现固定地点撒食。

春雄原以为宫内厅的人会很傲慢，没想到福田为人却异常爽朗。

"我这是第一次见朱鹮呢。真大，这是第一印象。之前看过照片和文献，但比我想象的大多了。"福田向春雄请教了诸多关于朱鹮的问题，还向春雄介绍了自己的捕捉计划："我要用无双网而不是单面无双网。不过，两种我倒是都准备了。"抓住朱鹮之后，它将在新穗村公民馆的临时小屋里度过两三天。一来是让朱鹮平复情绪，二来是让高野观察它的性格。

24日上午完成准备工作，下午，便到了捕捉的时候。朱鹮早上来过，或许是发现了网，飞走了。不过，一小时后，它再次飞来，开始捉泥鳅。听说要捕捉朱鹮，大量媒体和看热闹的居民乌泱乌泱地在远处围观。虽然捕获小组打了招呼，要求大家安静，但好多大人带来了孩子，现场难以静下来。

终于，福田拉动了无双网的拉绳。可是，就差了一点点，朱鹮飞走了，而且，当天没有再回来。在一旁观看的春雄分析，这只朱鹮虽然看似迟钝，但并没有丢掉机警的一面，它应该察觉到了抓捕的迹象。

这就是所谓野生，或者说本能的力量。

对于捕捉朱鹮，春雄既不赞成，也不反对。这次的抓捕是因为朱鹮可能因事故丧命，不得已而为之。而且，这只朱鹮若是跟小和相处顺利，产下雏鸟，那将打开人工繁殖的突破口，为朱鹮的将来增添一抹希望。为了让朱鹮繁衍下去，这是没有办法的办法。

24日的失败是惨痛的。次日，朱鹮虽来过这片田，但没有接近撒食的地方。捕获小组在某处集中放置大量泥鳅，并在该处持单面无双网伺机捕获。不过，泥鳅倒是被朱鹮吃了，网根本碰不到朱鹮。

"关键时刻，朱鹮的戒备心真是强。"

参与捕获的人感叹道。看来，两三天内是抓不到朱鹮的，捕获计划不得不中断。福田一行暂且返回东京，等待朱鹮重回撒食场。

过了一周，朱鹮终于回到撒食场。当地认为，它对于网的警惕已解除，便上报县里。12月3日早上，福田一行再次登岛，下午旋即到现场开展准备工作。这次将采用三张单面无双网布阵，确保万无一失。4日早上，实施捕捉。

朱鹮昨天还到撒食场觅食，可今天来了却只是在上空盘旋。不知是否因发现了无双网，它就是不降落。其后，它飞回夜宿地。也许，它并没有放松对网的警惕。

5日，雨雪交加，人能看到呼出的白气。早上6点，捕获小组入场准备，等候朱鹮。7点，朱鹮飞来。可是，它在远离撒食场的别处拼命地觅食，就是不靠近撒食场。

要是再失败了，又得退回去重来。今天是最后的机会。捕获小组里弥漫着背水一战的气息。冰雨浇在人们身上，寒冷刺骨。大家恨不得生一堆篝火，不过，篝火可能会吓跑朱鹮，是绝对禁止的。

等待了足足六小时，下午1点多，朱鹮扇动翅膀，飞向撒食场。气氛异常紧张。朱鹮刚一落地，便跳着进入撒食场。拉动拉绳的时机，只在朱鹮低头衔住泥鳅的短短一瞬间。

朱鹮埋头，喙衔住泥鳅。收网！这次，没有放跑朱鹮。它在地上扑腾翅膀，发出"呱、呱"的低沉的鸣叫。

朱鹮被用黑布裹着抱上佐和田町的吉普车。车抵达新穗村公民馆后，朱鹮先在瓦楞纸箱里待了三小时，随后，它被放入小和曾待过的临时小屋。经高野饲养一段时间后，它被转移到行谷小学。

对于佐和田町而言，朱鹮本是两津和新穗的事，于己无关。这次虽然被搞得手忙脚乱，但町民们得以近距离接触朱鹮，加深了对朱鹮的认识，可谓大有裨益。

这只朱鹮因为是福田所捉，人们给它取名"阿福"。

3

对于佐渡 TOKI 保护会、新穗 TOKI 爱护会成员等当地爱鸟人士而言，人工饲养朱鹮是多年的夙愿。不过，因为朱鹮难以捕获，再加上人们对其生态知之甚少，这个愿望一直无法实现。然而，从1965年7月至12月，在不到半年时间里，小和与阿福先后接受人工饲养，这让人们对人工繁殖寄予厚望。

尽管高野曾认为，朱鹮只能在自然界中生长，但如今，他每天都竭尽全力地摸索人工饲养的方法。朱鹮最爱泥鳅，但吃久了也会生厌，食量减少。为避免它们偏食，高野尝试了许多物种。比如，鲫鱼、小型鲤鱼、香鱼、鲶鱼、黑腹鳙、水蚤、蜻蜓、蟋蟀、蜗牛、蝉、蝶蛾、蝗虫、蚱蜢。海产品方面，春雄试过的牡蛎、雷鱼、虾以及虾虎鱼、乌贼、沙鲛、油甘鱼、平鲉、竹筴鱼，高野也都试过。

高野把较大的鱼切成两段，埋进田泥里，朱鹮会用喙把它找出来。朱鹮还会吃有些腐烂的竹筴鱼、三文鱼，但不吃蔬菜。即使给它白菜、西红柿，它也只是用喙戳一戳。这和春雄经历的一样。

这些经验增强了人们对人工饲养朱鹮的信心。鉴于行谷小学的鸟舍狭窄，且设施不完善，有人提出，如果要新建鸟舍，应该连同其周边一起，打造一个朱鹮乐园。

清水平是公认最合适的地点。那里靠近朱鹮的筑巢地黑泷山，是一个海拔四百米、面积四公顷的盆地。那一带正好是小佐渡的鸟兽保护区。有梯田，有丰富的泥鳅，本就是朱鹮经常现身的地方。地理位置、环境、水质、食物等条件都适宜朱鹮栖息。

而且，高野和新穗 TOKI 爱护会成员一直在这一带进行冬季撒食。

大家认为，应先在那里修一栋较大的鸟舍，让阿福和小和能活动开，再耕作一方不使用农药的田，建设成一个以促进人工繁殖和野生朱鹮自然增殖的保护中心。同时，安排一位可靠的监察员进行管理。高野本就在饲养阿福和小和，加之清水平离生椿很近，熟悉小佐渡山野的高野是监察员的最佳人选。

笼子里的朱鹮很可能吸引来野生朱鹮。如果禁止闲杂人等进入，清水平将变成朱鹮的乐园。新潟县也对此表示赞成。这个乐园的名字暂定为"新潟县朱鹮保护中心"。这是一项艰巨的任务，但为了让美丽的朱鹮色重新点亮佐渡的天空，佐渡官民已然团结一心。

在清水平修建设施，绝非易事。仅有一条供人走的山路通往那里，要运送建材，必须先开辟一条容一辆车通行的道路。但道路的修建以及车辆的通行是否会影响朱鹮栖息，也令人担心。

不过，当前的形势下，保护中心的建设已刻不容缓。

1966 年 3 月 6 日，有人在两津市椎泊山中的一条水渠处发现一只朱鹮，喙扎入水渠中，已经死亡。春雄接到通知，前往处理尸体。这只朱鹮死去已有十日左右，内脏和头部已经腐烂，释放出恶臭。成鸟，翼展一点四四米。

经新潟大学解剖，其为雄鸟，右腿大腿骨完全断裂，骨肉分离，有大量内出血并引发了败血症。推测它在椎泊附近遭受强烈撞击，由于骨折的剧痛，无法维持飞行，迫降于此。

这是春雄第二次处理朱鹮的尸体。上一次是去年 5 月，两津市下久知的山间水池附近发现一具朱鹮白骨。现场只剩朱鹮的白骨和几枚脏兮兮的羽毛。

三周后的 3 月 29 日晨，饲养在行谷小学的小和突然吐血身亡。从外观上完全判断不出死因，前一日也未见任何端倪。高野逢人便讲，小和死得蹊跷。小和也被送往新潟大学，解剖发现，它的肠胃多处被一种名为线虫的寄生虫咬破，静脉也有破损，引发大量内出血，导致死亡。小和的到来增强了民众爱护朱鹮的意识，它的死进一步强化了这一意识。人们赶到行谷小学，不禁失声痛哭。

两只朱鹮的解剖发现里，有一点值得一提。它们的内脏里检测出大量有机水银。很明显，有机水银来自田里的农药，通过泥鳅进入朱鹮体内并聚集。不管是野生朱鹮还是人工饲养朱鹮，都不能幸免。

在佐渡建立朱鹮保护中心，已迫在眉睫。值得庆幸的是，两只朱鹮死后，6 月，黑泷山诞生两只雏鸟。佐渡朱鹮数（包括饲养的阿福）共九只，比上年减少一只。

6 月末，文部省官员就设立保护中心一事赴佐渡商议，最后作出决定，设立保护中心，并完成了部分私有土地（八千六百七十三平方米）的收购。

修建道路的工作由新潟县土木部修缮课负责，预计 11 月开工，第二年1月完工，4月投入使用。

保护中心将建一座名为"翔笼"的鸟舍。它由钢筋铁网构成，高五米，面积一百二十八平方米，呈鱼糕形。此外，一百六十平方米的无农药泥鳅养殖池和供监察员居住的木质平房也在修建计划之列。

1967年，新潟县为促进野生朱鹮繁殖，为人工增殖做好准备，向两津市和新穗村两地教育委员会下拨七百万日元经费。

可正当此时，阿福患病，大家都捏着一把汗。7月11日中午时分，高野发现，阿福在鸟舍里不动弹，也不进食，明明上午还很精神。高野的第一反应便是，阿福身体出了问题。食量是动物生命力的晴雨表，阿福昨日进食五百克，而今天却只有八十克。他联系上野动物园，动物园兽医拟于13日中午抵达。高野撬开阿福的嘴，采取强制喂食。

可是，阿福把大部分食物都吐了出来。高野试了多次，皆是如此。从量少但营养好的角度考虑，高野煮了十只半熟的鸡蛋，把蛋黄喂给朱鹮。也许是喜欢吃蛋黄，这次阿福基本没有吐出来。为了防止朱鹮被蛋黄噎住，高野开始只喂半个或四分之一个蛋黄，但考虑到单次量太少，喂食太久会消耗朱鹮体力，他只好改喂整个蛋黄。

高野两天没合眼，13日，兽医抵达。经测量心率、体温等基本检查，兽医诊断，阿福所患并非慢性病，而是轻微的肺炎或感冒。须继续强制喂食，并口服药物。夜间温度下降，要打开红外线灯保温。

高野给阿福喂药,喂鸡蛋黄。一旁的兽医见状,称连续喂食整个蛋黄,朱鹮可能被噎住,引发呼吸困难,还是切小一点为好。高野说明原因。兽医虽面有难色,但从补充营养的角度考虑,还是依了高野。行谷小学的同学制作千纸鹤,为阿福祈福;新穗TOKI爱护会会员给高野送来吃的。一周后,阿福身体有恢复迹象,但尚不能自己进食,高野只得继续强制喂食。不过,阿福不再吐食,高野逐渐减少鸡蛋的量,改喂泥鳅。

此时,兽医已经回到上野动物园。他接到佐渡方面的情况报告后指出,如果继续强制喂食,朱鹮愈后可能失去自己进食的能力,应该立即停止强制喂食。不过,据高野的观察,朱鹮目前的体力还不足以自己进食,他坚持自己的做法。虽然双方都是从朱鹮的健康考虑,但思路未免有分歧。最终,上野动物园还是尊重了身在一线的高野的决定。

阿福逐渐恢复,27日上午,它分别于10点、10点半和11点自己进食了八厘米、十厘米和八厘米的小鲤鱼。这天,它自己进食的量只有八十克,28日增至一百九十克,29日二百八十克,30日达到四百零五克,众人悬着的心终于落下。

保护中心1967年1月竣工,4月正式运营。阿福将于5月从行谷小学迁入"翔笼"。中心运营前高野便已入住,开展准备工作。他穿着踏雪板,在清水平的常水田里撒食,供来自筑巢地黑泷山的朱鹮食用。

农药和寄生虫问题摆在面前。给朱鹮吃的泥鳅、鱼，将来必定要人工饲养，确保没有农药和寄生虫。第一步，在没有农药的池子里养殖泥鳅。养泥鳅并非把泥鳅放进池子里就完事，冬季，泥鳅要冬眠，需铺上十厘米以上的土。高野多年的养殖经验发挥了作用。

保护朱鹮的基地终于建起来了。虽然没人专门通知春雄，但听说多年来倡导的事成真，他感到由衷的高兴。管理好保护中心，仅靠高野一人是不够的。山阶鸟类研究所派来 24 岁的研究员近辻宏归，担任专职朱鹮保护管理员、饲养主任。

高野作为新潟县的临时雇员，协助近辻开展工作。有了这层身份，朱鹮之事不再是个人想法可以左右的，而要尊重新潟县和国家的意见。高野曾对春雄说，朱鹮无法人工增殖，而他现在却成了人工增殖工作的助手。高野已无回头路可走，只能全力以赴。

阿福从行谷小学转移至"翔笼"，保护中心终于开始运转。在接近原来五倍大的新家里，阿福自由地飞来飞去。而且，它吃的是无农药养殖的泥鳅。

这里不通燃气，通电也要等到两个月后。高野从生椿搬来木柴，暂住于此，岛独自留在生椿。

早上 5 点，高野起得比朱鹮还要早。他穿着长筒靴，在平房前的觅食地撒泥鳅。然后，他和近辻一道走向百米开外的"翔笼"，给阿福喂食，采集粪便，检查身体。

6点过,朱鹮飞来觅食地。两人在平房里,隔着窗户用望远镜观察,并将朱鹮的举动按时间顺序一一记录。不过,由于中心尚在建设中,人来人往,且机械轰鸣不断,朱鹮并不经常现身。

撒在田里的泥鳅,多被附近森林里的貂和貉抢走。高野立刻向县里申请,在周围布上铁网。为了吸引野生朱鹮,高野煞费苦心。首先,要让人们认识到,朱鹮进食不能受打扰,所以,要限制人员的出入,无特殊许可不得入内,保持绝对的清静。

高野独自在保护中心周围巡视。周边的农田,战时尚在耕作,如今已杂草丛生,近乎成了湿地。

高野悟到,只有把环境恢复成原来的样子,才能像当年一样吸引大量朱鹮过来。于是,他开始在照料阿福的间隙,整理周边的农田。说是整理,其实等同于开荒。他先用镰刀割草,再从生椿的家里牵来一头牛,给牛绑上窄刃锹,拉着牛耕地。这颇有高野的风格,他本可以使用更省事的拖拉机,但考虑到机械噪音会影响朱鹮,他特意牵了牛过来。

这些田终究种不了稻子。不过,地下水把一级一级的梯田都灌满了,高野把家里养的小河蟹、蝌蚪、泥鳅、鲫鱼、青蛙放了进去。当然,这些都是未受农药污染的动物。只要坚持除草,它们就能适应下来。

高野还割掉了溪流旁的杂草。溪流的浅滩处有小河蟹、小鲵和蝾螈。有小鲵和蝾螈,证明水质极好,没有农药污染。割掉杂草,便于朱鹮发现、捕食猎物。

此外，高野把割下的杂草分成几份，堆在田埂上。这样，杂草里会长出昆虫，为朱鹮增添一项食物来源。

改造完毕。在从前的佐渡，这样的环境比比皆是，何须高野大费周章。高野苦笑，看来自己的任务不仅仅是保护朱鹮而已。好消息还是有的，高野听说，今年春天有两只朱鹮雏鸟诞生了。

4

朱鹮保护中心正式运营一个多月后的 5 月 29 日。山阶以文化遗产专家审议委员的身份，带着文化厅、农林省等国家、县里的相关人员共八人，赴新穗村考察。

在考察团与当地人士的饭桌上，高野没有用佐渡的方言，而是用标准语介绍道：

"今年出生两只，马上就是离巢的时候了。雏鸟从头顶到尾部长约三十厘米，它们在巢里时而拍打翅膀时而走来走去，非常健康。亲鸟的状态也非常好。"

没想到，这番介绍竟赢得热烈的掌声。接下来，大家将讨论如何进行人工增殖。

次日的会议在新穗村公民馆举行。因为考察团提出，将有要事相商，所以会议禁止无关人员入内。讨论的主要内容是，眼下虽不能判断阿福的性别，但不能继续让它独自生活，需要再找来一只,促使其繁殖。如果再发现像阿福一样迷路的幼鸟出现,应该立刻收归人工饲养。朱鹮已濒临灭绝,必须尽早给它们创造繁殖的机会。

接着,山阶提出一个方案。本年度刚出生的两只尚未离巢,应该赶在它们离巢前将其捕获,放到保护中心进行人工饲养。这是基于朱鹮幼鸟在野外可能发生事故的考虑,保护幼鸟免于意外也是与会人员的义务。"生擒幼鸟",这一提案一出,当地人士大为震惊。高野也沉下脸来。

为增加朱鹮的数量,高野正努力修复保护中心周边的自然环境。但若执行山阶的方案,他将被拉回人工增殖的道路上,并且责任重大。

对小和给予厚爱的新穗 TOKI 爱护会的人们,一直寄希望于在清水平撒食来促进朱鹮繁殖。他们相信,只要有安静的环境和充足的食物,野生朱鹮便可以自然繁殖。采取这种半人工饲养的方式保护朱鹮,是最适合不过的。

然而,为实现人工饲养而兴建的设施已经完工,捕获朱鹮的条件已然成熟。或许,为了让美丽的朱鹮色重新点亮佐渡的天空,现在已到了拿出勇气,作出决断的时候?

片刻无言。

"其实,瑞士曾提过这样一个请求。"文化厅的发言打破沉默。位于瑞士的巴塞尔动物园,凭借人工饲料在鸟类繁殖上屡获成功,成为世界知名的动物园。东京奥运会召开的 1964 年,巴塞尔动物园曾提出，希望饲养朱鹮。朱鹮作为国际保护鸟，广受全世界鸟类学者的关注。春雄和上野动物园曾进行过人工饲养，但人工增殖还是一片空白。因此，巴塞尔动物园称，希望借一对朱鹮，保证让它们成功繁殖，然后连同雏鸟一起归还日本。

文化厅拒绝了这一请求，这也是代表日本做出的回答。首先，抓到一对朱鹮并非易事，其次，想必此事也关系到日本国的面子。Nipponia nippon，朱鹮的学名里便带着日本的印记，若是交由外国调查其生态习性，并成功繁殖，那日本鸟类学会及学者们必定颜面扫地。

任何领域都存在竞争促进发展的情况。比如医学界，在疑难杂症面前，谁能抢先一步查明未知的病原体，揭秘感染的路径，找到治疗的药物，那便可以拯救数亿人，这个人将名垂青史。所谓医学史，便是由这样的故事串联而成的。医生们为此宁愿冒生命的危险，因为这既是他们的使命，也是最大的追求。

动物学界亦如此。特别是在动物园、水族馆，人们对于世界稀有生物的饲养和繁殖的热情，与献身医学的医生并无二致。

朱鹮的繁殖，并不仅仅事关朱鹮。

在或多或少的外部压力下，国家作出"捕获幼鸟"的决定。尽管这个决定看似与"保护朱鹮"相互矛盾。现在的问题是，如何捕获？唯一可行的方法是，让樵夫趁亲鸟外出觅食的间隙爬上树，捉走两只雏鸟。不过，站在亲鸟的角度，这未免太残酷。它们为了孩子外出觅食，回来却发现孩子不见了。这事要是发生在人身上，想想都觉得难受。有个当地人忍不住建言，不如将亲鸟一起抓走？高野为避免视线交汇，没有抬头。他说：

"雏鸟也许能抓到，但要在巢里抓亲鸟是相当困难的。要抓，抓雏鸟就够了。这事对亲鸟来说是很残忍，我们只能希望它们明年，不，接下来再产下雏鸟。"

这番话，高野不再用标准语，而是讲的佐渡方言，也道出了他的本意。高野所说的"接下来再产"，是指鸟类具有的补充产卵特性。鸟类产卵后，若卵发生意外，雌雄鸟会再次交尾产卵。不过，一般而言，补充产卵仅限一枚，不能过分期待。

会议决定，新穗村教育委员会主要负责捕获工作。

31日早上，高野一行进入黑泷山朱鹮筑巢区域，在二百米外着"伪装衣"持双筒望远镜观察。在一棵松树上，离地约十五米处发现活蹦乱跳的雏鸟。见亲鸟不停地搬运食物，高野不由得难过。从雏鸟不停展翅、整翅的样子看，快则两三天，慢则一周后它们便会离巢。据相川地方气象台预报，佐渡即将进入梅雨期，这两三日晴天过后，雨水将接踵而至。

高野认为，事不宜迟，明日做好准备，后天开始伺机捕获。

不过，高野观察了巢的周边，发现捕获相当困难。这棵松树位于陡峭的崖壁上，粗约两米，非常高大。巢处在离地十五米的松树枝头。人要是从上面跌落，很可能受重伤甚至殒命。搞不好，会葬送几条人命。

次日上午，在公民馆再次举行会议。参会的共七人，有高野、新穗TOKI爱护会干部，以及此次捕获责任方新穗村教育委员会的干部，没有国家层面人员参会。

高野在黑板上画出巢所处的环境，说明情况，制订计划。

虽然此次行动事关人命，但商议计划并未花太多时间。明天，也就是6月2日实施捕获。参加人员二十名，今天的七人，加上三名资深樵夫，以及教育委员会工作人员十人。早上7点30分从新穗初中出发，分乘两辆微型面包车，50分到达山的入口。下车徒步，9点前到达筑巢区域，进行准备。10点后实施捕获。

高野负责观察朱鹮状况，通过竹笛声发出行动暗号，三名樵夫开始爬树。其中一人身背捕鸟网，爬到巢上方的树枝上，用网盖住巢，防止朱鹮逃跑。其后，在下方等待的第二名樵夫接近巢，徒手捉住朱鹮后下树。第三名樵夫跟在第二名樵夫身旁，作为助手，以防不测。

在树的下方，新穗TOKI爱护会五名会员，将用竹竿撑起一张二十米见方的方形防鸟网。网是从农协借来的，以防雏鸟掉落。

教育长在附近的树下坐镇。他身旁的两只瓦楞纸箱，用于将朱鹮转移至山下。万一朱鹮逃跑，半径一百米处安排的十名教育委员会工作人员将进行追踪。除行动开始的暗号外，所有交流通过手势进行，严禁出声。

"媒体要是得到消息，必定趋之若鹜。但行动顺利与否还很难说，有媒体同行反而麻烦。所以，在场的七位，成功抓到朱鹮前必须保密。不管事后别人怎么说，我们的第一要务是把朱鹮安全地带回来。即便是对自己的家人，也请不要提起明天之事。至于三名樵夫和教育委员会的工作人员，等明天到达鸟巢附近，我才会告知捕获一事，以免有人退缩。樵夫方面，我今晚会跟他们打声招呼，说涉及重要公务，请一定帮忙。他们应该会答应。"

行动在即，作为实际责任人，教育长的语气郑重而严肃。

他甚至考虑到，一旦行动失败，若朱鹮平安还好说，要是伤及朱鹮性命，可不是引咎辞职那么简单。不，不止朱鹮，还有樵夫的安危。朱鹮的命以及樵夫的命——摆在眼下，朱鹮甚至比人更加重要。

山阶和国家官员已离开佐渡，留下一句"等你们的好消息"。说得好听点，国家把此事全权委托给了佐渡，但实则把难题丢给了佐渡。不过，倘若山阶等人参与行动，媒体必将随行。为了悄无声息地实施捕获，除了将行动委托给新穗村，也别无他法。

次日，教育长点的将集合完毕，按时从新穗初中出发。晴空万里，略微有些闷热。除了昨日参会的七人，其余人员都在不知此行目的的状况下，跟着一起乘车，下车，登山。

高野纳闷，这些人竟然都不问个究竟。

距离目的地不到一公里，一行人在溪谷歇脚。大家正拍着裤子上的蚂蟥，教育长宣布了今天的计划，众人骇然。不过，事已至此，只能前进，不能后退。大家当即做好了心理准备。短暂商议后，一行人再度启程。9点40分抵达悬崖下方的溪谷，大家在此对行动计划进行最终讨论，并分配任务。巢中仅有两只雏鸟，亲鸟应该正外出觅食。

大家立刻着手准备。紧张的气氛反而推进各项工作顺利进行。10点20分，高野吹响了竹笛。

树下支起防鸟网，三名樵夫脚穿胶底布袜，开始爬树。一片寂静，连喷嚏声都没有。一切按计划进行。

如果亲鸟回来撞见，会做何反应？高野心里打鼓，凝视着樵夫的一举一动。虽说自己并非责任人，只是受邀加入行动，但他心里却如同压了千斤巨石。尽管三名樵夫都经验丰富，但他们每一步都小心翼翼，缓慢向上攀登。树下的人们也和高野一样忐忑，一方面担心樵夫失足，另一方面担心亲鸟回来。

捕获行动进展顺利。10点40分过，樵夫成功盖上了网。倘若雏鸟持续鸣叫，亲鸟可能会闻声赶来，但不可思议的是，雏鸟竟然不叫也不动弹。这大大降低了捕获的难度。

第二名樵夫捉住一只雏鸟，第三名樵夫用黑布将其裹起，放入拴在腰间的鱼篮里，下了树。第一只安全放入瓦楞纸箱，他再次上树，随后，第二只也顺利入箱。

捕获开始三十分钟后，10点54分，行动宣告成功。

高野和另一名工作人员各怀抱一只纸箱，迅速下山。樵夫们也赶紧下树，一同下山。此刻，一只亲鸟飞回。它在巢的上空盘旋数周，发出"呱啊、呱啊"的悲鸣。

12点10分，两只雏鸟平安抵达新穗村公民馆内的临时鸟舍。它们在鸟舍里走来走去，状态不错。一只一点六千克，一只一点五千克。

人们从当天参与者名字中取字，给大一点的取名"小史"，给小一点的取名"小弘"。

"新生小朱鹮，顺利生擒。"媒体进行了重点报道。关于此次行动，媒体与当事人之间暗生嫌隙。表面上，媒体高呼振奋人心，但暗地里，却因如此重要活动未接到通知而颇有微词。

春雄读到这篇报道，大为震惊。到底是从哪里抓到的？他经过打听，找到了那棵树。

亲鸟也已不在。春雄望着鸟巢发呆，心情沉重。突然，他想起一段往事，心生悔意。1960年4月，他在黑泷山发现朱鹮的巢和卵，之后，他两次前往，确认雏鸟是否离巢。

（我不应该去。那是一个错误。）

虽然春雄与此次捕获行动并无直接关系，但他总感觉自己铸成了大错。

六

最可耻的叛徒

1

"佐藤老师，关键是多为它着想，我就是鸟的用人。"

跟春雄说话的是一位老人，海军出身，头戴鸭舌帽，身着黑色雨衣、雨裤，脚穿长靴，背着帆布包。冬季，田里积雪。他席地而坐，分开双腿。

两腿之间，有一只不满一岁的小朱鹮，老人正用手喂它吃活泥鳅。朱鹮毫不惧人，从他手里啄来泥鳅，然后吞下。有时，泥鳅从喙里滑落，在地上乱蹦，朱鹮瞬间瞪大眼，赶紧把它捉回来。慌乱的样子惹人怜爱。

春雄端详着站在老人左手上的朱鹮，说："宇治先生，它可真亲近你。"

给朱鹮喂食的老人名叫宇治金太郎。听春雄这么一夸，他有点不好意思，从胸前口袋里抽出一支烟，点上。风把烟吹到朱鹮脸上，小朱鹮嫌弃地摇摇头，可爱极了。

宇治六十五岁，个头一百八十厘米，有一副结实强壮的身板，是一个矍铄的老头。务农的同时，他还担任真野町公民馆的副馆长。虽然海军给人的印象是威严，但喜欢鸟类的宇治却温和客气，在小小的真野町广为人知。因为身材高大，连小朋友都能叫出他的名字，算得上町里的名人。这位名人与朱鹮交好，更是被町里的人津津乐道。

（宇治是第一个能用手给朱鹮喂食的人，这多亏了他的性格。他自称是鸟的用人，估计这番好意感染了朱鹮。）

宇治素来温和，与朱鹮待在一起，显得格外和蔼可亲。

"像这样，每天跟朱鹮待在一起，特别快乐。所以，我发自内心地愿意照顾它。'朱鹮子'就像是我的孩子。"

不清楚这只朱鹮的雌雄，宇治管它叫"朱鹮子"。宇治没有子女，在他眼里，开心进食的朱鹮既是儿子也是女儿。春雄拍下了几张温情的画面。朱鹮子毫不在意快门的声音，始终留在宇治身边。

就在这个时候，宇治叹息道："我最近常常想，这样的日子要是能一直持续下去该有多好。"

宇治已接到命令，捕获这只朱鹮，并且必须尽快完成。但是，朱鹮子越是信任自己，越是毫无防备地接近自己，他就越是动不了手。当时是1968年1月上旬。

去年7月29日，继阿福之后，又一只迷路的朱鹮出现在真野町的田里。这只正是被宇治驯养的朱鹮子。

朱鹮子首次现身后，便回到距真野町十五公里外的栖息地黑泷山，直到8月22日才再次出现。那以后，它好像喜欢上了真野町，开始在西三川、仓谷等农田丰富的地方辗转。

时隔两年，朱鹮再次出现，真野町教育委员会再度慌了阵脚。他们担心朱鹮有任何闪失，赶紧安排监察员。但监察员责任重大，而且难当，谁也搞不清朱鹮今天会出现在哪里。教育委员会里，没人主动请命。有个年轻人勉强接了差，但这差事得从早到晚追着朱鹮跑，还是得找个爱鸟之人才妥当。

9月、10月相安无事。10月中旬，人们在朱鹮经常出现的三处田里设置了撒食场。朱鹮随机地来到这几处觅食。

进入11月，人们开始担心它能否平安越冬。如果它留在真野町，从阿福的例子来看，除非实现用手喂食，不然它难以撑过这个冬天。唯有把它捉住才是最保险的办法。如果就此事征求国家和县里的意见，得到的答案应该也和阿福那时一样——实施捕获。行动日程尚未确定，在捕获小组登岛之前，真野町必须担负起管理的责任。并且，现在采取的三处撒食也必须改为固定一处撒食。而这一切都需要一名称职的监察员。

町里为监察员的人选绞尽脑汁，偶然听说公民馆副馆长宇治喜欢鸟，并且是日本野鸟会的会员。教育委员会像是找到了救星，赶紧向宇治发出邀请。而宇治却不知所措。他只知道朱鹮是国际保护鸟，完全不了解它的生态习性。他倒是养过绣眼、麻雀，但从未想过自己能担此大任。

宇治忧心忡忡。首先，他从没见过朱鹮。佐和田町捉阿福的时候，阿福倒是会吃人们刚扔下的泥鳅，但没人能用手直接喂给朱鹮。驯养野鸟，简直是天方夜谭。宇治回到位于仓谷面朝真野湾的家里，跟妻子佳代商量。两口子都年逾花甲，这把年纪该不该接受这么重要的任务，他们想了三天。第四天，佳代望着宇治，说：

"既然都找上你了，还是答应了吧。也不能放着朱鹮不管，要是它出了意外怎么办？"

听了妻子的这句话，宇治站起身："试试吧。"就这样，宇治接受真野町教育委员会的任用，成为"朱鹮监察员"，开始每天观察并报告朱鹮动态。

考虑到与朱鹮面对面，宇治首先从装束上着手准备。朱鹮戒备心很强，需要让它认得自己。不管下雨或天晴，自己的装束必须一样。他冥思苦想，最终选择戴鸭舌帽，穿一套雨衣雨裤和长靴。

接下来，如何能见到朱鹮？宇治琢磨，不管怎样，先到外面去，走访那些见过朱鹮的人，哪怕是只见过一次的。

宇治怀揣着不安，开始走访，很快收获了好消息。他听说，一户人家屋后的山里住着朱鹮。这座山上长着松树和榉树，山的另一面朝着真野湾，离海岸大概四百米左右。朱鹮在松树上夜宿，早上出去，傍晚回来。

宇治第一次见到朱鹮，便是在夜宿地附近的松林里。那天，他从早上开始找了一天，到了傍晚仍一无所获。正当他叹息之际，旱田里一位农民告诉他，刚见过朱鹮。宇治匆忙但不失谨慎地赶去，远远望见在距他五十米开外的地方有一个白色的身影。

他赶紧掏出双筒望远镜观察。朱鹮停在约十四米高的松树枝上。还好，它并没有发现宇治，正扭头啄理羽毛，在树枝上停留三十分钟后，朝夜宿地飞去。它并没有想象中那么警觉，这是宇治对朱鹮的第一印象。

不管是绣眼还是麻雀，鸟儿都是越年幼越容易亲近人。也许朱鹮也一样。听说这只朱鹮刚一岁左右，如果总是缩手缩脚，和它保持距离，那永远都无法驯养它。宇治相信，只要展现出诚意，让朱鹮知道自己不会伤害它，是它的朋友，那朱鹮便会靠近自己。

从那以后，宇治开始在撒食场等候朱鹮。朱鹮早上离开夜宿地，7点前到达撒食场，直到傍晚5点前后才飞回夜宿地。从夜宿地到撒食场，再到夜宿地，宇治大致掌握了朱鹮的生活规律，但不明白第一次见到它时，它为何停在树上。经过查阅相关资料，他才了解那是"栖木"。

宇治的一天是这样的。他早上5点骑着自行车出门，来到撒食场站着，如果朱鹮没来这块撒食场，他便跑到下一处。每天，宇治要在真野蜿蜒起伏的道路上跑接近十公里。见到朱鹮，他不会轻易靠近，至少保持二百米的距离，在田埂上远远地观察。第二天，他再缩短距离。两周后，宇治把距离缩短到五十米，也不会吓跑朱鹮。他试着用手扔泥鳅给它，朱鹮会把落到田里的泥鳅美滋滋地吃掉。一般而言，朱鹮生气的时候会竖起冠羽飞走，但在宇治面前，它虽然会竖起冠羽，但不会飞走。它已经明白，每天穿着雨衣，站在田埂上的高个子男人，是自己的朋友。

渐渐地，宇治可以招手把它叫过来。

"朱鹮子，真乖！"宇治撒下泥鳅，作为奖励。

宇治这边的情况经由教育委员会和县里，报告到中央。中央听说宇治已能用食物吸引朱鹮，便派捕获小组11月21日登岛。小组由捕获阿福的宫内厅福田和山阶鸟类研究所的研究员组成。捕获定于22日、23日两天进行，工具采用无双网。中央和县里希望在降雪前完成捕获，让它在朱鹮保护中心过冬。

捕获小组将地点选在朱鹮子常去的一处撒食场。这是一户人家的农田，离县道约五百米。车辆很少，环境僻静，朱鹮子可以安心觅食。从抓捕的角度考虑，田的周围有松林，便于工作人员隐蔽。捕获小组在此布好无双网，伺机行动。也许朱鹮子察觉到撒食场附近除了宇治，还有别人，它衔住猎物，在网倒下的瞬间飞走了。次日的行动也以失败告终，捕获延期至12月上旬。

这次失败后，宇治的内心发生了动摇。因为，他感到朱鹮子接近自己时有了警惕。虽然它会飞向宇治，但要靠近他，则需要相当长的时间。为了显示诚意，证明自己是它的朋友而非敌人，宇治唯一的办法是盯着朱鹮子的眼睛。即便朱鹮子飞走了，他仍然站在那里等它。行动失败一周后，朱鹮子开始靠近宇治，恢复到之前的状态。

然而，朱鹮子放松警惕，接近宇治，说明再次捕获的机会来了。宇治又不得不向真野町教育委员会报告实情，这令他十分揪心。接到消息，中央再次派捕获小组于12月3日从东京出发，6日、7日实施行动。

地点不变，工具依旧是无双网。6日的行动失败。无双网在朱鹮子刚降落啄食时收起，但没能抓住。次日，变换场地再次收网，仍然让朱鹮子跑掉了。捕获阿福只用了两次，但福田一行却在朱鹮子面前栽了两次跟头。

"估计它已经记得无双网了。"

捕获小组备受打击，感慨朱鹮戒备之强。

"1月份必须抓到它。宇治先生，在那之前，请你想办法让朱鹮放松警惕。"说完，捕获小组开始做回程的准备。按照上次行动失败后的经验，此时的朱鹮子应该对宇治抱有强烈的不信任感。7日傍晚，约莫到了朱鹮返回栖木的时间，宇治用望远镜反复观察，并没有见到朱鹮子。天将黑尽，他用望远镜观察夜宿地方向，仍不见它的踪影。看来，朱鹮子的确是有所防备了。

宇治步履沉重，回到家中。见状，佳代还以为朱鹮子被捉住了。一问，她才知道宇治步履沉重另有原因。

宇治一宿无眠。次日，天空刚泛起鱼肚白，他便冲出家，赶往夜宿地。宇治本以为，昨晚自己回家后，朱鹮子也回到了夜宿地，但太阳升起后一看，朱鹮子并不在。也许，它已经从夜宿地出发，但宇治觉得这个可能性不大。

天气晴好，宇治在真野町四处奔走，搜寻朱鹮子的下落，但最后仍与昨日一样，拖着沉重的步子回到家中。佳代见状，决定第二天帮忙寻找。次日，他们骑着自行车，不仅去了朱鹮子曾到过的地方，还找了它未曾出现过的地方。

下午，佳代在一户农家的田里找到朱鹮子。这户农家离汽车道六百米左右，没有邻居，周遭十分安静。两人躲在二百米外的松林里观察。由于无人打扰，它正安心地觅食。

宇治感觉朱鹮子不会逃跑，决定试着接近它。他从松林里走出，慢慢向朱鹮子靠近。或许朱鹮子已经接纳了宇治，竖起脖子盯着他看。

"朱鹮子，朱鹮子……"

朱鹮子竖起冠羽，显得很激动。宇治做好了它会跑掉的准备。朱鹮子"哼、哼"叫着，但并没有逃。他们的距离只剩五米。

"对不起，朱鹮子。但我也没有办法。"

宇治先是就捕获之事道歉，然后取出泥鳅投向朱鹮子的嘴边。朱鹮子用喙夹住泥鳅，吞了下去。佳代远远地望着，松了一口气。

一周后，朱鹮子有了新变化。本来，宇治需要先往田里撒下食物，吸引朱鹮降落后，才能接近它。现在，朱鹮子只要见到宇治便会主动来到田里。而这块田，正是佳代发现朱鹮子的地方，那块无人打扰的农田。

宇治在田里坐下，分开双腿，从口袋里取出泥鳅给朱鹮子。有时，他把泥鳅放在朱鹮子面前的地上，有时，他能直接喂到朱鹮子嘴里。

朱鹮子会对宇治撒娇。明明宇治已经看见它在附近的松树上，它与宇治对视，却佯装不认识。宇治唤它，来呀，来，它才飞到宇治脚边。

做这一切，宇治并无特别的意图，完全是喜爱朱鹮的自然流露。从学术上讲，他是世界上第一个做到亲手喂食，成功驯养朱鹮的人。然而，宇治却不以为意。对于他而言，能和朱鹮子相伴，便已足够。

岁末和正月，宇治一直陪着朱鹮子。此时，开始有人前来参观。朱鹮子不喜来客，见了客人就立即飞走，只有见到那些和宇治关系密切的人，它才会安安心心留下来觅食。

春雄便在此列，他是宇治的常客。两人同为野鸟会成员，春雄负责两津市周边，宇治负责真野町和小木町，二人相识已有多年。

宇治常向春雄请教饲养朱鹮的经验："佐藤老师，你饲养'小春'的时候，喂的是……"春雄饲养朱鹮时，那只朱鹮尚未取名，如今，在保护朱鹮的文献上，人们取春雄的"春"字，给它命名。

除了泥鳅，宇治还参考春雄的意见，去鱼店买来雷鱼、竹筴鱼、明太鱼、牡蛎给朱鹮。另外，他也尝试过白菜、红薯，和春雄、高野得到的结果一样，朱鹮只是用喙戳着玩玩。

宇治从早到晚都和朱鹮子待在一起，连吃便当都不离开它。

NHK等电视、报纸连续数日前来采访,为了不让朱鹮子过于恐惧,宇治当起了它的"经理人"。

面对如此可爱的朱鹮子,宇治一边喂食,一边禁不住想:

(我到底应该站在哪边?)

朱鹮子早晚会被捉住,不,它必须被捉住,这也是教育委员会聘请我的目的。

若要让它免于捕获,只能是回到黑泷山,回到同伴那里。但它已经在这里有了夜宿地,目前看,没有回黑泷山的可能性。即便我不给它喂食,真野的田里也不乏它的食物。

可是,只要它留在真野町,就很可能遭到野狗的袭击,或是发生别的事故。若朱鹮子遭遇不测,真野町将因保护国际保护鸟不力,受到国内外的谴责。另外,春耕一旦开始,伴随农药的使用,朱鹮可能吃下被农药污染的泥鳅而受到伤害。

为了保护朱鹮子,除了把它捉住转移到保护中心,别无他法。宇治的内心斗争终于有了答案。

他必须帮助捕获小组实施下一次行动,而自己能做的,便是坚持在这块田里喂食。

在旁人看来,捕获非常简单。宇治在喂食时把朱鹮抱住即可,连无双网都省了。可宇治从未接到让他亲自实施捕获的命令。虽然中央和县里接到真野町教育委员会的报告,清楚朱鹮子已完全实现用手喂食,但或许他们认为,大名鼎鼎的国际保护鸟,必须由专业队伍实施捕获,不然不成体统。

捕获小组第三次行动定于1月23日、24日进行，与上次一样，仍采用食物吸引，无双网捕捉的方法。

可是，朱鹮子成功逃脱了这第三次危机。

捕获小组在松林里布网。宇治唤朱鹮子过来，朱鹮子应声降落，但却不再靠近。也许它发现，这两日宇治身旁的人与宇治并不亲近，朱鹮子在上空盘旋三周后离开。

宇治先生，你真的在给它喂食吗？！捕获小组迁怒于宇治。这已是第三次失手。朱鹮子已被驯养，却比阿福还要难抓，捕获小组颜面无存。照这个情况，即便开展第四次行动，失败的可能性也极大。

捕获小组担心再走麦城，作出决定："今后，将捕获工作全权委托给真野町。务必于3月底前捉到朱鹮。"然后，一行人打道回府。

这一决定意味着，捕获任务落到宇治的肩头。

1月25日，宇治和朱鹮子的关系并无异样。"来啊，来。"朱鹮子闻声飞来，与前两日截然不同，好似什么都没发生。宇治却胸中苦闷。

2月1日，继七年前的"北陆豪雪"之后，佐渡再次遭到暴风雪袭击。宇治被暴雪关在家中。次日，暴风雪稍停，宇治怀揣暖壶，脚穿踏雪板，在一米多厚的积雪上走了一个多小时，去老地方找朱鹮子。可任由他怎么呼唤，就是不见朱鹮子现身。

暴风雪又刮了起来。宇治已是难觅归途。他想起北陆豪雪中,那两只死于越后的朱鹮。不知它们是飞过去的,还是被暴风雪刮过去的,朱鹮子是否会遭遇同样的厄运?要是它在本土被人发现……都怪自己没有尽早把它抓起来。或许,自己与朱鹮子已是生死相隔了。暴风雪越刮越猛,宇治沉浸在悲观的思绪中无法自拔。就在他走路开始觉得吃力的时候,前方传来佳代的呼唤声。佳代一路追来,大口大口呼着白气。

"朱鹮子呢?"

"没见着。"宇治沮丧着,摇摇头。

二人再无言,回到家中。风雪拍击窗户玻璃,天气预报反复播送大雪警报,一切都让人焦虑不安。暴风雪持续了三天。

4日晨,暴风雪偃旗息鼓,太阳刚刚露脸,宇治便飞奔出门,前往那块农田。"来啊!来!来啊!"他声嘶力竭地呼喊了三十多分钟,依旧不见朱鹮子的踪影。再三十分钟,亦如是。

不祥的预感堵在胸口。但此刻宇治能做的,除了不停地呼喊,别无其他。接连喊了一个小时,远远望见一只白鸟从山中飞来。身姿逐渐清晰,红脸,长喙。对!就是朱鹮子!

"来啊!来!来!"宇治欣喜若狂,更是放开嗓子大喊起来。朱鹮子饿了四天,显得有气无力。尽管如此,他听到宇治的声音,还是来了。

它停在离宇治约十米远的地方,翅膀上污迹斑斑,瘦了些许。宇治在雪地上张开腿坐下,从胸前的口袋里取出泥鳅,招呼朱鹮子过来:

"快，饿了吧。今天让你吃个够。来来来！"

朱鹮子来到宇治跟前。逃过了三次抓捕，挨过了暴风雪，仅一两岁的朱鹮子，已拥有了在佐渡的大自然里存活的本事。即便回到黑泷山，它也完全能活下来。不过，这孩子并没有同伴。

（朱鹮子如此地信任我，我岂能反过来抓它，做个叛徒？像现在这样多好啊。）

宇治与朱鹮子已情同父子。作为"父亲"，能为"孩子"奔忙，宇治内心充满了喜悦。同时，保护子女的安全也是父亲必须尽到的责任。不管遇到大雪还是其他自然灾害，宇治都愿意拼上自己的一把老骨头，为朱鹮子尽一份力。他不愿再让朱鹮子品尝遭人抓捕的滋味。

然而，他又无法违背教育委员会的命令："尽早捕获，最好在2月份完成。"宇治在夹缝中进退两难。

2

2月过去了，宇治仍然没有动手。不仅没有动手，他反而萌生了反对捕获的念头。

因为，2月15日晨，收养在朱鹮保护中心的小弘暴毙而亡。它前一日还十分精神，外观上并无异样。解剖发现，小弘胃部下方的大静脉被一种寄生虫钻破，死于大出血。性别为雌性。小弘被捉住才八个月，无法得知那寄生虫是来自它离巢前亲鸟喂的食物，还是保护中心喂的食物。

由于事前无任何征兆，高野在与媒体等谈及此事时说："朱鹮带着一种人类智慧无法参透的神秘。"

小弘死后，保护中心仅剩阿福和小史。并非中心在技术上出了问题，而是把朱鹮关进笼子里饲养的做法本身出了问题，宇治想，野外喂食才是最顺应鸟类天性的保护方法。朱鹮子一旦被抓起来，想必也只能活一年而已。

每天，宇治都沉浸在与朱鹮子相处的快乐之中，内心却强烈地希望，它从自己的眼前消失，回黑泷山去。朱鹮子在自己身前吃食的时候，宇治只需一伸手，便能捉住它。但宇治始终动不了手。

"怎么还不动手？到底在磨蹭什么？已经是3月了！"

关心朱鹮的村民、真野町教育委员会、町公所的人得知宇治明明徒手就可抓住朱鹮却迟迟不动手，都很着急。后来，他们终于明白，对于宇治而言，捕获就意味着离别。

但不管多么痛苦，国家和县里的命令是不能违抗的。宇治夹在朱鹮和人类之间左右为难。不少人见到宇治给朱鹮子喂食时开心的样子，都报以同情。

进入3月中旬，此事也不能再拖。3月15日，天气转晴，空气微热。

这片农田，朱鹮子总共来了近一百三十天，但今天，却不见它的踪影。莫非它嗅到了危险？宇治大喊着"来啊！来！"在周边竭力地寻找朱鹮子。来到一个叫田切须的地区时，教育长从宇治的呼喊中听出了异样。

"宇治先生，怎么了？"

"没见着朱鹮子，怎么喊都喊不来。"

"什么？不见了？"

得知朱鹮失踪，教育长立即通过无线电联系各个村落，教育委员会的职员们放下手中的工作，四处搜寻。

区长等当地有头有脸的人物听闻此事，都异口同声责怪宇治："当初本有大把的机会抓它，现在可好了。"

上午11点，教育委员会接到消息，朱鹮子在一个叫小川内的地方的田里。小川内位于田切须以北七公里，朱鹮子大概10点降落到这里。不过，要断定那就是朱鹮子，必须让宇治亲自去现场。但宇治此刻正独自搜寻朱鹮子的下落，没法联系上。

这下，教育委员会又急忙找起宇治来。

下午2点过，教育委员会找到宇治，用车把他送往小川内。这里面朝真野湾，眼前是广阔的农田，仅农田周边长着茂密的松树。

朱鹮却并不在田里。"在那里，"教育长指着松林，"宇治先生，拜托了。"说完，他返回教育委员会。宇治点点头，意识到此事已不能再拖。朱鹮子要是再这样扩大行动范围，自己已无法监视，难保不发生意外。

宇治穿着长靴，在田里走向朱鹮子。他们之间仅隔二十米时，宇治把装着泥鳅的塑料袋放到地上，双手张开呈圆形："来啊，来来，来啊，来。"唤朱鹮子过来。朱鹮子闻声，把脸转向宇治，但并没有要飞来的意思。宇治再次唤它，这次它飞了起来，但不是飞向宇治，而是朝相反方向的真野湾径直飞去。

糟糕！宇治赶紧使出浑身力气呼喊：

"来啊！来来！来来！来啊……"

或许宇治的哀求起了作用，朱鹮子在途中盘旋后，又回到松林。它望着宇治，宇治则重复喊着"来啊，来来，来来，来啊。"

下午4点30分，朱鹮子终于来到田里。它与宇治距离五米左右，但不再接近。今天，朱鹮子表现出一种异乎寻常的戒备。

宇治席地而坐，分开双腿，一边招手，一边"咯咯咯"地唤它过来。

"别那么客气，来吃饭了。"

此刻，宇治和往常一样，心里并无捉朱鹮子的念头。终于，朱鹮子过来了。宇治把泥鳅放在左手掌上："来，吃吧，朱鹮子，肚子饿了吧。"朱鹮子一口咽下泥鳅。接着，宇治在手掌上再放上一条泥鳅。

"朱鹮子，为什么跑到这里来了？可让我好找啊。"

他抚摸着朱鹮子的翅膀，跟它聊天。朱鹮子吞下泥鳅后，盯着宇治的脸。因为这次找它颇费周折，宇治觉得今天的朱鹮子格外可爱。就这样，他们一起待了近三十分钟。

"好吃吗？别客气啊，没什么好怕的。"

这句随口说说的话，却让宇治想起自己的任务来。朱鹮子快吃饱了，一会儿就会飞走。

"朱鹮子……"

宇治嘀咕了一声，右手取出泥鳅，放到左手掌上，然后，双手合拢。泥鳅就在两只手掌的正中间。朱鹮子毫无戒备，向前一步，把喙伸向宇治的手心，正要啄泥鳅。

（就是现在！）

宇治分开双手，如同拥抱一般把朱鹮子紧紧抱住。不，也许那就是拥抱。时间是 5 点 20 分。

与朱鹮子相处的一百二十六天，"捕获"成为最后一幕。

宇治站起身，他得通知教育委员会。这是他一生中最狼狈的站相。"哮啊。"朱鹮子只发出一声低沉的鸣叫，毫无逃跑的迹象。宇治心中，强烈的自责和悔恨如浪潮般袭来，化做泪水，夺眶而出。

"我是世界上最可耻的叛徒。"

教育委员会得到消息，立刻驱车赶来。教育长等一行人坐在车中，也许是照顾宇治的感受，没人吭声。片刻后，教育长打开后车门："宇治先生，上车，我们去新穗公民馆。"

宇治怀抱朱鹮子，在车中啜泣。

（朱鹮子，原谅我。）

对于宇治而言，汽车的引擎声已是折磨，而身旁教育长接下来的话，更令他痛苦不堪。

"宇治先生，刚才新穗方面说，今天早上，阿福死了。"

宇治抱着朱鹮子的手臂霎时垂了下来。这个消息意味着，人工饲养的五只朱鹮，已经死了四只。拜自己所赐，朱鹮子也逃不过同样的命运。强烈的悔意再次涌上宇治心头。

一瞬间，宇治甚至想从车窗把朱鹮子放走，但他终究没有这个勇气。

（我不应该抓它。朱鹮子那么信任我，我却用背叛回报它。我是世界上最可耻的叛徒，我是个混蛋！）

一路顺利，一行人抵达新穗村公民馆。6点30分，朱鹮子被关进临时小屋。

人们用"宇治金太郎"中的"金"字，给朱鹮子取名"小金"。

之后的两三日，宇治沉浸在自责之中，神情萎靡，默不作声。旁人见他性情大变，再次感受到，捕获对于宇治而言是何等痛苦之事。

"你要是没捉住它，说不定小金现在已经被野狗咬了呢。打起精神来！"别人劝慰，而宇治却愈加痛苦。

"我是世界上最可耻的叛徒。"

对于所有善意相劝的人，宇治口中只有这一句话。佳代见状，心中也焦急万分。捕获朱鹮子的当晚，丈夫哽咽着回到家中，张口的第一句话，也是"我是世界上最可耻的叛徒"。宇治的心情，佳代感同身受，陪着他一起抹眼泪。泪光中，他们在雪中拼命搜寻朱鹮子的情景历历在目。

宇治担心朱鹮子适应不了笼中的生活。一周后，高野发来明信片，告诉他小金状况极好。高野的来信让宇治得以宽心。他渐渐打开心结，意识到不能继续让朱鹮子待在野外了。

3月25日，宇治和佳代来到两津市宇贺神社，彻夜为朱鹮子祈愿，希望它永远健康。

宇贺神社位于一个叫两尾的村落的山上。这里地处两津市东海岸，椎泊以东一公里。自古以来，"宇贺大神"作为保佑风调雨顺的神明，在佐渡拥有众多信徒。前往宇贺神社祭拜，须登上五百九十三级石阶。这些台阶为森林所包围，长满了青苔，人容易滑倒，不能走快。即便是年轻人，走上一百级时，喘气者有之，膝痛者有之。更何况年逾六旬的宇治夫妇。他们只得抓着路旁的绳索攀登。

这既是赎罪，也是祈愿。为了朱鹮子，这点辛劳宇治不以为意。他们征得神职人员同意，在此彻夜祈愿。一整晚，二人都双手合十，蜡烛一旦燃尽，他们便换上新的。此后，彻夜祈愿成了他们每月末的必修课。

春雄打算以小金为第一人称记录它的故事，题目叫《我的一生》，和漱石的《我是猫》颇为相似。他在开篇写下："我生于1967年的春天……"此文并非为写给谁看，只是春雄随性之作。但凡有关于小金的消息，他便动笔，天马行空地想象小金的内心世界。他准备一直写下去，直到小金或自己有一方离开这个世界。

阿福被制成标本，收藏于新潟市的新潟县立博物馆。7月，为支持保护中心的人工饲养工作，上野动物园、东京都武藏野市井之头自然文化园、东京都日野市多摩动物公园联合成立了"朱鹮保护小委员会"。继山阶鸟类研究所伸出援手之后，日本知名的动物园正式承诺提供全面的帮助，对于朱鹮的人工饲养意义深远。

可是，该委员会成立不久，保护中心发现小史步行迟缓。中心大惊失色，将其送往上野动物园接受治疗。8月20日，小史死亡。死因为腿部感染杂菌，引发败血症。

至此，中心收养的五只朱鹮仅剩朱鹮子（小金）。

下一个便是朱鹮子。宇治忧心忡忡，拼命地为朱鹮子祈福。

10月末，真野町教育委员会通知宇治，因他捕获小金有功，将予以表彰。

宇治本想拒绝。自己是世界上最可耻的叛徒，犯了无法挽回的错误，岂能接受表彰。但从工作关系上，自己是公民馆的副馆长，拿着真野町公所发的薪水，难言拒绝。

11月3日，时值"文化日"[①]，公民馆举行了颁奖仪式。受到表彰的有宇治及今年春季退休的数名教师。首先接受表彰的当然是时下的话题人物宇治。在町公所官员及来宾的掌声及奖状的

---

① 文化日，日本的法定节日。

宣读声中，宇治苦不堪言。此刻，佳代与宇治一样，也承受着内心的煎熬。

因为家里常有町公所和教育委员会的人来访，宇治不得不将奖状装裱，挂在墙上。其中的一句话，如同针刺，日日折磨着宇治。

感谢状

宇治金太郎先生

去年冬季，国际保护鸟朱鹮飞临西三川地区。作为观察保护人员，您不畏暴风雪，日复一日尽心履职，史无前例地成功驯养朱鹮，并于今年三月十五日（第一百二十六日）完成徒手捕获之壮举。值此文化日，特赠纪念品以表谢意。

真野町教育委员会
昭和四十三年①十一月三日

"徒手捕获之壮举"——这句话犹如项上枷锁。宇治夫妇唯有到宇贺神社祭拜，才能得到片刻喘息。

3

能登的朱鹮于 1964 年降至一只。人们发现，从 1965 年、

---

① 即 1968 年。

1966 年开始,仅剩的一只仍有繁殖行为。

它四处飞行,并发出"呱、呱"的叫声。不过,这样的求偶行为注定不会有结果,因为能登已无第二只朱鹮。其实能登地域相当广阔,再出现一只朱鹮的可能性不是没有,但人们始终没能发现新的朱鹮或者新的夜宿地。

这只朱鹮常被乌鸦驱赶。因为它夜宿的山里住着大量乌鸦。与别的山相比,这座山乌鸦并不算多,朱鹮住在这里也是迫不得已。

羽咋 TOKI 保护会在撒食场撒下的泥鳅、鲫鱼,只要朱鹮来吃,便有成群的乌鸦跟来。它们吓跑朱鹮,占领整个撒食场。朱鹮只能在附近的树上看着。

见朱鹮仅剩一只,一直以来被打压的农林业者蠢蠢欲动。禁猎区即将到期,他们纷纷向县里提交开垦和采伐的申请。

农林业者认为,能登朱鹮灭绝是迟早的事,加之农民一直没拿到补偿金,他们揪住朱鹮仅剩一只不放,拼命给县里施加压力。朱鹮尚存数只时,羽咋 TOKI 保护会曾大力宣传增殖的可能性,但如今已欠缺说服力。

农林业者和羽咋 TOKI 保护会各持己见,县政府和国家文化遗产保护委员会表明态度,既然朱鹮已无希望繁殖,禁猎区延期之事需从长计议。

这只朱鹮孤单了三年。终于,羽咋 TOKI 保护会调整策略,基本确定尽早捕获朱鹮,转移至佐渡的方针。对此,轮岛市及轮岛市附近的穴水町TOKI保护会表示反对。在轮岛市附近可观察到朱鹮飞行，人们认为，既在能登生，须在能登死。佐渡的朱鹮也行将灭绝，送去那边也是枉然。不如将最后一只朱鹮捉住，修建博物馆，让能登还未见过朱鹮的人们一睹本土最后一只朱鹮的风采。不过，两方面提议都未能服众。

不知不觉中，轮岛市、穴水町的大多数人转向支持送朱鹮去佐渡。1967年2月，轮岛市教育委员会、穴水町TOKI保护会赞同了羽咋TOKI保护会倡导的佐渡方案，并委托石川县TOKI保护联络协会执行。石川县TOKI保护联络协会征求文部省、文化遗产保护委员会、鸟类学者等意见后，于1967年9月作出决定："捕获朱鹮，送往佐渡，于新潟县朱鹮保护中心进行人工饲养，以期繁殖后代。"捕获时间定于明年开年，经费由国家承担。

朱鹮夜宿于穴水町乙之崎的海岸一带。11月，山阶鸟类研究所派研究员来商量捕获事宜。捕获地的选择与佐渡一样，引诱朱鹮进入撒食场。放弃接连失手的无双网，改用美国开发的最新设备——加农炮网。加农炮网也被称作导弹网，按下发射键后，伴随大炮般的轰鸣，导弹状的网子在火药的推力下射出，并随即张开。网宽十八米，高十一米，从发射到落地需五秒钟。

行动定于来年（1968年）1月。准备工作包括设立撒食场，安排监察员。起初朱鹮倒是前来觅食，但当捕获的日子临近，人员出入激增，天性机敏的朱鹮开始与撒食场保持距离。撒食场的泥鳅沦为乌鸦、鹭的美餐，加农炮网的发射键从未按下。1月行动宣告失败。十个月之后再次行动，同样是一进入捕获预备状态，它便不再靠近。

和佐渡的情形一样，捕获行动次日，朱鹮不会来到同一地点。不过，这只朱鹮明明被人穷追不舍，却没有改变夜宿地。它形单影只生活了四年余，独自生存的秘诀想必正是强烈的戒备心。年内捕获无望，行动被推迟到来年。

1969年1月。冬季，保护会借用捕获地附近的一间木板屋顶的小屋，雇用两名农民为监察员，他们在寒风叩击木板的声响中，观察朱鹮的状况。终于，朱鹮飞来。2月，朱鹮越靠越近，眼看要迎来发射加农炮网的瞬间，不巧一只鹭飞来，吓跑了朱鹮。

捕获计划需作调整。而且，这一年，县里的居民们对于移送佐渡产生了疑问。在保护中心，去年2月、3月和8月，小弘、阿福、小史先后死亡，仅剩3月捕获的小金。很多人开始认为，朱鹮还是要在大自然里生存，人工饲养不行。这只朱鹮应该留在能登的土地上。

可是，捕获这条路必须走下去，原因有二。其一，眉丈山的鸟兽保护区于1月到期。关西那边的猎人摩拳擦掌，冲到眉丈山打野鸭。两年冬天捕获行动未果，国家也中断了捕获经费。其二，大量的建筑公司的推土机开进眉丈山，为交通基础设施建设平整地基。枪声、建筑作业声响彻眉丈山。这里已不适合朱鹮栖息。更让羽咋TOKI保护会惊讶的是，石川县和羽咋市政府眼看保护区到期，却置若罔闻。捕获行动失败后，他们采取了作壁上观的态度。这导致各保护会与县政府的关系恶化。居民们也各有主张，情绪激动。人们的情感因一只朱鹮纠缠在一起，人与人之间的信任关系也因此产生了裂痕。

3月下旬，羽咋TOKI保护会的一名会员窥见那只朱鹮筑巢求偶，泣不成声，呼吁必须马上把它转移到佐渡去。

春雄收到那名会员的信，信中详述了朱鹮独自闷在巢中的样子，还附了照片。春雄到过能登，他仿佛身在现场，不禁为能登朱鹮的末日将至潸然泪下。

那名会员是得知"朱鹮在轮岛市洲卫的山里筑巢"的消息后前往现场的。他穿着"伪装衣"，在离疑似朱鹮巢的鸟巢近五十米处进行观察。巢筑在松树上，离地约十二米。等待三小时后，上空传来朱鹮的鸣叫。它一边盘旋，一边发出巨大而低沉的"哼、呱"声。

不过，它入巢后却不再做声，但并不镇静。想必它今日也饱尝求偶无果的痛楚，心中焦虑不安。会员用望远镜观察，这只朱鹮脖子以下已变为和巢一样的黑灰色。这是进入繁殖期的信号，但它已无伴侣可寻。

从会员所在的位置，只能看到朱鹮的背部，看不见表情。但他此刻也不敢轻易移动。推土机的作业声、货车和翻斗车的行驶声包围了朱鹮。眉丈山竟变成了大工地，朱鹮若是被迫迁徙，不知它还能去哪里。它在巢中缩头屈膝，坐着一动不动。稍做休整后,它正要再次出门寻找同伴。

就在此时,会员突然学起了朱鹮的叫声。"哼,哼,哼。"巢中的朱鹮闻声,立刻转动脖子,盯着声音传来的方向。

朱鹮的面部呈现在 300 毫米长焦距镜头里。濒临灭绝的朱鹮,能登最后的朱鹮。它眼里泛着金色的光辉,展现出极强的生命力。会员再次模仿鸟叫。

霎时,朱鹮瞪大眼,微微伸长脖子,望着声音传来的方向。约五分钟之后,它飞走了。

会员将朱鹮呆坐巢中的照片寄给文化厅、文化遗产保护委员会等机构,再次申请实施捕获。相关部门被来信所打动,体谅朱鹮求偶之殷切,决定于 1970 年 2 月前再次实施捕获。

人们总结失败的教训,决定调整加农炮网的使用方法。前两次行动大张旗鼓,参与人员多,暴露了捕获的意图。这次,仅由监视小屋中的两人参与,加农炮网的发射按键也交由他们操控。两人在别的农田,多次练习了加农炮网的使用。随着他们日益熟练,也有人担心,巨大的声响是否会吓跑朱鹮。对此,上级向二人强调,捕获的机会只有一次。

从风雪交加的年末开始,二人便进入穴水町乙之崎的监视小屋,从早到晚监视朱鹮。只要朱鹮接近投食箱,他们便按下监视小屋外的发射按键。

1 月 7 日,寒风止,晴空现。快到 8 点时,朱鹮久违地接近了投食箱。它将泥鳅衔在嘴里,正要吞下。这一瞬间,它做不出逃跑的动作，是发射加农炮网的最佳时机。监视小屋中的两人交换眼神，其中一人来到屋外，手刚碰到发射按键，突然，海岸边传来舷外马达的响声，朱鹮飞走了。

不过，继续守候三小时后，朱鹮飞回，再次靠近投食箱。一人走向加农炮网的发射按键。可是，朱鹮昂着头，小心翼翼地在田里四处走动，不在任何一处停留。它并没发现其他危险因素，所以也没有离开的意思。它巧妙地从投食箱偷走食物，非常完美地躲过了加农炮网的射程。

又过了一个半小时，中午 12 点半。朱鹮停在投食箱旁。就是现在！伴随着巨大的爆炸声，加农炮网发射，两张导弹状的大网在空中展开。朱鹮被困网中，发出"呱、呱"的鸣叫。能登的野生朱鹮，不，本土的野生朱鹮就此谢幕。

朱鹮被放进一只大型的鸡笼，先运往穴水町教育委员会，再用黑色的公务车送至石川县政府，然后交到石川县教育委员会的手上。本土最后的朱鹮被捕获，此事具有极高的新闻价值。媒体从穴水町教育委员会给县里的报告中获悉此事，蜂拥而至。公务车在开道警车的带领下，徐徐前行。而县政府大厅里，报社、电视台的摄影师已摆开阵势。

县政府旁是有日本三大园之称的兼六园。园中游人闻讯，也前来迎接这只传说中的鸟。县政府周围人满为患，警察不得不实施交通管制。县教育委员会接手朱鹮后，再用黑色公务车经石川县、富山县将它送往新潟市。各县警局皆派出警车，前后簇拥为其开道。考虑到朱鹮的身体状况,他们没有使用警笛。朱鹮一只,而警车数辆,其场面好似押解犯人一般。

晚上10点半,朱鹮抵达新潟市,乘深夜渡船前往佐渡。次日晨6点,它到达两津,在新穗村公民馆休整一天。或许因为刚被捕获,心情尚未平复,也或许因十七小时舟车劳顿,朱鹮不肯进食。上野动物园的兽医担心其身体状况,也专程赶来。从能登随行而来的人们,眼看就要将朱鹮交与佐渡,心有不甘。

"朱鹮到你们这儿,凶多吉少。这是本土最后一只朱鹮,极为珍贵,可不要害死它。"

"听说,中心收留的四只已经死了三只,请你保证,这只不会再有什么闪失。"

他们盯着高野的眼睛,敦促他给出承诺。

朱鹮的人工饲养尚在摸索,谁能给出承诺?高野明白对方的心情,自己与朱鹮打交道多年,若是立场互换,说不定也会说出同样的话。但对方这句"不要害死它",让高野难以逢迎。

"既然都捉来了,也不能把它再放回去吧。"

听了高野的回答,对方怒目相向,但也无话可说。佐渡和能登,虽然都希望增殖朱鹮,但两地却显得不那么团结。

10日(次日)晨,朱鹮进入保护中心。当天下午,它开始进食,状况良好。高野长舒一口气,人们也暂且安心。

3月上旬,这只朱鹮被取名为"能里"。这是石川县通过征集爱称确定的,寓意"能登乃是故里"。同时,石川县提出,能里死后,请将遗体送还能登。

4

"它独自生活了六年,能撑到现在,真是顽强。"

春雄因参加朱鹮保护人士联络会议等事,每年来朱鹮保护中心两次。这是他见到能里时,对高野发表的感想。

"这只朱鹮确实拥有一种力量。它不靠别人,全靠自己活了下来,了不起啊。"

高野用佩服的口吻说。

能里身材比小金大一号。人们推测,拥有独自生存六年的强大精神力量,它应该是一只雄鸟。

"我觉得能里是雄鸟,小金是雌鸟。"

"我也这样觉得。本想让它们今年就试着繁殖,但能里还没有完全适应,还是得给它些时间。我准备让它隔着铁网和小金先认识,明年再让它们育雏。"

二人皆对繁育小朱鹮怀揣期待。

两只朱鹮从颈部到前胸开始变为黑灰色。"朱鹮秋冬为白色,春夏繁殖期变为黑灰色"——春雄发表论文已是十三年前的事。这篇颠覆朱鹮分黑灰色和白色两型之说的论文,终于渐渐获得认可。因为山阶鸟类研究所的研究员常驻佐渡,对小金进行了观察。

小金进入保护中心三个月后，1968年6月末及7月上旬，它在戏水后用脖子在羽毛上蹭上了一点点灰色。那时，它还是一至两岁的幼鸟。次年3月，它擦涂得更为认真。今年（1970年）1月10日，它第一次变成灰色，3月，它变成了黑灰色。在小金之前，中心在阿福身上也发现类似行为并详细记录。这也成为一项佐证。

在野外，羽色变化难以观察，而人工饲养条件下，则比较容易。另外，去年拍摄的巢中能里的照片，也是"朱鹮羽色随季节变化"的明确证据。

1970年，山阶鸟类研究所研究员提交题为《朱鹮羽色变化之构造》的论文，将春雄此前发表的三篇论文作为参考文献。春雄的观察成果在初次发表十三年后，终于得到认可。

他却毫无自满自傲的情绪。在他看来，只要认真观察，任何人都能得出这个结论。作为前辈，想必高野从小就知道这一现象，所以春雄甚至没在他面前提起过。这反过来也说明朱鹮已不是人们身边的常见鸟类了。不过，对于人工饲养和人工增殖而言，羽色的变化又是必不可少的知识。从这个意义上，春雄感到欣慰。

今年，有一事让春雄愧不敢当。学校图书发行的小学五年级语文教科书，编选了一篇名为《朱鹮》的文章。故事长达十六页，以佐渡为舞台，介绍了朱鹮减少的经过，同时，讲述了春雄在谷平进行的观察，通过拾粪得到的知识以及保护中心成立后，为了保护和增殖仅剩的几只野生朱鹮，高野等人的辛勤付出。在教师的指导纲要里写着："理解人们的善意与合作，唤起孩子对生命的尊重，培养一颗温暖的心。"

学完这篇通俗易懂的文章，全国各地的孩子被春雄朴实的行为所打动，通过老师寄来读后感与书信。这些"致朱鹮老师"的信让春雄感到欣慰和温暖，他认真地逐一写了回信。当然，高野也收到大量"致朱鹮爷爷"的来信。

给春雄的信中，不少孩子抱有这样的疑问："在那个连人都过得艰难的时代，佐藤老师为什么为朱鹮做那么多呢？"

教科书里有这样一段："战争结束，佐藤从外地回到佐渡，在学校任教，过着忙碌而辛苦的生活。"战后，黑市横行，物价飞涨，连邮政费、铁路费都能一年涨四倍。全日本陷入食不果腹的危机之中。也许孩子们是听了老师对那个时代的生动讲述，才对春雄的行为产生疑惑。

问得好啊，春雄笑着给孩子们写下回信：

"不管是人还是朱鹮，都生活在地球上，同样是生物，同样是生命。"

春雄以此开篇，谈起了战时因缺医少药而死去的伤员。断定某人命不久矣，病了不给药，也不给予安慰，这种见死不救的事我绝对做不到。同样的道理，就算朱鹮总有一天会灭绝，人们便可以对它们的困境置若罔闻吗？人是有温度，有感情的，理应为朱鹮做力所能及之事。这是我在战后困顿潦倒中,坚持为朱鹮奔走的原因。

孩子们收到春雄详尽的回信,备受感染,于是再写来回信。渐渐地,有几个孩子与春雄成了笔友。

这一年7月末,北海道大学理学部的研究小组有了划时代的发现。他们攻克了朱鹮不能通过外观而只能通过解剖辨别雌雄的难题,找到了血液检查判断雌雄的方法。

这一方法只需要一滴血或脱落的羽毛,通过对染色体结构进行分析来实现雌雄的判断。血检方面,他们对血液进行人工培养,在显微镜下观察反复分裂的白血球;羽毛方面,他们对脱落羽毛的根部细胞进行培养。两者对动物本身均不产生任何影响。

该研究小组的这项研究于1968年步入正轨,在鹤、天鹅、雕、神鹫、鹭等连资深饲养员都难辨雌雄的动物身上获得成功,对于人工增殖具有重要意义。

7月21日,北海道大学研究小组到访佐渡,从小金和能里身上各取一毫升血液和两枚短羽毛,带回学校。一周后,结果出炉。与大多数人的预测一致,小金为雌性,能里为雄性。

准确的年龄不得而知。结合从前的朱鹮解剖数据,从它们的体格、羽色推测,小金四岁,能里九岁。人们愈发期待它们繁育出后代。被捕获后不久,能里在笼舍中不停地四处活动,表现出到外面去的强烈意愿,但此后渐渐就习惯了。

5月29日,小金和能里"相亲"。工作人员在小金的笼舍正中间装上高尔夫球场用的尼龙安全网,把笼子一分为二,能里被放入另一侧。第一天,小金便向能里示好。它衔住小树枝,隔着网递给能里。能里衔住,小金却并不松口,和能里玩起了"拔河"。一旦树枝被能里拽走,小金会再找来树枝或枯草,重复之前的动作。能里几乎把所有树枝、枯草都拽到了自己这边。至此,双方产生了友情,要将友情转化为恋情,保护中心还需努力。逐渐地,它俩开始隔着网互相戳戳对方,关系亲密起来。

人们隐约看到配对成功的希望之际,得到好消息,小金为雌性,能里为雄性。8月,高野取掉隔网,让它们共处一室。不过,新婚生活刚开始一周便被迫中断。

能里受伤。它的喙尖端约三厘米受伤弯折,疑似深夜里被铁网勾住所致。次日晨,喂食时伤情被发现,能里忍着疼痛,不愿动弹。

新婚骤变分居。为防此类事故再度发生,小金的笼舍内侧拉上了高尔夫球场用的尼龙网。中心请来上野动物园兽医,经诊断,尖端已无法复原,兽医将患处三厘米切除。能里喙部有伤,无法顺利进食,中心采取强制喂食,但它把接近一半的食物吐了出来。受伤后十日,它精神状态恢复,但尚不能自己捕食活泥鳅。能里恢复到可以自己捕食活泥鳅已是10月。11月中旬,能里与小金方才团聚。

小金仍旧主动接近能里。能里刚开始略显不知所措,一周后镇定下来。它们一起筑巢,相互啄理羽毛,戳戳脖子,显得颇为亲密。雪季来临，两只匍匐在地，相互依偎着睡去。气温回升的日子里，小金先洗澡，再换能里。在二者的关系中，小金是主动的一方。

1971年，从1月开始，它们出现用脖子擦涂羽毛的动作。能里主动向小金靠近，而小金则显得焦躁不安，呈现发情的迹象。下旬，能里骑到小金背上，作交尾状。朱鹮无外生殖器，雄鸟对着雌鸟的泄殖腔孔射出精子以完成交尾。

不过，它们并未完成真正的交尾。尽管如此，高野总算松了一口气，没有辜负能登方面的重托。照此状况发展，今年或明年便有可能诞生小朱鹮。身体状况方面，小金和能里都非常好。能里自去年放回笼舍以来，食欲旺盛，一天能进食三百克至四百克食物。

3月的清水平，寒冬尚未散去，阳光却已带着几分春意。稍往山下去，蜂斗菜含苞欲放，野鸟们正式进入繁殖期。

人们对于小金和能里的热切期待，被3月4日开始逼近的寒潮打了个措手不及。3月9日清晨，能里突然变得动作迟缓，在笼舍一角缩着脖子。这是明显的异常信号。即便在隆冬时节，能里都不曾有过如此表现。中心立刻将其转移至别的房间，用电烤炉升高气温，但它不见好转。

10日清晨，上野动物园的兽医火速赶到。能里将强制灌进它嘴里的食物立刻吐出，只喝了少许的水。中心只能通过输液为其补充维生素，并保持房间温度。它走上两三步便摇摇晃晃。外面气温是零下四摄氏度至零摄氏度，小金的笼舍是零至五摄氏度，而能里的房间已达十度，它应该可以恢复才对。

兽医判断，这并不是急性疾病。高野等人彻夜看护，但仍不见好转。11日，能里把喂给它的流食也吐了出来，而且，连自己喝下的水都吐了出来。

13日上午5点前后，能里呼吸急促，反复呕吐。上午8点半，它从腹部贴地的姿态站起，前进三步后作呕，但没有东西吐出。然后，它趴在地上，精疲力竭，呼吸微弱。状况岌岌可危。中心赶紧给它输入维生素。8点53分，能里呼吸停止，随后心跳消失。捕获后一年零两个月，在人们迎接小朱鹮的期待声中，能里走了。日本本土产朱鹮成为历史。

能里的噩耗传到能登。人们虽然知道于事无补，但诸如"不该送去佐渡""当初应该放归佐渡的山里"等事后牢骚层出不穷。

能登的人们感叹，能里之死，意味着一个时代的终焉。

没了朱鹮，能登大兴土木。特别是眉丈山，大开发进行得如火如荼。由于距金泽市仅一小时车程，为了吸引包括来自关西的高尔夫球客人，开发商正不遗余力地建设高尔夫球场。球场设计为三十六洞，将定期举办职业高尔夫球赛。

球场的名字颇为时髦。地方的高尔夫球场，取名时往往要加入地方特色，这片球场也未能免俗。考虑到此地是本土产朱鹮最后的栖息地，为突出朱鹮的存在，开发商将其取名为"朱鹮之高台乡村俱乐部"，并决定修建朱鹮纪念碑。

能里的尸骸经兽医之手迅速运往上野动物园，解剖于次日进行。它的体内并未发现如小和一般的寄生虫导致的脏器损害，死因为全身性的循环障碍。新潟大学医学部对能里的肾脏及肌肉进行专项检查，发现了高浓度的DDT、BHC等有机氯农药和水银残留。究其来源，人们考虑是朱鹮进食的泥鳅、鲫鱼。保护中心饲养的泥鳅中检测出极少量的有机氯农药和水银，但据推测，残留物的主要来源并非中心投喂的食物，而是它栖息在能登时自己捕食的泥鳅等。

新潟大学认为残留物导致了死亡，并以人体为参照，对残留物浓度作了形象的解释。能里体内残留的水银总量，相当于六十千克成年人内脏所含水银量的近五十倍。而朱鹮的体重仅二千克，可见残留物浓度之高。因此，它的身体，主要是大脑、神经系统及脏器的功能严重受损，相当于血液中毒。

春雄经长年分析鸟粪，得出的农药与朱鹮的关系，在此次事件中得到印证。

能里被制成标本送回故乡，永久存放于离金泽市兼六园不远的石川县立历史博物馆。

七

最后的鸟粪

1

1969年，佐渡野生朱鹮栖息数为八只。这八只均属于小佐渡，大佐渡从1964年起就没有发现过朱鹮。1970年，佐渡野生朱鹮共九只。

在朱鹮保护中心，小弘死于1968年2月，阿福死于同年3月，小史死于同年8月，能里死于1971年3月，仅小金平安无事。人们痛感人工饲养之难。与此同时，自然界中的朱鹮也出现异常。

直到1971年3月，人们才发现，一直营巢于黑泷山的朱鹮，放弃黑泷山，迁徙至小佐渡山脉东南方向的两津市立间的山里。同时，人们还发现一只雏鸟离巢出飞。

立间位于前浜海岸，由于有对马洋流经过，加之小佐渡山脉的阻隔，此地无寒风，不降雪。利用这样的气候，立间曾大面积种植茶叶。近来，在立间往东通往两津的野浦、月布施、片野尾、水津等村落，目击到朱鹮的报告增多。春雄骑着助动车，来到立间的营巢地周边察看。

（果然如此。）

春雄一直坚持在谷平等地观鸟，他发现，从去年开始朱鹮飞来的次数减少。曾经目睹的二十二只朱鹮的景象一去不复返。他还发现，自去年起，黑泷山周边的小佐渡山脉和谷平一改往日的景象，出现了大量荒地。而立间却留有大量农田，可供朱鹮觅食。春雄考虑，这是政府调整大米生产，出台所谓减耕政策的结果。

大米的消费量于 1963 年达到顶峰，随后转而减少。大米的产量却因农药开发、品种改良、生产技术的革新等因素年年增加，且产量稳定。由此，大米进入过剩时代，陈米压仓。作为去库存的手段之一，政府于 1971 年起实施减耕政策，限制耕种，鼓励改种其他作物。也就是说，从去年（1970 年）秋开始，听到政策的风声，许多人便不再打理农田了。

虽然多耕一亩有一亩的收入，但国家按照面积给予补偿，农户们便接受了减耕政策。弃耕，山谷中那些不便打理的农田成为首选。农户们自然而然地放弃远而不便的田地，选择在家附近种植大米，效率更高。

佐渡就面临这样的问题。位于大佐渡山脉与小佐渡山脉之间的宽阔的国中平原，农田得到保留，但山谷间的农田受减耕的影响，逐渐沦为荒地。

立间是个不到七十人的小村落，村民以农业和渔业为生。这里原本耕地就不多，面积也不大。由于人口流失严重，留下来的老年人沿袭旧时的习惯，继续在山谷间的梯田种植大米。这成为朱鹮的生命线，也是它们从黑泷山迁至此地营巢的原因。

春雄担忧，若减耕政策持续下去，不知未来会怎样。若是立间也停止种植大米，那从黑泷山迁移来的朱鹮们该何去何从？

和木的朱鹮消失后，两津市也不再有朱鹮出现。此次朱鹮迁来，继佐渡TOKI保护会、新穗TOKI爱护会之后，两津市成立"两津市爱护TOKI会"，办事处设在两津市乡土博物馆，由长年任佐渡TOKI保护会理事的春雄和会长菊池给予工作指导。

为了让立间及周边地区居民了解朱鹮，春雄、高野等人按照大约每周一次的频率，在公民馆放映彩色幻灯片，同时讲解朱鹮的生态和栖息状况。只有一些老年人亲眼见过朱鹮，大部分人都未曾见过。观看放映的人们为美丽的朱鹮所倾倒，心中萌生出保护它们的意识。

不过，佐渡TOKI保护会的成员们同时也感到为时已晚。自1953年佐渡朱鹮爱护会成立以来，他们尽自己所能，兢兢业业地开展工作，可很多人根本不知朱鹮为何物。虽然许多媒体报道过朱鹮，但对于当地人而言，它仿佛生活在另一个世界，与己无关。

若不是有朱鹮飞来，立间的人们想必也不会对它有如此大的兴趣。当然，之前朱鹮一直栖息于新穗村，不便插手或许算一个间接的理由。今后，三个保护团体必须加强横向联系，开展工作。

6月，人们在以立间为中心的山谷地区设立撒食场，开始播撒泥鳅。就在当月，在立间以东约十公里，位于县道两津赤泊小木线上的海边村落片野尾，发现一具朱鹮尸体。立间更加重视朱鹮，他们以"朱鹮的立间还是立间的朱鹮?"为口号，推出了下述七项政策，并开展相应行动。

1. 营巢期间禁止入山。
2. 指定区域内禁止使用农药（特别是除草剂）。
3. 禁止栽种香菇。
4. 禁止采摘野菜。
5. 安排人员，监察并记录日志。
6. 改休耕地为撒食场。
7. 关于营巢地停业的补偿问题。

在山中种植香菇、采摘野菜可是赋闲老人的一大乐趣。立间夺人所爱，可见保护决心之坚定。除草剂多在夏季使用，以解高温酷暑中亲手除草之苦。禁用之后，周边村落的妇女组织决定作为志愿者帮助立间除草。

立间地区仅十五户人家，对于他们而言，政策将导致收入减少。所以，他们中间当然也有反对的声音。为了让十五户人家互帮互助，落实这些政策，区长四处奔走。朱鹮的保护，是以居民的牺牲为代价的，也是以人们的善意为前提的。继之前的口号之后，立间又诞生了新的口号：

"最爱朱鹮者,立间人也。最恨朱鹮者,立间人也。"

在补偿问题上,市、县和国家态度积极,还决定购买立间周边的山林,建立鸟兽保护区。

自1967年起,两津到新潟以及小木到直江津之间,开通了车辆渡轮。来自本土的旅游大巴和私家车蜂拥而至。小岛旅游方兴未艾,特别在夏季,佐渡吸引大量年轻人前来,成为热门旅游地。

不少野鸟爱好者亦从全国各地慕名而来。他们听说朱鹮在立间筑巢,带上相机、望远镜、伪装衣,甚至带着露营的全套装备来到立间,与当地监察员发生了冲突。

要挡住来访者的脚步,必须严格管理。最终,两津定下规矩,入山必须取得两津市教育委员会颁发的许可证,连春雄等三家保护会的人员都不得例外。

春雄注意到,在立间,被丢弃在海边的鱼吸引来大量的乌鸦、老鹰,它们对于朱鹮而言,是一大威胁。虽然乌鸦并非一定会袭击朱鹮,但也不是完全不可能。一旦遭到乌鸦袭击,朱鹮在体力上处于劣势。想必乌鸦群的叫声也总是令朱鹮心惊胆战。既然朱鹮为了寻找食物冒着风险来到立间,人们有责任尽其所能,让它们留在立间。

1972年,从4月14日至29日期间,几乎每天早上都有朱鹮飞到清水平的朱鹮保护中心周围,有时还是两只。由此可见,有几只朱鹮留在了黑泷山。但1972年5月以后,它们便不再现身。

朱鹮已经彻底放弃黑泷山,将营巢地迁到两津。

新穗 TOKI 爱护会分析朱鹮离开的原因,减耕政策自不用说,"那架直升机"也难脱干系。

三年前的 1969 年 2 月 22 日,NHK 综合电视台播放了节目《日本的自然——朱鹮》。新穗 TOKI 爱护会诟病的,便是该档节目的摄制。

在节目中,摄像机从直升机上,以俯视的视角,拍摄了八只朱鹮从遍布红叶的小佐渡山脉上空成群飞过的场景,时长近一分钟。此外,节目中还出现了朱鹮降落到田里觅食,春季朱鹮巢以及产卵、孵化等画面。

看了该节目,春雄等众多佐渡保护朱鹮人士大为震惊。一直以来,他们只接受报刊杂志最基本的采访,而照片多是由当地人士提供。对于记者进入营巢地,对朱鹮进行近距离电视拍摄的要求,因其对朱鹮营巢及生态将产生影响,他们都一概拒绝。采访限制并非国家规定,并无法律根据,为此,新穗 TOKI 爱护会不得不耐心地向到访的电视台做出解释,就算招致怨恨,也不退让。朱鹮被指定为国际保护鸟后,前来采访的电视台络绎不绝,一旦答应其中一家,则后患无穷。

当然,对于朱鹮的保护,媒体发挥了不小的作用。可是,此次节目的播出,实质上破坏了佐渡不成文的规定。

"到底是谁带的路?!没人带路,他们是绝不可能拍出那样的节目的。"

"至少拍摄了一年。竟然还用直升机追朱鹮。要拍到八只朱鹮齐飞,天知道他们飞了多少次!"

批判声四起。不可思议的是,爱护会的人,竟没人注意到山里出现过直升机。节目播出的 1969 年,黑泷山中并没有发现有朱鹮筑巢。另外,当年佐渡的野生朱鹮总共也才八只。次年也未发现朱鹮筑巢。

新穗 TOKI 爱护会的成员义愤填膺,将朱鹮迁出黑泷山归罪于那架直升机,认为是它让本就机敏的朱鹮受到了刺激。

另一方面,也有人指出:"我们生擒两只雏鸟,也许刺激了亲鸟。说不定朱鹮有自己的语言,它们商量,在这里筑巢,孩子会被人类抓走,还是换地方为好。"

此话不无道理,但也有人反驳。

"那两只雏鸟不是被抓了,而是被保护起来了。而且,第二年朱鹮不是好端端地筑巢育雏了吗?NHK 的节目不是都播了吗?"

口头捉拿犯人的运动停不下来,但即使动真格进行调查,朱鹮也是回不来了。

1969 年秋,有人见到成群飞行的朱鹮,但它们究竟去了哪里,这个疑问持续了两年。1971 年,人们才发现朱鹮将营巢地迁到了立间。

春雄认为,是直升机、减耕、捕获雏鸟的叠加作用导致了朱鹮营巢地的迁移。

后来,《朝日新闻》记者就 NHK 拍摄的具体经过,采访了当时的节目负责人,并撰文刊登在《朝日新闻》新潟版。

"直升机上的拍摄只有一次,并不是全年。并没有在当地请向导。拍摄前去过几次佐渡,拍摄时为了保护朱鹮,我们极其小心。另外,当地并没有对于采访的限制。"

另外,事后还获悉,一名新穗 TOKI 爱护会的负责人曾接到 NHK 的采访请求。NHK 保证不对朱鹮造成任何影响,这名负责人最终点了头。他陪同摄制组进行了拍摄,但未参与直升机上的拍摄。

1971 年,野生朱鹮数为十只。这一年 10 月,立间周边的山林被划定为鸟兽保护区。在居民们的大力协助下,春夏间实现了真正的无人入山。效果显著,自 1972 年起的三年间,每年均有两只雏鸟诞生。但是,受成鸟死亡的影响,野生朱鹮数呈现下降的趋势。1972 年最多时达到十二只,1973 年降至十只,1974 年仅剩七只。1974 年,人们在片野尾找到一具尸体,羽毛呈黑灰色。

因为营巢地过于狭窄,朱鹮已退无可退了?国内外的学者纷纷指出,应该对朱鹮进行人工增殖。因为,当时分类学上的全世界二十三种已知鹮科动物中,已有相当于半数的十一种成功增殖。在日本,上野动物园正在饲养南美产的美洲红鹮,多摩动物公园和井之头自然文化园正在饲养非洲产的黑头白鹮。

将马肉、羊肉、鲸鱼肉混合,并添加必要的维生素制成的人工饲料，已经解决了寄生虫的问题。可以说，纵然人工增殖曾遭遇过一次失败，但从巢中捉来雏鸟，进行真正的人工饲养的条件正日趋成熟。小金的食物也逐步由人工饲料替代。中心减少泥鳅、竹筴鱼的投喂，逐渐改用人工饲料。人们普遍认为，人工增殖朱鹮的时机已经到来。

于是，文化厅成立"特定鸟兽保护对策研讨会"，确定在保护中心进行朱鹮的人工增殖，自1975年开始对自然界中朱鹮展开栖息调查。

春雄曾呼吁人工增殖朱鹮，但他看过黑头白鹮和美洲红鹮详细的繁殖报告后，对其方法是否适用于朱鹮抱有疑问。因为，它们虽说是朱鹮的近亲，但黑头白鹮住在河畔或湖边，在茭白、村落的树上结群营巢，美洲红鹮也是群聚于海岸或河岸边的红树林里营巢。而佐渡朱鹮却并非结群营巢，而是雌雄各一只单独营巢。朱鹮具有树上性，而黑头白鹮和美洲红鹮则具有水上性。此外，春雄调查了迄今为止几乎所有的鸟类人工增殖案例，得出一个结论：成功增殖的鸟类，要么是地上性，要么是以芦苇为媒介的水上性，没有树上性的案例（长期由亲鸟照顾的除外）。

为什么只有朱鹮是树上性？春雄猜测，这或许是朱鹮躲避天敌侵扰的办法。曾经，朱鹮司空见惯的时代姑且不论，现在它数量稀少，树上性的特点便显得格外重要。

最近四年，有雏鸟新生，但总数却不增加，这只能归因于成鸟的寿命问题。另一方面，从这四年立间的情况可以看出，只要完全禁止人春季至夏季入山，便会有雏鸟孵出。春雄认为，要增加朱鹮数量，关键就在于彻底禁止人员进山。

春雄在三家保护会的会议上提倡这一方法，也向中央来访的人员提过。有人点头，也有人表示，更看好人工增殖。他们对春雄说："您说得有道理。不过，雏鸟新增而总数不增，症结还是在于自然条件下的近亲交配。要想解决这个问题，只能靠人工增殖。"孰是孰非，难有定论。

1975年4月起，涉及朱鹮生活环境的鸟兽保护区的划定、人工饲养等朱鹮保护管理工作从文化厅移交给环境厅。环境厅成立于1971年7月。1953年，熊本县水俣市出现水俣病；1955年起，富山县神通川流域出现"痛痛"病；1960年，三重县四日市出现四日市哮喘；1965年，新潟县阿贺野川流域出现新潟水俣病。这些疾病合称为"日本四大公害病"。工业发展带来的各种社会问题让人们不寒而栗。

标示水银浓度的"ppm"成为常用语，见诸报端。第一场公害审判于1965年9月在四日市开庭。水俣市、新潟市、富山市也在酝酿之中。各省厅[①]行政体制分散导致公害问题处理不及时，遭到人们普遍诟病。

为此，政府于1970年7月设立"中央公害对策本部"，出台及修订了公害对策基本法等十四部法律，12月，国家决定将

---

① 省厅，相当于国家部委。

"本部"改组为环境保护厅。1971年5月，环境厅设置法案在国会表决通过。

不过，政府事务颇为复杂。朱鹮的实际管理权属于环境厅，但特别天然纪念物的指定和取消工作依然留在文化厅。

朱鹮所面临的局势，即将发生变化。

2

1975年春，人们在立间山中调查时，发现三处朱鹮巢，并确认朱鹮产卵。本以为会迎来数只雏鸟，却未见一只离巢。明明成鸟有孵化行为，但不知为何没能孵出雏鸟。

据春雄和高野观察，今夏没有雏鸟孵出，今秋，朱鹮群中也不见新生雏鸟的身影。不过，根据观察，野生朱鹮数较上年增加一只，变为八只。此外，这一年，环境厅针对朱鹮的栖息调查开始。调查员身着"伪装衣"，在立间山里进行调查。具体的调查情况，春雄只是通过报告了解。

新潟县也积极行动，加入到推动人工饲养的队伍中。为调查和保护栖息地环境，县里于12月成立了"朱鹮保护研讨会"。该会是由此前成立的特定鸟兽保护对策研讨会发展壮大而来，成员单位包括环境厅、山阶鸟类研究所等国家相关机构，定于每月在东京举行会议。

1976年3月，研讨会决定，今春若有雏鸟孵出，则捕获一巢雏鸟，送至朱鹮保护中心进行人工饲养。保护中心高野等人及环境厅调查员前往立间山中，确认朱鹮巢中有四颗卵，预计5月初孵化。

5月中旬，人们正欲实施捕获，却发现亲鸟、雏鸟都已消失，且未再出现。捕获计划受挫。人们连卵壳都没见到。

这一年，佐渡自然界没有孵出雏鸟，总数八只，与上一年持平。到底是捕获雏鸟还是捕获鸟卵的问题摆上桌面。不过，至今为止，人们还不掌握孵化技术，于是，研讨会决定，1977年再次实施捕获雏鸟的行动。

人们在立间山中发现三个朱鹮巢，共七颗卵，随即制订了日后的捕获计划。可是，在接下来的观察中，卵要么整个消失，要么碎落到树下，还有的卵虽保存完好，亲鸟却拒绝孵化似的，任其被风吹雨打。今年也没有雏鸟孵出，野生朱鹮数连续三年停留在八只。

连续两年失败之后，1978年，人们决定，采卵进行人工孵化后育雏。计划是拿到卵后，将卵放入保温机，在最短的时间内送往上野动物园。

县里打电话请春雄参与行动，春雄拒绝。

"我反对采卵计划。"

"请认真考虑一下，这可是环境厅的请求。环境厅请春雄老师一定帮忙。"

春雄主张，应尊重自然。中国有句谚语，叫"以鸟养养鸟"，指要尊重鸟的习性，意译过来便是"尊重自然"。春雄在电话里讲到这句谚语，意识到事已至此，自己也无法颠覆环境厅的决定，用无奈的语气说："我反对也没用，我又不是它的主人。"然后挂断了电话。

1978年，人们发现一个朱鹮巢内有三颗卵。4月13日，由环境厅和县里组成的九人小组来到现场。巢位于一棵松树上，离地面约二十米。和从前一样，樵夫爬树。他成功地从巢里取出三颗卵。

小组立刻小心翼翼地将卵送往上野动物园，放入孵化器，接受二十四小时监护。朱鹮孵卵约需一个月。可是，一个月后，三颗卵却并无孵化的征兆，给人们的期待浇了一瓢冷水。

继续观察三天后，5月15日，上野动物园决定放弃。卵的解剖结果显示，三颗卵均为无精卵，也就是未受精卵。

对于该结果，春雄表示质疑。自然条件下不可能出现无精卵，且三颗皆为无精卵。他怀疑，它们不是无精卵，而是死胚。卵诞下后，会反复进行细胞分裂，形成生物的原形——"胚"。胚从卵黄吸取养分，先大致形成头、足等组织，然后，再逐步形成眼、口及内脏等器官。此时，母亲用体温为其保温，并保护其免受震动。

春雄所谓的死胚，是指组织形成过程中，细胞停止分裂的胚。换言之，就是卵死亡。若果真如此，问题应该是出在运往上野动物园途中的震动和温度变化上。

不过，关于朱鹮产卵，确有诸多未解之谜。它们是否只能通过雌雄交尾产卵，还是像鸡一样，没有公鸡，母鸡也可产卵？保护中心也未能通过观察得出明确的结论。

春雄倾向于认为那是死胚，希望补充产卵特性发挥作用，"再产下一颗卵也好"。

被盗走三颗卵的朱鹮这边，据环境厅观察小组的报告，这对朱鹮夫妇在巢中交尾，竭尽全力地尝试补充产卵。但努力未果，两周后（4月末），它们放弃这个巢离去。

今年也无雏鸟孵出，朱鹮数较上年减少两只，减至六只。人工增殖迟迟没有进展，地方开始对国家失去信心。越来越多的人呼吁，朱鹮该由佐渡来保护，而不是国家。应该学习立间居民的做法，在自然界中促进朱鹮的繁殖。与此同时，朱鹮保护研讨会改名为"特定鸟兽增殖研讨会朱鹮分会"，更加频繁地研究善后事宜。

特定鸟兽增殖研讨会朱鹮分会一心只想着今后的事，而对于过去的事，却不进行深入的研究。这令春雄觉得非常不可思议。

为什么1975年之后，就再无雏鸟离巢出飞？

三颗卵到底是无精卵，还是死胚？

为什么产卵却不孵化？

对于最后一点，春雄认为，朱鹮产卵后，受到了频繁进山的调查员的干扰。而环境厅和研究人员却拿"天敌说"说事，认为

"朱鹮不孵卵，是因为有乌鸦和黄鼠狼在。它们袭击朱鹮巢，掠走卵和雏鸟，然后吃掉"。

有学者给春雄写信。虽然没人目击乌鸦衔走朱鹮的卵或雏鸟，但确有几例报告显示，乌鸦曾接近朱鹮的巢。有学者在来信中称："必须完全驱除犯人（黄鼠狼、乌鸦等），雏鸟才会孵出。若不能驱除犯人，朱鹮的繁殖是绝不会有希望的。"

春雄愕然。从整个生态系统来讲，学者的观点难以成立。不管是乌鸦还是黄鼠狼，自古以来便与朱鹮共存于佐渡。对付天敌，朱鹮自有办法。它们反而缺乏对人类的免疫。环境厅提出的"天敌说"，也并非二十四小时观察朱鹮巢所得的结论，相当部分来源于臆测而已。

从能登的情况看，乌鸦袭击朱鹮的可能性并不高。它们究竟能否衔走朱鹮的卵，春雄在家里做了试验。

朱鹮卵比鸡蛋略大。春雄来到自家后山的松林里，搭梯子爬到约十米高的树枝分岔处，放上装有三颗鸡蛋的箱子。箱子用稻草和小树枝伪装成朱鹮巢的样子。乌鸦是一种非常聪明的鸟，若用马克笔在蛋上留下记号，想必它们会提高警惕而离开。为此，春雄没有做任何记号，只是认真记下了蛋的颜色、污渍等特征。

春雄裹上"伪装衣"，等着乌鸦来。在来来往往的乌鸦中，终于有一只衔走了鸡蛋。它并不是从水平方向，而是稍微斜着衔住蛋的。春雄朝着乌鸦飞走的方向走去。在距离松树三百米处，他发现了鸡蛋和散落的蛋壳。他推测，乌鸦从两三米高处将鸡蛋摔碎，然后吃掉。

为了拍摄乌鸦衔蛋的照片，春雄在厨房后门处的水池里放上木盒子，留下两只鸡蛋。他设定的情景是，洗完蛋失手留下两只。他披上"伪装衣"，手持300毫米长焦镜头等待。

很快，乌鸦就来了。第一只从略倾斜的垂直方向衔着蛋离去。春雄从正面拍到了它衔住蛋的照片。第二只以同样的方式衔走了蛋。

春雄得出结论，朱鹮卵被乌鸦衔走的可能性是很高的。

不过，让春雄始终无法认同的是，朱鹮如此小心谨慎，它应该懂得在安全的地方筑巢产卵，以躲避乌鸦、黄鼠狼的袭击。也正是得益于这样的智慧，1975年前山里才孵出了雏鸟。左思右想，春雄仍然坚持认为，孵不出雏鸟，是因为朱鹮在繁殖期受到了入山调查的人员的惊扰。与"天敌说"相对，春雄将其命名为"人敌说"。

春雄认为，孵卵期朱鹮的警惕性与育雏期不可同日而语。它们若是在孵卵期发现有人类接近，估计会异常机警，弃巢弃卵逃走。也许，有时它们逃跑前会慌忙地把卵摔碎。至于朱鹮弃巢后，乌鸦、黄鼠狼前来盗卵的可能性，倒是不能说没有。

乌鸦衔走鸡蛋一事，春雄特意对县里和环境厅隐瞒。因为一旦说了，只会增强天敌说的说服力，使人敌说失去意义。

人们对野生动物的生态知之甚少，各种说法多源于推测，辨不出孰是孰非。不过，春雄观察朱鹮已三十余年，多年的经验培养出对朱鹮特有的直觉。在他的眼里，为了人工增殖朱鹮的基础研究而作的入山调查，堪称可笑。那只会导致朱鹮数进一步减少。

"能不能下令，至少在繁殖期间禁止人进山？这样的话，我相信会有雏鸟出生。"

春雄通过县里，向环境厅提出建议，但未被采纳。这也不难理解，环境厅正想方设法在人工增殖上搞出成果，现已无退路可言。

于是，春雄又请求："能否考虑两年进行一次？另外，因为有补充产卵特性，如果巢中有两颗卵，能否只取一颗，把另一颗留下？请不要全部取走。"不知环境厅是否讨论过春雄的提议，但从结果上看，并未得到执行。

春雄一直得到特定鸟兽增殖研讨会朱鹮分会佐渡代表的大力支持，这个人就是原两津高中校长菊池。菊池一方面汇总佐渡的意见，一方面向佐渡传达国家的意见，作为中间人，处于左右为难的境地。他已八十三岁高龄，不仅任佐和田町的佐渡博物馆馆长，每月还赴东京环境厅出席会议。在菊池面前，春雄可以毫无保留地发表意见，而作为多年的至交，菊池也很支持春雄的意见。不过，即便是菊池，也很难在国家与地方之间找出折中的方案。

"事已至此，还是应该先停止采卵，交给大自然为好。"

也许是对环境厅有所顾虑，菊池对春雄的话说得很小声。但从他严峻的神色可以看出，事态已然相当严重。

朱鹮将何去何从，成为人们关注的焦点。报刊杂志上大幅刊登春雄的见解，自然繁殖的观点引起强烈反响。来自全国各地的信件如雪片般投送至两津高中及春雄的家里。人不分男女老幼，纷纷支持春雄的想法。

1979年，特定鸟兽增殖研讨会朱鹮分会依旧制订了采卵的计划。春季，两个朱鹮巢共三颗卵被发现。

3月，春雄从工作了二十九年的两津高中退休。他既非校长，也非副校长，为了保护朱鹮，春雄放弃了自己的仕途。退休后，他的返聘申请获得同意。他将于1980年4月至1982年9月末的两年半期间，作为非正式教师，继续在两津高中教授日文打字。工作仅限上午，每周三天。接下来一年赋闲在家，春雄准备将所有精力投入到保护朱鹮上来。每天，他一边逐一回复来自全国的信件，一边关心朱鹮的状况。

上一年度未见雏鸟孵化，今年若能孵化，或许还能稳住佐渡方面人心。可是，今年的繁殖计划在捕获卵之前便宣告结束。因为，正当该采卵时，卵却消失了。围绕乌鸦、黄鼠狼等的天敌说再次获得舞台。

连续四年的失败，着实让佐渡失去了信心。不过，不管地方说什么，也动摇不了国家和环境厅的决定。佐渡人忍不住抱怨现实之可悲。佐渡的朱鹮，生杀予夺的权利却不在佐渡。佐渡人知道，尽管佐渡TOKI保护会、新穗TOKI爱护会、两津市爱护

TOKI 会等地方的力量有限，但大家的一腔热忱被视为无物，着实让人心寒。

天敌说中，认为乌鸦是罪魁祸首的人增多。奉命采卵的环境厅观察小组于 1978 年 5 月和 1979 年 5 月发布了观察报告。其中讲到：

"观察期间，我们每天在距离朱鹮巢三百米处进行观察，完全没有被朱鹮发现，完全没有引起它们的注意。"

这其实是在质疑春雄的人敌说。报告中还提到：

"因为城市垃圾回收到位，乌鸦出现飞往山中觅食的倾向。我们曾观察到孵卵期间雌雄朱鹮离开巢，也观察到乌鸦占据朱鹮巢的情形。"

此外，1978 年 6 月《关于鸟兽保护及狩猎的法律》进行部分修订，毒杀有害鸟兽合法化，这对于乌鸦天敌说而言也是个好消息。在那之前，对付头号害鸟乌鸦，人们既可以枪杀，也可以用细网捕捉，但考虑到环境问题，毒杀一直被禁止。

环境厅观察小组的报告意味着，阻止乌鸦进山，可以促进朱鹮的繁殖。于是，新潟县经慎重研究决定，在乌鸦聚集的海边的垃圾场等地，投毒捕杀乌鸦。毒饵是小饭团。他们于 1979 年 2 月至 3 月中旬，在两津市一处海岸进行试验，毒杀的目标为一百只。

结果，昭然若揭的毒饵并没取得太大收获。聪明的乌鸦只衔走蛤仔、文蛤，然后从十米的空中把它摔到硬质路面上，再把其中的肉吃掉。也许乌鸦靠野生本能已识破了诱饵。一百只的目标最后只完成了二十一只。

此事之后，新穗 TOKI 爱护会向环境厅、新潟县递交请愿书：

"暂停采卵行动一年。让环境安静下来，使朱鹮获得片刻喘息。"

时下，朱鹮的未来备受媒体关注。因公害问题而生的环境破坏、环境保护成为时代热词。媒体将栖息地缩小、濒临灭绝的朱鹮作为环境破坏的一个例子，连同因此产生的社会冲突，在全国范围内大量报道。日本人往往能从行将灭绝的事物上感受到"美""哀"与"无常"。通过报刊杂志和电视，朱鹮唤醒了人们这一独特的感受。

有人提出"完全捕获"，即把所有朱鹮捉来人工饲养。该观点认为，只要能增加其数量，让野生朱鹮暂时消失也无妨。春雄认为不可行。能里就是一个例子，仅抓它一只，就花了三年多时间。

春雄被视为"自然繁殖派"的代表，几乎每天都有媒体打来电话或登门拜访。关于"乌鸦天敌说"与"人敌说"的争论，既有站在客观角度报道的全国性报纸，也有从记者自身的视角思考自然繁殖与人工增殖的文章。

《每日新闻》驻佐渡通信员的《繁殖唯有在自然之中》一文刊登在 1979 年 5 月 16 日《每日新闻》"记者之眼"一栏。他在文中支持自然繁殖：

"虽有农药造成的内脏损害和老龄化等原因，但造成能登朱鹮灭绝的，不是乌鸦，而是闯入营巢地的人们。"

他还转述了羽咋TOKI保护会提出的与春雄相似的观点：朱鹮受人类威胁放弃孵卵，而后乌鸦盗卵而去。他因此指出："人类犯罪在前，乌鸦犯罪在后。"

文中，还有一句讲话引人注目：

"比起纸上谈兵的人，我更愿意相信与朱鹮朝夕相处的人。我建议限制人员进山。"

说这话的人，是日本野鸟会会长中西悟堂。

关于自然繁殖与人工增殖的优劣，不管在当地、学者间还是日本野鸟会会员里，都未能形成共识。在此背景下，中西说出这番话，足见他对于长期观察朱鹮的人们的信任。

随着一篇篇全国性报纸或通讯社的文章进入公众视野，这场争论愈演愈烈。

有读者在报纸上投稿称："如果十年前就驱赶乌鸦，朱鹮也不会落到今天的境地。"对此，又有读者投稿反驳道："怎能为了朱鹮而无视作为另一物种的乌鸦？所谓国际保护鸟，所谓有害鸟兽，不过是人类随意赋予的名称而已，但它们难道不都是生命吗？眼下的当务之急，是阻止乌鸦接近濒临灭绝的朱鹮的栖息地，探讨二者和谐共存之道。"

同时，生物专家指出，应该以朱鹮为鉴，警惕琉球兔、西表山猫、日本水獭等物种的灭绝风险。此外，6月5日《朝日新闻》晚刊全国版（无晚刊的地区为6月6日早刊）引发关注。它几乎使用整个版面，从两个对立的视角刊登了对春雄与山阶的采访。

报道在摘要中写到"朱鹮之存亡系于此战——保护策略之争"，并配以处于繁殖期的小金的照片。考虑到不了解背景的读者，报道详细介绍了朱鹮所面临的局势。文中还对完全捕获孵化计划进行了展望。

版面上，"环境优则朱鹮增——自然繁殖派、佐渡TOKI保护会副会长佐藤春雄"与"最新科技须登场——人工增殖派、山阶鸟类研究所理事长山阶芳麿"对阵，并分别配以二人的大尺寸头像照片。提问内容也几乎按对立的形式展开，而二人的回答也完全针锋相对。可以看出，编辑希望呈现出地方与国家、佐渡与东京的对峙局面。对于"你如何反驳人工增殖"，春雄答道：

"有人说，已经在黑头白鹮、美洲红鹮等近亲物种上取得成功，我不敢苟同。孵化的概率、再往下繁殖后代的概率并不高。技术上的疑团太多了。新潟县朱鹮保护中心就是一个实例，人工饲养的五只，死了四只。在'外压'作用下进行繁殖是有问题的。另外，有人提出要捕获佐渡所有的朱鹮，这在技术上做不到，捉能登的朱鹮就花了三年多时间。"

另一方面，记者提问山阶："在动物学上，朱鹮依然是一个未解之谜。带着这些问题，如何人工增殖朱鹮？"

"从近亲物种的实验可以看出,我国的技术实力是不可小觑的。比如,椋鸟的人工繁殖,上野动物园在巴厘岛一种纯白色的椋鸟身上取得成功,受到各国高度赞誉。朱鹮的雌雄鉴别,现在通过细胞学就可以简单实现。连最大的难题人工饲料,我们也已着手开发,参照的是瑞士巴塞尔动物园拯救濒临灭绝的隐鹮所用的饲料。这个饲料以羊肉为主,已经用于美洲红鹮、黑头白鹮的人工增殖,非常安全。佐渡的新潟县朱鹮保护中心五只朱鹮中,死去的四只,其实就是因为吃了含有有机水银或线虫的泥鳅、鱼。那样的悲剧不会重演。"

山阶列举相关成功案例,介绍了增殖朱鹮的路径。

关于自然繁殖的关键,春雄谈了两点意见。一是坚持在冬季撒食,二是他一直提倡的,保持大山的清静。谈到撒食,他说:"受政府减耕政策影响,最适合作为撒食场的山里的常水田极度减少……现在朱鹮在两津市立间地区的山林里繁殖,但那是私有林,国家应该尽快把它买下来,完全禁止人入山,让朱鹮得以安居。"

朱鹮该自然繁殖还是人工增殖,这一问题已被讨论多年。"不管自然派还是人工派,双方的愿望是一致的,那就是避免朱鹮灭绝。因此,继续争论下去是否已无意义?"对此,春雄坚决回应道:

"不是要自然还是要人工的问题。这些年,事实上一直在尝试人工增殖,但屡试屡败。我希望,能不能反过来给自然繁殖一次尝试的机会。我说了很多次了，人们对于朱鹮的生态了解得太少，过于自信只会导致人工增殖的失败。"

记者问山阶："这场争论（人工增殖还是自然繁殖）其实既是新话题，也是老话题。是否应该画上句号了？"山阶表示有同感。

"朱鹮的现状，分秒必争。我想说，行动比争论更重要。日本人号称热爱自然与鸟兽，当然，这要加个'过去式'。现在如何呢？必须要尽早打破阵营之分，官民齐心协力保护朱鹮。"

山阶在回答此问时还说道："对于濒临灭绝的鸟类，日本没有专门的研究机关，这是政府的怠慢。"

1979年，依然没有雏鸟孵出。野生朱鹮最大观测数较上年减少一只，现为五只。

3

环境厅连续四年失手的消息，传到国外鸟类同行那里。全世界学者纷纷向日本政府建言。而建言的内容几乎一致："立刻捕获成鸟，在人工管理下进行繁殖。增殖朱鹮，别无他法。"

国际组织也致信时任首相的大平正芳，"期待日本政府当机立断"，敦促日本开展人工增殖。这些组织中，有制作濒危鸟类红皮书，从事保护活动的ICBP（国际鸟类保护委员会），也有环境厅于1978年加入的，总部位于瑞士的IUCN（世界自然保护联盟）。报纸也对此事进行了大量报道。

日本政府长期受迫于政治和经济上的外部压力。从结果上看，这次动物方面的外部压力，最终坚定了政府人工饲养的决心。环境厅虽未放弃采卵及雏鸟的捕获，但屡战屡败令他们信心全无。

1979年6月，发达国家首脑峰会在东京举行，日本的发展为世人所称道。虽有人觉得朱鹮不过是一种鸟而已，但如果这种以"Nippon（日本）"命名的鸟就此灭绝，世界各国必然会批评日本，"经济一流，文化三流"。

山阶说："喜爱花鸟风月的日本已不复存在。"为了日本在国际舞台上的颜面，为了日本作为发达国家和文化国家的威信，必须想方设法让Nipponia nippon增殖才行。

1979年11月27日，环境厅特定鸟兽增殖研讨会朱鹮分会的一则公告，在佐渡朱鹮保护人士中引发震动。

"从现状看，为达到增殖之目的，将佐渡五只野生成年朱鹮全部捕获，进行饲养管理是合理的。"

春雄瞠目结舌。这相当于作出了完全捕获的决定。环境厅考虑到实施的难度，宣布不会立刻捕获，而需经过一定的准备。

首先，利用今年冬天的撒食，将朱鹮集中到某一地域范围。同时，在当地居民的帮助下，攻克包括捕获工具的选用等课题。完全捕获将于1980年12月至次年2月间实施。环境厅决定完全捕获的理由如下：

1. 佐渡朱鹮皆为 1974 年甚至更早以前出生的。它们都已处于可以繁殖的年龄，人工繁殖可期。
2. 近年来，各地的动物园已在朱鹮的近亲身上取得孵化、育雏的成功。
3. 防止近亲交配，提高产卵数。通过人工饲养，解决发育迟缓等问题。
4. 保护朱鹮不受天敌侵犯，并进行正确的健康管理。

完全捕获的决定是由菊池正式向当地传达的。他在朱鹮分会的会议上传达完佐渡方面的意见，回到佐渡。菊池神情憔悴，说话吞吞吐吐。

"既然环境厅已经决定完全捕获，我们佐渡方面也需要跟进。我们应该遵循一直以来的路线，继续保护朱鹮，为了顺利捕获所有朱鹮，尽自己的努力。"

简直胡来！明明行不通，还死不悔改。朱鹮就该交给佐渡来保护……当地议论纷纷。比起捕获雏鸟和采卵，捕获所有成鸟更加刺激佐渡人的神经。不仅朱鹮保护人士，连普通民众也感到震怒。

环境厅派人来到佐渡。春雄决意直言不讳，坚决反抗，即便吵得面红耳赤，也要让环境厅收回成命。

席间，环境厅代表说："佐渡的自然环境不断被开发，朱鹮面临的局势愈发严峻。可以说，已无自然可言。为此，暂时实施完全捕获，使其繁殖，在不远的将来再把它们放回山里。朱鹮并没有完全消失。不要只从现在，而要从长远的角度来看待完全捕获。与其坐以待毙，不如有所作为。"

荒谬！春雄心想。竟然把自然条件下无法繁殖归咎于佐渡的自然环境。于是，自然繁殖无望，人工增殖便顺理成章？

春雄恨不得大声驳斥，你们为什么不扪心自问，1975年以来，朱鹮产卵却不见雏鸟离巢，罪魁祸首到底是谁？！

春雄对所谓"放回山里"也愤怒且惊诧到了极点。明明说现在"已无自然可言"，那将来就会有自然了吗？

佐渡已有大佐渡览山公路和国道350号线。后者自两津出发，贯通国中平原，连接金井町、真野町、小木町，总长四十五公里。如今，考虑到小佐渡有朱鹮栖息，在居民的支持下，那里的开发被控制到最低限度。

佐渡的鸟兽保护区和国有森林共九千一百七十八公顷，超过佐渡总面积的一成。此外，政府租用二百九十公亩农田作为撒食场，播撒泥鳅。

农户们严格执行农药限令，要么不使用农药，要么限制性使用；连采野菜和栽种香菇的老年人也被禁止入山；飞机避开朱鹮栖息地，迂回飞行。人们保护栖息地的自然环境，并加以修复，才使得野生朱鹮得以维系。

若实施完全捕获，将朱鹮都变为"笼中之鸟"，佐渡将会怎样？必定会步能登的后尘，在极短时间内被开发得体无完肤。

从朱鹮的生态而言，它也并不是一种能在人类手中繁殖的鸟类。就算人工增殖成功了，到时候，它能回到哪里？谁能保证今后佐渡的自然环境会比现在好？为何环境厅不考虑实际情况？他们对朱鹮的生态了解多少？春雄倡导的方案竟被指为"坐以待毙"，这让他大为窝火，但又无能为力。

朱鹮完了。春雄感觉自己像被人绑住了手脚，虚脱无力，只能深深地叹一口气。

环境厅毫无收回成命的意思。深夜，春雄在自己的房间里，被自责的情绪所包围。他想起1958年秋，佐渡朱鹮总数降至六只，他忧心忡忡地跑去见高野的情景。

如今，高野作为朱鹮保护中心的工作人员，站在人工增殖的最前线。他内心真实的想法是什么？高野与朱鹮相伴已有六十年，拥有丰富的经验和直觉，且在保护中心从事饲养工作。但对于他而言，朱鹮的生态仍然充满了未解之谜。

高野被夹在中间，想必也左右为难吧。

现在，朱鹮的未解之谜应该在自然界中寻找答案。如果说捕获一对朱鹮尝试繁殖是不得已而为之，那完全捕获则是非常危险之举，会让朱鹮彻底陷入危机。春雄回想起在生椿第一次见面时高野严肃的脸，暗自思忖，恐怕高野也有同样的担忧吧。

包括春雄在内的许多佐渡人，再次尝到无权决定朱鹮去留之痛。他们虽反对完全捕获，但却不得不服从决定，为完全捕获提供帮助。

方向已经确定，毫发无伤地捕获朱鹮，并促进它们成功繁殖。这里有一个大问题需要解决。

捕获后的朱鹮，在哪里饲养？以尝试孵化过朱鹮卵的上野动物园为首，东京的动物园有饲养的意愿。但那些动物园饲养的鹮科动物并非佐渡的朱鹮。保护中心虽然有饲养小金的经验，而且即将迎来第十二个年头，但饲养的其余朱鹮都在短期内死亡。饲养朱鹮的难度不言而喻。

在世人看来，既然是环境厅主导实施的完全捕获和人工增殖，成功是理所当然的，失败是不可接受的。一旦失败，舆论必定一片哗然。而批评声四起之时，也就意味着朱鹮的灭绝。相反，如果能成功地人工增殖国际保护鸟朱鹮，必定会收获如潮的赞誉。不过，背后的风险是巨大的。

让朱鹮回归佐渡的山里——这是完全捕获的最终目的。这样的话，就该在保护中心饲养，让朱鹮望着佐渡的大自然成长。如果朱鹮被带往东京，现在佐渡的朱鹮保护组织则会解散，将来朱鹮归来时无人接管。迄今为止，保护中心除了国家经费，还收到来自 WWF（世界自然基金会）美国办公室、英国办公室、日本办公室及民间的捐助近五千万日元。

并且，想必今后也会有大量资金注入。大量税金用在濒临灭绝的鸟类身上，一些周刊杂志调侃道："时间不是金钱，朱鹮才是金钱。"

以菊池为首的佐渡方面人士为饲养地一事十分焦虑。他们向环境厅力陈在佐渡饲养的必要性，佐渡不仅有长期照顾朱鹮的饲养员，其他各方面也都适合人工饲养。最终，完全捕获后的饲养地定在佐渡。

接下来，环境厅动作迅速。从12月起，环境厅、山阶鸟类研究所的研究员开始常驻佐渡，开展栖息调查并为完全捕获做相关准备。保护中心还配备了常驻兽医，最先进的保温室和孵化用保温箱，并修建了新的"翔笼"。

此次捕获将采用火箭网，同时也备好无双网。火箭网是环境厅从美国进口的，一种精度更高的加农炮网。1月，环境厅决定于1980年3月中旬在佐渡赤玉村落的农田里进行多次试射。

火箭网的网面由尼龙制成，宽十七米，高十三米。它拥有最先进的性能，可在按下发射键半秒后弹出并展开，再过半秒，也就是发射一秒后落地。

此时，朱鹮在立间村落和立间东侧的野浦村落的山里。有一事令春雄记挂。完全捕获已经确定于今年12月起执行，那今年春天是否会像过去两年一样进行采卵？春雄曾在与环境厅的人会面时问起，但未得到具体答复。

2月6日，特定鸟兽增殖研讨会朱鹮分会宣布，今春亦将进行采卵。春雄大失所望。为清理盗卵"犯人"以协助此次行动，新潟县自然保护课决定自2月中旬起开展毒杀乌鸦行动。

当地人士依然对自然繁殖尚存希望,他们提出,既然已经决定今年冬天实施捕获行动,应该还朱鹮一个安静的春天,不能做得太过分。对此,特定鸟兽增殖研讨会朱鹮分会态度强硬,他们回应道,当前事态岌岌可危,必须要抓住一切机会。

地方报纸和全国报纸就此采访春雄,春雄断然答道:

"我说过无数次,既然今冬要搞完全捕获,至少让朱鹮安静地度过一个春天。不过,在朱鹮的生态问题上,我和环境厅一直持不同看法。他们这次仍然不听我的。人工增殖屡屡失败,就是因为人们接近朱鹮营巢地,他们这样搞,我觉得只会重蹈覆辙。"

作出采卵决定三天后的 2 月 9 日,春雄最大的支持者菊池,因心脏病与世长辞,享年八十四岁。他 6 日赴东京参加关于今春采卵的会议,回佐渡后突然发病,刚入院不久便离世。春雄痛感惋惜。在两津高中时,菊池参与保护朱鹮,关心朱鹮饲养,为佐渡 TOKI 保护会的前身佐渡朱鹮爱护会的成立竭尽心力。耄耋之年,他却身不由己,说服当地人支持完全捕获。三天前,在会上听到采卵决定那一刻,想必他内心承受了巨大的煎熬。

一周后,火箭网试射在赤玉村落进行。发射时巨大的轰鸣声,让前来参观的当地人士不由得捂住双耳,一秒落地的惊人速度也令大家倍感惊讶。

3 月,环境厅、山阶鸟类研究所研究员着手采卵。可是,不管是立间的山里,东面的野浦,还是西面的丰冈地区的山里都没有发现朱鹮巢,甚至连朱鹮也销声匿迹。

有人怀疑朱鹮回到黑泷山筑巢，但附近的居民都称没有见到。春雄担心五只朱鹮遭遇不测，夜不能寐。

朱鹮从立间消失后，直到3月末，才有消息传来。由立间的志愿者担任的朱鹮监察员，于3月30日，分别在立间西侧山中的一处山谷，以及丰冈的山里，发现疑似新筑的朱鹮巢。31日，人们发现山谷的巢里有一颗卵；4月1日，丰冈的巢里确认有一颗卵。

朱鹮还活着。众人安下心来，而事态却不容乐观。

一个半月后的5月中旬，五只朱鹮终于现身。它们在丰冈的山里"结群"飞行时被人发现。五只朱鹮平安无事，这本是好消息，而春雄等人却惊出一身冷汗。这个季节，原本是朱鹮结束营巢后育雏的时期。因此，它们不应该在秋季"结群"出现。成群出现，也就意味着今年没有雏鸟诞生。

彻底完了。

春雄泪目。自己观察多年，视若珍宝的物种行将灭绝，而自己却束手无策。他的眼泪里有对朱鹮的同情，对国家的焦虑，还有对自己无能为力的愤怒与无奈。

4

完全捕获的准备工作稳步推进。

按照捕获阿福和小金的经验，冬季是最适宜捕获的季节。因为降雪，朱鹮的觅食地受限，活动范围缩小，它们会聚集到夜宿地附近的常水田。

　　参与捕获的人员被分编入"捕获组""运输组""接收组"及"指挥部"。捕获组由山阶鸟类研究所的研究员组成。捕获后负责接管朱鹮的接收组，由朱鹮保护中心工作人员和山阶鸟类研究所派来的饲养员组成。介于捕获组与接收组之间的运输组则由环境厅工作人员、县里的工作人员和兽医组成。

　　指挥部设在赤玉的一所民宿内，环境厅和县里各派一名代表担任总指挥，负责调动两津市政府的工作人员，进行除雪作业，接待媒体，以及禁止无关人员入内。行动时，工作人员通过无线电对讲机相互联系。

　　五只朱鹮夜宿于片野尾地区的大平山。这里位于立间以东约十公里，同样处在前浜海岸。大平山高一百七十八米，嵌入大海。山中榉树、杉树、松树、栎树、日本山毛榉等混生。冬季，得益于小佐渡山脉的遮挡，自大佐渡山脉倾泻而下的西伯利亚寒风到不了这里。

　　大平山虽矮，但山势陡峭，不易攀爬。穿越片野尾的车辆不得不绕道而行。一直以来，都有在大平山开凿隧道的呼声，并且，隧道已列入计划。但自朱鹮开始在立间的山里夜宿起，隧道计划被无限期推迟。可见当地民众对朱鹮的重视。

　　不过，这里离公路较近，渔夫、居民多有往来，朱鹮极易被人发现。对于它们而言,这里还算不上最后的安居之地。

每天早上和傍晚,春雄都会骑着助动车来到大平山,站在附近的县道上,用望远镜隔着两三百米观察朱鹮的夜宿地。

早上 6 点 45 分前后,伴随着"哼、哼、哼"的齐鸣声,朱鹮离开夜宿地,飞往北边的小佐渡山脉。傍晚 4 点 40 分前后,夕阳西沉,它们在片野尾村落上空盘旋后回到夜宿地。春雄通过记录它们每天离开和返回的时间,再次确认,朱鹮在日出后 10 分钟以内离开夜宿地,在日落前 10 分钟以内回来。春雄只需通过广播或报纸掌握日出与日落的时间,次日按时前往,便能遇见朱鹮。

朱鹮天明则往,日落则归,生活十分规律。春雄不由得担心,它们被捕获后,能否适应保护中心的生活。在那里,它们无需飞行,也无需自己觅食。迄今为止,保护中心共饲养过五只朱鹮,小金已迎来第十三个年头,但其余朱鹮皆命短,阿福只活了两年四个月,小弘只活了八个月,小史和能里只活了一年两个月。春雄曾一度认为,朱鹮虽在野外十分机敏,但其实很容易饲养。四只朱鹮的死让他意识到,那只是人类的错觉,朱鹮是难以适应狭窄的室内环境的。

片野尾周边的农田因未使用农药,已成为朱鹮的觅食地。捕获组选择一块较大的农田作为行动地点,在其中的三处地点分别设置火箭网。

为确保万无一失,工作人员躲在附近的民宿或自建的监视小屋里，记录并分析朱鹮飞来的时间及火箭网的射程范围。他们摸清地理位置，使用"A 地点""B 地点"等代号，并通过对讲机进行实战演练——"朱鹮飞往你处。""朱鹮正在我处。"

当时，火箭网具有最先进的性能，但农田周围树林环绕，一旦网挂到树上，则很可能放跑朱鹮。能登的行动因农田面向大海，倒是无需担心这方面。一次失败，将波及接下来的数次行动。在能登，人们从第一次行动到最终捕获成功，竟花了两年时间。加农炮网作为当时最新锐的科技产品，在大自然面前也黯然失色。

春雄很是纠结。借鉴能登的经验，他认为此次行动绝不会一帆风顺。他甚至希望朱鹮逃之夭夭，在佐渡的自然界里颐养天年。不过，朱鹮若是因逃跑耗尽体力，反而卷入别的事故而丧命，还不如被收入保护中心，繁衍后代。

也许朱鹮本身也倍感疑惑，为何生活如此艰难，为何人类穷追不舍？

春雄在观察朱鹮时发现蹊跷。傍晚，朱鹮回到夜宿地，其中一只停在离其余四只较远的一棵树上。从春雄的角度看，一只位于右侧的树上，而另四只位于左侧的另一棵树上。那四只虽没有相互挨着，但彼此距离不过两米左右。而落单的一只离它们则有二十米左右。

这一只为何单独夜宿，春雄百思不得其解。早上，四只中的两只先飞出，另两只跟随其后。片刻后，单独的那只才慌忙地追上去。

春雄取出望远镜，凝视那只落单的朱鹮。望远镜上装有 600 毫米长焦镜头，这是春雄特意用退休金买的。只见那只朱鹮胸部肌肉单薄，与其余四只相比，飞行姿态不稳。并且，它在夜宿地的枝头走动时，右腿抬不起来，或许是有伤。

（也许它遭遇过什么意外，才变成这样。）

春雄为这只朱鹮感到惋惜。

春雄长年在野外观察朱鹮，也曾饲养过小春，但他从未牵挂过任何一只特定的野生朱鹮。这是他在完全捕获前夕才有的感受。

转眼就到了 12 月。捕获准备一切就绪，只等降雪。

春雄仍每日前往大平山。作为完全捕获的反对者，他被划定为无关人员，禁止入内。捕获现场的周围拉起了绳子，上面挂着"非请勿入""无关人员禁止入内"等标牌，并有人严格监管。不过，在绳子的范围以外，站在县道上安静地观看朱鹮是被允许的。

那只朱鹮依旧单独夜宿。

不知它是被同伴排挤，还是因为腿有伤，不得不另寻一处站得稳的树枝，抑或它与其余四只性别不同？

春雄万分希望四只朱鹮能接纳那一只。野生朱鹮到了最后时刻却各据一方，未免令人遗憾。那一只孤零零地待在树上的样子，也着实让人不忍。

春雄还关心，在山里，它是和其余四只一同觅食，还是单独行动。捕获组传来的消息是，五只一同行动。春雄暂且放心，但夜宿地为何分开，变得更加扑朔迷离。

全国各地的野鸟爱好者纷至沓来。他们也想亲眼见证野生朱鹮的最后时刻。多数人为了拍到一张最后的野生朱鹮的合影，不惜花光奖金和工资，买来价值数十万日元且硕大的600毫米长焦距镜头，请假来到大平山。春雄的面容已为这些野鸟爱好者所熟识。他们跟春雄聊这次捕获行动。其中，有人旗帜鲜明地表示反对，有人赞同春雄的观点，认为若保护好自然，朱鹮还有繁衍的可能；也有人认为捕获是没有办法的办法，希望捕获成功后顺利增殖。看法多种多样。

只要降雪，捕获组便实施行动。大佐渡山脉已是银装素裹，朱鹮所在的小佐渡山地和平地里的农田也即将被白雪装点。一向不招人喜爱的雪，此时却成了香饽饽，人们天天盼望着。

12月13日，终于迎来初雪。完全捕获计划箭在弦上。

这天，朱鹮离开大平山的夜宿地后，飞往小佐渡山里。中午12点半前后，它们降落在片野尾的农田里。火箭网已提前布置，但距离朱鹮较远，足足有三百米。朱鹮不再靠近。傍晚，新潟电台在新闻栏目中将此事作为头条播报："捕获行动首日扑空。"

照子很少提起朱鹮，今天，她小声地问春雄："是不是一下雪，朱鹮就会集中到一个地方？"

火箭网的射程范围与网面等大，长十七米，宽十三米。若大部分农田没有被积雪掩盖,朱鹮是不会进入射程范围内觅食的。捕获组预感行动将陷入持久战。也正如他们所料,16日上午11点,五只朱鹮曾距离火箭网五十米,但一小时后飞走;21日上午11点,两只朱鹮止步于火箭网四十米开外处。

次日(22日)上午10点左右,一只朱鹮独自走到五十米处啄食泥鳅。它时而走向火箭网,时而走远。捕获组手握发射按钮,在监视小屋中与指挥部频频联系,朱鹮一旦进入射程便立刻发射。不过,二小时后,朱鹮离开。当日下午,五只朱鹮一齐降落到另一台火箭网所在的农田,但距离始终保持在六十米以上。

24日,鉴于行动一无所获,且工作人员精神疲惫,捕获行动暂停。"第二次捕获行动"拟于新年的1月6日进行,媒体称之为"新年休战,期待鸡年"。

寒潮临近,也是捕获行动宣布暂停的一个重要理由。这年,虽然佐渡的降雪与往年无异,但新潟本土、上信越、北陆、北海道、东北地区却遭遇创纪录的暴雪。最终,暴雪持续到次年2月,造成一百零三人死亡或失踪,一千三百零五人受伤,五千八百一十九户房屋受损或被卷走,一千二百六十九艘船只沉没或受损。从1960年12月持续到次年1月的"北陆豪雪",曾被作为暴雪的代名词。而这场"1981年豪雪"则轻松打破了"北陆豪雪"的纪录。

真正的大雪自12月下旬开始,报道称,进入1月,雪势将有增无减。大雪本该令人生厌,但对于完全捕获行动而言,它因能限制朱鹮的觅食地而大有裨益。

"雪崩威猛""白魔爪痕"——春雄看到这些形容大雪的文字，不由得想起北陆豪雪时死于越后的两只朱鹮，内心充满不安。来自西伯利亚的寒风，是否已经轻松突破大佐渡山脉的阻拦，将夜宿于大平山的五只朱鹮刮走？

1980年还剩下两三日。一个傍晚，春雄让同为教师的长子辰夫开车，带照子去往大平山。春雄想让她见见朱鹮。对于照子而言，这也是她生平第一次亲眼目睹朱鹮。她接过望远镜，因为丈夫在身旁，她只是默默地看着。

辰夫，在春雄的四个子女中，他是唯一见过朱鹮的。他初中二年级时，曾缠着春雄带他去谷平。晚秋，二人黎明起床，骑车，走山路来到谷平。当时，辰夫只觉得这样的景色在佐渡的山中司空见惯，并不曾想，正是这里改变了父亲的人生，父亲在此邂逅的鸟儿，让他找到了人生的意义。

辰夫学着父亲的样子匍匐，发现那五只朱鹮比父亲的描述和拍摄的照片还要美。回程，春雄问他："如何？"辰夫只是"嗯"了一声，别无他言。

那以后，辰夫不再提朱鹮之事。这个青春期的孩子，开始学会体察他人。他意识到，缠着父亲带自己去是不对的，那是父亲竭尽全力追寻的事物，是自己这个外行不应该涉足的领域。

1981年1月2日，第二次捕获行动临近。傍晚，春雄在观察夜宿地时有了意外收获。那只单独夜宿的朱鹮，终于加入到其余四只当中,一同夜宿。如果把五只朱鹮用线连接起来,就形成一个倒着的"W"形。第二天和第三天,它们依旧如此。

(大家加油!别被逮住了。)

春雄一边在心中默念,一边拍下五只朱鹮一同夜宿的照片。1月6日,第二次捕获行动如期进行。人们用大量竹子,在安装火箭网的监视小屋前制作假竹林,同时,他们还放置了三张无双网,有备无患。6日,7日,8日,9日,时间一天天过去,这期间,积雪已达到十五厘米左右。捕获组推测,10日后便可动手。

10日,这天是周六。春雄与日本野鸟会佐渡支部会员十余人相约,在新穗村的民宿过夜,畅叙与朱鹮的过往。大家计划傍晚观察夜宿地之后,前往新穗村。春雄乘车去迎接一名会员,抵达大平山前,时间刚下午4点20分。此时离日落足足有三十分钟。本来为时尚早,但奇怪的是,朱鹮已经回到夜宿地。

不过,它们分在两侧,左边三只,右边两只,间距大约二十米。两侧的树木正是数日前分别停有四只和一只朱鹮的两棵。据先行到达的会员和来自全国的鸟类爱好者说,朱鹮3点半就回来了。

"老师,为什么这么早就回来了?"

一名会员向春雄发问。会员和鸟类爱好者随即围拢过来。见状,春雄先是有些慌张,镇定下来后,他答道:

"我想,它们应该是在回来之前,发现常去的觅食地,也就是这大平山中的田里有人,没能降落,所以只好回来。"

在会员听来，春雄所谓的"人"，便是指的捕获组。因为，片野尾的居民已接到通知，捕获行动期间，不要去到田里。

五分钟后，有人惊呼："啊！佐藤老师。"

春雄也瞪大了眼。右边的两只朱鹮轻轻拍打翅膀，转移到左边三只所在的树上。

一边是正在实施的完全捕获行动，一边是提前回到夜宿地的朱鹮。春雄心绪不宁。到了明天的这个时候，或许眼前这五只朱鹮就会变成三只，不，或许一只也不剩。

望着五只抱团的朱鹮，人们回想起各自与朱鹮的点滴，感慨万千。

"这也许是最后的团聚……野生朱鹮……最后的……"

春雄噙着泪，轻声叹道。见状者无不动容。春雄取出相机，拍下这"最后的团聚"。

次日（1月11日），为了观察朱鹮飞离夜宿地，春雄和会员们早上5点半走出民宿，6点20分来到大平山。这或许是朱鹮最后一次从夜宿地飞出。他们站在县道上，静静地等待。

6点52分，两只飞出，接着又飞出两只，右腿有伤那只跟在最后。五只朱鹮在空中集结。

众人仰望，明亮的朱鹮色，点映在降雪前灰色的天空里。

啊！真美。啊，再见。

春雄感慨道。朱鹮飞向小佐渡山脉，消失在北方的天空里。

不知谁说了一句，回来吧。

此时，前所未有的事发生了。五只朱鹮竟掉头朝着大平山方向飞来。

一周，两周，三周。它们在人们头顶盘旋三周之后，再次飞向小佐渡山脉。朱鹮飞走后，大家面面相觑。

"佐藤老师，朱鹮是回来跟我们道别的吧？"

原来朱鹮这般地与人心意相通。它真是回来与我作别的吧，春雄心想。

与朱鹮结缘三十五年，往事如走马灯一般浮现在春雄脑海。朱鹮的道别再次让春雄拭泪。

下午1点过，春雄回到家中。1点15分，照子跑来春雄房间，说有电话找他。昨晚与今晨见到的朱鹮的身影在脑中次第隐没，在忐忑中，春雄拿起电话："喂，我是春雄。"

"刚刚，他们抓到了两只朱鹮。"

5

春雄立刻把起居室的电视调到新潟台。很快，屏幕上便出现了"新潟台新闻快报"的字幕。紧接着是一行白色粗体字："下午1点11分，佐渡两津市捕获两只朱鹮。"

之后，春雄的电话响个不停。他呆坐家中，连傍晚去夜宿地看看的气力都没有。《新潟日报》打来电话，采访春雄对此事的感想。春雄反问:"朱鹮有无受伤?"

"朱鹮平安无事。"记者向春雄讲述了捕获的经过。

据官方公布的消息,两只朱鹮被放入木箱,于下午3点45分进入朱鹮保护中心,整个过程毫发无伤。上午10点27分,五只朱鹮降落在火箭网附近。两小时后,其中三只转移到三百米外的另一处田里。剩下两只于四十分钟后的1点11分进入火箭网的射程。由于地处山间,另三只朱鹮并未看见那两只被捕,或许也未听到火箭网发射的声音,没有表现出惊慌。此次捕获不会对下次行动造成影响。捕获的两只朱鹮可能是一对儿。

次日(12日),《新潟日报》早刊在头版头条登出:"成功捕获朱鹮,两只皆平安。"副标题是"火箭网出击得手,或雌雄成双;另三只身处视线死角,未觉异常"。佐渡TOKI保护会副会长春雄的评论如下:

"朱鹮毫发无伤,令人宽慰。眼下降雪较少,朱鹮的觅食地难以固定,之所以成功,我想应归功于布置了多台火箭网。我曾饲养过成鸟,其实朱鹮并不难养,即便是成鸟。关键是能否顺利增殖。不管怎样,参与捕获的各位,辛苦了。"

朱鹮被捕获的时间是"1月11日下午1点11分",许多佐渡人通过《新潟日报》等媒体得知这一连串"1",都心怀芥蒂。

"另三只身处视线死角,未觉异常。"话虽如此,但春雄禁不住担心,同伴的失踪让余下三只感到不安,次日它们是否会四处搜寻而放弃原来的夜宿地?

很不幸，春雄言中。两只被捕的当晚，余下三只虽然回到了大平山的夜宿地，但次日早上，却飞往与平日相反的南方。

13日晨，春雄来到夜宿地前。蹊跷的是，7点过仍不见朱鹮飞出。最终，它们迟了近五十分钟，7点40分才离开夜宿地。不止于此，当天晚上，三只朱鹮并未回到大平山的夜宿地。特别值得一提的是，自两只朱鹮被捕以来，其余朱鹮再未接近过片野尾的觅食地。

"另三只身处视线死角，未觉异常。"——这只是人类的一厢情愿罢了。

朱鹮放弃了夜宿地，又放弃了觅食地，它们去了哪里？工作人员发动居民，对周边进行彻底调查。

鉴于朱鹮原本规律的作息突然变得不规律，春雄断定，被捉的两只在五只中一定发挥着领袖的作用。剩下三只失去了向导，所以才不知所措。

三只中的两只，在立间和片野尾之间的东强清水地区的田里被人发现。15日起，它们频繁地降落到距离东强清水的一户人家一百米远的田里。19日，捕获组安装好火箭网，伺机捕获。但朱鹮已加强戒备，就是不进入射程。

另一方面，另一只朱鹮却不知所踪。或许它正好位于人们搜寻的盲区。

19日，20日，捕获组没有找到发射的机会。关于另一只的去向，也没有消息。

21日，两只朱鹮于上午7点13分降落到田里。人们尚不清楚它们夜宿于何处。五分钟后的7点18分，它们进入射程范围，捕获成功。这两只也被安全地送到保护中心。有人推测，它们也是一雄一雌。

还剩一只。15日以来，它依旧杳无音信。21日下午，两津市一名农夫向指挥部报告："中午过后，三十米高度的空中，有一只大鸟从东边飞来，消失在加茂湖。面部呈红色，我觉得是朱鹮。"

对于这只朱鹮，媒体大书特书，称其为"失散朱鹮"。

捕获组咬定朱鹮就在附近，不肯放过那最后一只。而春雄却希望它能逃走，把最后一只野生朱鹮还给佐渡的自然。有那么一瞬间，他甚至希望它彻底销声匿迹，只留在人们的记忆里。同时，对眼前一切束手无策的春雄又沉浸在深深的自责之中。

关于最后一只朱鹮的新消息，来自吾潟地区一个叫"青山"的小村落。那里位于加茂湖南岸，有居民称，在通往新穗村的县道56号线旁的常水田里，发现了朱鹮。工作人员立即将一台火箭网运往吾潟地区。

朱鹮使出全身力气才得以穿越小佐渡山脉，来到这里。从前浜海岸到吾潟，直线距离有十二公里。假设朱鹮飞行时速三十公里，那它花了二十来分钟。如果人从前浜海岸来到青山，则需绕行水津、两尾、椎泊和河崎，开车最少要四十分钟。

春雄通过朋友的电话获悉这一消息。吾潟的常水田背靠大山，因为是平地，比起梯田，这里单块农田的面积更大。捕获组本料想朱鹮在片野尾或是东强清水附近，这个地方出乎他们的意料。

朱鹮逃到此地，不知它是摸清了人类的想法，还是为了寻找同样流离失所的同伴。

捕获行动的参与者不会再让这只朱鹮逍遥"网"外了。也许明天，朱鹮落到常水田的一瞬间，火箭网便会发射。在常水田边上的民宿三楼，人们安装了拍摄捕获过程的摄像机，距离大概一百五十米。火箭网设置在常水田的一端，负责发射的人员也在民宿三楼，通过遥控器发出指令。

次日（1月22日），空中飘着小雪。早上6点半，捕获组获悉，朱鹮身处距离常水田五十米的树林里。

下午快到5点时，春雄接到朋友的电话。电话铃响的瞬间，春雄便知道所为何事。不过，他心中尚存侥幸，希望即将听到的，是捕获失败的消息。

"我是佐藤。"

"老师……"对方语气沉重，春雄知道，已无悬念。"没跑掉。时间是下午4点33分。地点就在昨天出现过的吾潟的水田里……"

对方不再出声，沉默一分钟后，道别，挂断电话。春雄并没有落泪，他独自一人待在房间里。那天，家人都不愿去打扰他，只是媒体来电又不便推脱。

深夜，春雄在日记里写道：

"与朱鹮共度三十五载，回首皆是愉悦之回忆。但凡雪天，必忧心朱鹮。而从今起，已无此虑。"

春雄呆坐到天明。

翌日晨，《新潟日报》随着第一班渡轮抵达两津港，随后，它们于9点过被配送至各家各户。成功捕获所有朱鹮的消息登上社会版头条，并在佐渡地方版占据大量篇幅。"等待它们回归自然之日"——这是春雄的评论的标题。

"与朱鹮结缘三十余年，至此，野生朱鹮彻底消失。捕获前的11日，我见到了全部的五只朱鹮，13日，见了余下三只。现在想来，那便是最后一面。希望五只齐飞的画面不要成为绝唱，希望人工增殖顺利，它们回归自然的那一天尽早到来。"

最后那只朱鹮被网罩住后，曾腾起两米高，挣扎出五六米远，竭力想从尼龙网中逃出。

人们欢呼雀跃，鼓掌，握手。"哼！哼！"朱鹮则发出低沉的鸣叫。很快，工作人员小心翼翼地剪破朱鹮周边的网子，将它放进白色麻袋，运往保护中心。

"再近一点。""好！发射！""这下可以喝庆功酒了！"这是工作人员的对话，被记录在国内首段捕捉鸟类的录像中。

《新潟日报》以"好年景好兆头，鲸冈厅长等闻讯大喜"为题，报道了环境厅的反应。当时，得到顺利捕获最后一只的消息，环境厅一片欢腾。下午6点过，鲸冈兵辅厅长特意来到厅里的记者俱乐部,喜形于色:"抓到啦!今年是个好年景啊。"

直到下午,春雄才从发呆的状态中缓过神来。今天是周五,辰夫在上班,家里只有春雄、照子和辰夫的妻子邦子。

春雄开始收拾东西,准备去吾潟。照子明白,"野生朱鹮终焉之地",丈夫是一定要亲眼见见的。

春雄取出助动车,脑子里回放着有关朱鹮的往事,背上背包。他神情呆滞,向着吾潟缓慢前行。天气转晴,大佐渡山脉披着雪衣,金北山顶雪光耀眼。千年不变的光景。

不过,在这不变的佐渡大自然之中,再无朱鹮的身影。约二十分钟后,春雄到达吾潟附近。

春雄在农田周边踱步,一眼便认出捕获的现场。雪地上,土地上,布满了人的脚印。稻桩被踩得东倒西歪。

不知这周遭的景象,在最后一只野生朱鹮的眼里,是怎样的光景。当时,它是否做好了被抓的心理准备。

离人们的脚印稍远处的雪地上,留着朱鹮的脚印。它应该是先在那附近着陆,觅食,继而向前走,才进入火箭网射程的。

那是?!

在朱鹮的脚印之间,春雄发现规则的小孔。脚印一左一右向前,右脚有些蹒跚。在每一步的正中间,都有一个直径一厘米左右的小小的圆洞。

这到底是什么?

春雄一琢磨,不禁后背发凉。这个圆洞是朱鹮喙的尖儿!它并非啄食，而是以喙为拐杖，支撑着自己的身体。

原来是它。

春雄的眼角湿润了。最后一只野生朱鹮，原来就是那只单独夜宿，右脚有伤的朱鹮。

它一定是饿到了极限，才不得不用喙支撑自己的身体。

最后的朱鹮拼尽全力逃到这里，却终究逃不掉被捕的命运。

"啊！"

春雄失声。在干枯的稻桩之间，有一枚朱鹮的粪便。他左膝跪地，凝视着这唯一一枚粪便。圆形，直径一厘米左右。凭借他多年的经验，判断这枚鸟粪是昨天排泄的。春雄仔细观察，发现粪便里只有某种昆虫的壳而已。

泪水夺眶而出，湿润了他的脸颊。春雄站起身，仔细打量周遭的地面。他快步在田里徘徊，还走进农田背后的山里。他找遍了旁边的田，以及更远的田，没有找到第二枚鸟粪。

不过，他找到一枚长约四厘米的纯白色的羽毛。这想必是抓捕当时从朱鹮身上脱落的。春雄拿着羽毛，再次回到刚才粪便的位置，左膝跪地。

这就是……野生朱鹮最后的粪便。

曾经二十二只朱鹮的画面浮现在春雄脑海。他当年忘我地收集朱鹮粪便的情形也从记忆中苏醒。

他从背包中取出铺着相纸的黑色塑料袋和勺子，深呼吸，然后用勺子将粪舀起，装好。

到家后,春雄开始分析这枚粪便。想到这是野生朱鹮最后的粪便,他有些下不了手,但他又非常怜惜朱鹮,想知道它到底吃了些什么。

粪便很小,用水一泡便有了结果。壳来自一厘米左右的豉豆虫。除此之外,再无其他。朱鹮是在几乎什么都没吃的状态下被抓的。春雄将豉豆虫的壳放入直径一点五厘米、长四厘米的塑料试管中,再连同羽毛一起放入培养皿里。他取出标签,注明采集年月日和采集地。

"1981年1月23日,两津市吾潟青山。"

春雄落笔时与往日无异,但粘贴时则有些迟疑。他取出另一枚标签,准备写上:

"野生朱鹮最后的粪便。"

不过,他内心又有些纠结。

(在不远的将来,人工增殖的朱鹮将重回佐渡的山野,并在自然条件下繁殖。总有一天,美丽的朱鹮色会布满佐渡的天空。如此想来,我怎能称其为"野生朱鹮最后的粪便"?)

与此同时,春雄心中又冒出别的想法。

(人工增殖的朱鹮回到山野,即使在自然界繁殖出后代,但它们仍是人工增殖的产物,不能称之为野生。所以,这的确是"野生朱鹮最后的粪便"。)

(但是,人工增殖的朱鹮,它的父母辈也是由野生朱鹮的卵孵化而来,就和小金一样,就算被饲养了十三年,可它依旧是诞生于自然界的。）

春雄苦思而无果。突然，一个沉重的事实重回他的思绪：现在，整个佐渡确实已无一只野生朱鹮。

所有野生朱鹮都被人类捉住了，而且，是在一群对朱鹮生态一知半解的人的授意之下。人工增殖，凶吉难料。

春雄写下"野生朱鹮最后的粪便"，然后，将两枚标签贴了上去。

八

谷平的晚霞

1

保护中心用微暗的窗帘将保温室隔成三间，把五只朱鹮按照捕获的先后分为三组，分别放入三间房里。

人们原本担心它们受惊而不肯进食。但也许是太饿了，它们一入所便开始啄食泥鳅和鲫鱼。朱鹮并未表现出兴奋，但精神饱满。

最早被抓住的两只取名为"小红"和"小白"，在东强清水抓到的两只取名为"小黄"和"小绿"，吾潟那一只被叫作"小青"。这些名字来自它们左脚踝处绑着的宽五毫米左右的塑料足环的颜色。

最后一只野生朱鹮小青。它的右腿肿大。经兽医诊断，右腿异常的原因不明，可能是旧伤的后遗症所引起，骨头也有问题。推测它是雌性，营养不良，非常瘦弱，胸肌也非常单薄。不过，它并无性命之忧。这些结论与春雄的推测一致。

五只朱鹮平安无恙，将来可期。保护中心制定饲养方案，内容包括半年后切换为人工饲料等。为尽快驯化朱鹮，中心人员统一观察的时间和着装，避免让朱鹮感到不安。

完全捕获之后，佐渡大变。鸟兽保护区的管制弱化。因自然界已无朱鹮，曾遍布两津市和新穗村的保护朱鹮宣传板被拆除。片野尾的大平山隧道工程动工，其他开发计划也相继落地，爆破声不绝于耳。农户也开始使用农药。

《朱鹮》一文从学校图书发行的教科书中消失。

身边已无朱鹮，各保护组织再无用武之地。佐渡 TOKI 保护会等佐渡的三家民间朱鹮保护组织处于解散的边缘。它们既招募不到新会员，也拿不到捐款，苟延残喘。然而，三家组织竟无一家解散。在"有朝一日朱鹮将重返佐渡自然"的信念支撑下，退会者寥寥，保护组织得以存续。

保护中心计划于 2 月以后，将朱鹮从保温室转移到宽敞的翔笼里，然后切换成人工饲料，并抽血判断它们的性别。

根据目前为止的野外观察，五只中有两只雄性，三只雌性。再加上雌性的小金，一共六只。这六只倘若能配成三对是最好不过的，从观察的情况看，至少也能配成两对。

然而，令人遗憾的是，今年春天配对无望。因为，仅小金的羽毛完全变成了黑灰色，新捕获的五只依旧是白色。想必它们都还是幼鸟，配对只能延迟到明年春天。保护中心宣布，届时，如果朱鹮照常产下三颗卵，他们将利用补充产卵特性，取走一颗放入孵化器中。媒体对这项"繁殖技术"进行了重点报道。

世界上已无野生朱鹮，人工饲养的朱鹮也仅存于佐渡保护中心一地。当这已成为人们的共识时，中国传来爆炸性消息：中国境内发现七只野生朱鹮。

黄河以南,距西安三百二十公里的陕西省洋县。三千多米的山岭绵延起伏的秦岭山脉,在它的南侧,有一座海拔一千二百米的山。年均气温十四点六摄氏度。在这里,你能看到是牛的近亲却长着山羊般胡须的秦岭羚牛,它们有金色的体毛,粗大的角先伸向两侧,再向后弯曲呈弓形;你还能看到从面部周围到腹部长满金毛的金丝猴,以及熊猫、雪豹、老虎等稀有的哺乳类、鸟类。此地因而受到中国政府的严密保护。

古时候,朱鹮在中国分布广泛,近些年来销声匿迹。从1978年起,中国科学院动物研究所研究员着手对朱鹮曾经栖息过的地区进行重点调查,跋涉五万公里,终于在陕西省洋县发现朱鹮。中国朱鹮得名于神父阿尔芒·戴维德。他是最早将大熊猫介绍给欧洲的人,也是1877年出版的《中国之鸟类》的作者。戴维德将朱鹮取名为"中国朱鹮",学名是"Sinensis Ibis",它是由拉丁语中代表中国的"Sinensis"和表示朱鹮的"Ibis"组合而成。后来,人们发现"Sinensis Ibis"和"Nipponia nippon"为同种,遂改称"朱鹮"。

原以为朱鹮已成往事的春雄,重新看到了希望。一想到在这个地球上,在自然界中还有朱鹮展翅翱翔,他便感到满足。虽然它们产自中国,但同样是"Nipponia nippon"。他对于朱鹮的血统并不介怀。

春雄甚至对中日之间的交流进行了设想。如何增殖捕到的朱鹮，是日本当前面临的课题，而对于朱鹮数已处于灭绝边缘的中国，增殖也是必经之路。假如，中国的朱鹮在自然界顺利增殖，将来能否像熊猫一样，赠予日本？在那之前，双方专家应该实现互访，开展积极的交流。在朱鹮备受全世界鸟类学者关注的今天，邻国间的交流理应得到促进。

中国方面的消息令春雄走出完全捕获的阴霾，但二十天后，他的心情再度变得沉重。

6月13日，在完全捕获的五个月之后，五只朱鹮的性别判定结果出炉：仅小绿为雄性，其余皆为雌性。朱鹮必须要捕获之后才能判断性别，这一结果实属无奈。得知仅一只雄性这一消息，不仅参与捕获的人员，春雄等期盼朱鹮增殖的人们都担心小绿的负担过大。

这也预示着一个重要的事实：如果小绿生命终结或繁殖能力消退之前，没能和雌性朱鹮产下后代，便意味着纯日本产朱鹮彻底绝迹。

局势严峻，保护中心的工作人员承受着巨大的压力，也获得了人们的理解。大家认为，意识到朱鹮减少时，已错过了保护的时机。然而，春雄呼吁保护时，朱鹮已是特别天然纪念物，彼时国家和县里却没有反应。唤起人们对朱鹮的关心，走了一段过于漫长的道路。关于中国的朱鹮，很多日本人并不将它作为同一种类看待。

当务之急，是在有限的条件下进行增殖。趁五只朱鹮食欲旺盛，明年选一只雌性给小绿尝试配对。同时，还要了解各朱鹮的品性，观察它们之间的亲疏关系。

不过，现实是残酷的。刚进入 6 月，在确认性别之前，小黄突然抱病，并于确认性别四天后的 17 日死去。东京大学农学部解剖后诊断，小黄死于葡萄球菌感染。它没有外伤，不知细菌是从何处进入体内。农学部介绍，这是鸟类常见的死亡症状，感染途径可能是口腔黏膜或毛孔。

进入 7 月，小红出现异样，病程与小黄类似。尽管中心工作人员投喂了药物并二十四小时看护，但它仍于 7 月 9 日死亡。包括小金在内，朱鹮仅剩四只。饲养朱鹮之难，再次为世人所知晓。

7 月 27 日，为纪念国立公园法制定五十周年，以朱鹮为图案的六十日元纪念邮票发行。票面上印有"自然公园五十周年纪念"字样。奇怪的是，日本的自然界里已无朱鹮，而朱鹮却被选为自然的象征。

必须尽快让小绿、小白、小青配对。本来也可让小金加入进来，但保护中心认为让本就是伙伴的三只配对更为妥当。其中，小青的右腿伤势严重，虽无性命之忧，但或对交尾形成障碍。

春雄揣测，它的腿伤也许是雏鸟时期留下的。鸟类成长到可以自由飞翔之后，若不是遭遇捕兽夹等事故，腿部是不易受伤的。从人敌说的观点，有可能小青在雏鸟时期，受到附近人类的惊吓而从巢中跌落，后由母亲衔回巢里，也可能被人类放回巢里。作为最后一只野生朱鹮，春雄对它的关注已经超越其亲自饲养了四十九天的小春。

1982年3月，进入繁殖期的小绿和小白的羽毛变色，两只被转移到同一间饲养室。饲养室装有监视器，工作人员可以观察整个过程。它们相处融洽，一起整翅，一起鸣叫。虽然小绿向小白寻求过交尾，但5月末仍不见产卵，它们的羽毛重回白色，今年只好作罢。

10月末，小金被放入小绿和小白的饲养室。中心希望小绿和小白培养感情的同时，也给小金交尾的机会。三只共处一室，迎来了1983年。

刚进入2月，小绿和小白更加亲密，开始出现交尾行为。3月，交尾行为更为频繁。看来小绿更钟情小白，小金被转移到别的饲养室。

人们满怀期待，然而世事不如人愿。小白身体出现异样，不肯进食，疑似排卵不畅。一方面，兽医竭尽全力地治疗，高野不眠不休地看护，另一方面，中心面临一个选择。

若将卵取出，小白的身体应该可以恢复。但这颗卵弥足珍贵，不是说放弃就能放弃的。若进一步观察，说不定它能自我恢复。中心一边监视小白的状况，一边持续着这样的讨论。

最终，人们没有取卵，小白也没能恢复，于4月13日死亡。卵其实还差几厘米就可以产下。小白死后，中心将卵取出，放入孵化器进行人工孵化，但未能成功。

中心马上将小金分配给了小绿。它入所已有十五年。中心将元旦定为它的生日，推测年龄十六岁。从年龄上，小金已逾中年，正向着老奶奶迈进。让年轻的小绿与之配对产卵，着实不易。对于小青，中心计划通过人工授精使其产卵。不过，要实现这一计划尚需时日。眼下，人们的期待只能落在小金和小绿的头上。

然而，这一年也未能开花结果。也许是因为年龄差距太大，中心只好让它们先同居一年，将希望寄托于来年。到了1984年，两只变得亲密，并出现了频繁的交尾行为。

就在这样的时候。

2月，宇治住进真野町的国立疗养所。3月27日，他因老衰与世长辞，享年八十二岁。

闻讯，春雄旋即赶往宇治家中。高野也立刻赶来。在宇治的枕边，放着一张春雄拍摄的旧照。照片中，宇治在积雪的田里席地而坐，张开双腿，正在给小金喂食。

宇治对小金的感情之深，令人动容。佳代一直盯着照片。医生说，能不能挺过这一周是关键。所以，佳代一直在医院照料。近来两三日，宇治持续昏睡。他没有承受晚期癌症患者一般的痛苦，安然离世，令佳代欣慰。

"希望小金早点怀孕，那是对宇治最好的祭奠。"春雄说。一旁的高野用力地点了点头。

"有一样东西请二位看看。"佳代站起身,从斗柜里取出一只巴掌大的纸箱。那是放蜡烛的箱子。佳代揭开盖子,在黑布的正中央,数枚碎纸片里,放着一个燃尽的蜡烛块。

"请看,"佳代将它递到二人眼前,"这是蜡烛燃尽后剩下的,它的形状,像不像一只停在松树上的朱鹮?老头子见了,直说它就是小金,停在树上的小金。"

佳代特意讲的标准语。听完,春雄和高野分别端详这融化了的蜡烛。简直一模一样——松树如锦绘画里的一般,山形树冠上,伫立着一只收起翅膀,有着长长的喙的朱鹮。

"这到底是……?"春雄惊讶,问道。佳代讲起事情的经过。

1980年,当局已确定完全捕获的方针,但五只朱鹮去向不明。彼时,距离徒手捕获小金,已十二年。宇治已卸任公民馆副馆长之职,干些农活,过着悠闲的日子。他十分担心朱鹮的将来,频繁地与春雄、高野通电话。他虽没有去过保护中心,但只要给高野打电话,必然会询问小金的状况。

为向小金赎罪,宇治一直坚持每月末去宇贺神社,祈求它健康、顺利诞下后代,也祈求佐渡朱鹮繁衍壮大。然而,近两三年来,他身体不如从前,登五百九十三级台阶变得愈发艰难。尽管如此,宇治走走停停,祈愿未曾中断。作为七十八岁的老人,其体力令人叹服。

1980年4月25日黄昏。宇治如往常一样拾级而上。不同于以往的是,今日步伐轻松,呼吸也不那么沉重。

"老头子，今天是怎么了？"佳代跟在后面，喘着气问。

"返老还童了，哈哈哈。"

宇治心情大好。二人到达山顶的神社，由神职人员为其驱邪后，在正殿开始彻夜祈愿。

当晚，11点前后。烛台上的两支蜡烛几乎同时燃尽，火焰熄灭，化作升腾的白烟。

"啊！"二人无意间望去，不约而同地发出一声惊呼。

"老头子，你看那……"

"……"

他们的视线停留在右侧的蜡烛上。左侧的蜡烛已完全融化，而右侧剩下一小块。

这剩下的蜡烛块竟形如一只停在松树上的朱鹮！

太像了，宇治禁不住想到小金。第一次见到小金时，它正是停在一棵松树上休整。徒手捕获小金那天，它接近宇治之前，也是停在松树之上。

"太可怕了。"

宇治开始哭泣。小金一定是憎恨自己才显形的。他全身起了鸡皮疙瘩，汗流浃背。佳代对宇治的心情感同身受，她更换蜡烛后，两人继续祈愿，直到天明。

次日，佳代把那块蜡烛带回了家。

那以后，宇治反复住院，脚力也大不如前，没能再去宇贺神社祈愿。对于他而言，那晚是他最后一次走进宇贺神社。之后的祈愿皆由佳代代劳。

　　宇治终于从自责中走出来，他想，小金一定是知道自己是最后一次来才现身的。它是特意来见我的，所以那天我爬台阶时才那么轻松。

　　于是，佳代把那块融化的蜡烛当作护身符，也作为至宝收藏起来。

　　佳代继续向二人讲述，话题转到昨日，宇治病危。

　　"昨天深夜，老头子突然睁开眼，大喊：'啊，生了！生了！'我吓了一跳，因为他这两三天一直昏迷不醒，根本说不了话。我慌慌张张地问他：'老头子，什么生了啊？'他嘴角动了动，又闭上了眼。我觉得，他一定是梦见小金的孩子出生了。"

　　佳代已是泪流满面，她带着哭腔，接着说：

　　"那以后，老头子直到走，都没再张口。那就是他的遗言。"

　　春雄和高野情郁于胸，片刻无言。

　　"小金和小绿正在努力。夫人，今年会有好消息的。"

　　高野望着宇治，语气坚定地说。佳代也望向宇治。高野一向慎言，他如此笃定，春雄听了也对今年有了信心。接下来，只能看小金的了。

　　春雄想象着朱鹮重回佐渡天空的那一天，那时，翱翔的将是小金的子孙们。

　　"今年，今年一定会有好消息，对吧？"

　　春雄看着高野，恳切地问。

2

在江户时代或明治初期，或许佐渡便是这般景象。

春雄在陕西省野生动物保护协会的陪同下考察洋县，这是他的第一印象。

人迹罕至的山林之中，遍布着椎泊谷平一般的梯田。清澈的溪流里，有大量的泥鳅、小河蟹。白天，朱鹮停在老百姓的屋顶上，就像停在栖木上一样，休整羽翼。田里没有任何机械，农活完全靠牛马。朱鹮降落到人们身边，顾自在田里啄食，而人们也不以为意。

对于朱鹮，人们并未表现出太大兴趣，不知是保护朱鹮的动员工作做得好，还是如今它们已是极其寻常的鸟类。而朱鹮也习惯了人的存在，悠然自得，完全看不出任何戒备。

1995年10月10日，春雄第一次访问陕西省洋县，为期一周。这里是世界上唯一一处有朱鹮在自然界进行繁殖的地方。

这是春雄第二次到访中国。中国发现朱鹮之后，春雄曾于1988年前往洋县。但由于那时洋县尚未对外国人开放等诸多原因，他止步北京，未能如愿。

在北京动物园，工作人员向春雄详细介绍了人工增殖的朱鹮的情况。从发现朱鹮的1981年起，北京动物园针对营养不良、在自然界生存有困难的朱鹮实施救助计划，截至 1988 年，共饲养了四只朱鹮。春雄既听取了介绍，又得到了观察人工饲养的朱鹮的机会，但未能去到洋县，依然是一大遗憾。

因此，此次能到访洋县，他感激万分。中国的朱鹮，在发现当时仅剩七只，可谓朝不保夕。而现在，得益于野外繁殖和人工增殖的成功，朱鹮的身姿已时常可见。加上北京的朱鹮，其总数已超过六十只。若春雄七年前到访洋县，想必见不到这般光景。

等待是值得的。春雄不禁感慨，没想到自己有生之年还能在自然界中见到朱鹮，这几年光阴不虚。

作为人工饲养朱鹮的先行者，日本开始正式向中国提供人工饲养技术及捐款，要追溯到十年之前。

宇治去世的 1984 年春。这一年，小绿和小金被寄予厚望，然而交配未果。日本产的朱鹮仅剩小金、小绿和小青三只。人们开始担心，它们之间交配产下的后代，会因遗传基因劣化而受到影响。大家自然而然地将目光转向中国，希望以跨国交配的形式延续日本朱鹮的血脉。1985 年 6 月，"日中野生鸟兽保护会议"在东京召开。在会上，两国政府就合作保护与增殖朱鹮达成一致。10 月，饲养于北京动物园的雄性朱鹮"华华"抵达佐渡，中国将其借与日本，为期两年。两国对来年春天小金和华华的交配充满期待。1986 年，对于日本产朱鹮而言，是极为严峻的一年。一方面，华华适应日本的环境需要时间，它与小金的婚期不得不推迟一年。另一方面，小金与小绿虽进行了交配，但未能取得成功。雪上加霜的是，6月5日，最后被捕获的野生朱鹮，雌性的小青死于肝炎。于是，日本产的朱鹮仅剩一对：雌性的小金和雄性的小绿。

小青之死，令春雄痛彻心扉。他手握着装有"野生朱鹮最后的粪便"的培养皿，失声痛哭。眼前是在大平山拍摄的小青单独的夜宿地，五只野生朱鹮"最后的团聚"，以及留有小青被捕前足印的吾潟青山的积雪的常水田等照片。不过，右腿有伤，入所时严重营养不良的小青能坚持到现在，春雄也感到一丝欣慰。

1982年9月，春雄结束了在两津高中为期两年半的非正式教师的工作，自1984年4月起，他作为两津市乡土博物馆馆长，每天到位于加茂湖畔的馆舍上班。不知是谁有意为之，还是机缘巧合，小青的标本被送往两津市乡土博物馆展示，随后永久保存于此。捕获的五只朱鹮里先死去的几只中，小黄和小白的标本存于东京的上野国立科学博物馆，小红的标本存于新潟市的新潟县立自然科学馆。

就在那一时期，中国专家访问佐渡朱鹮保护中心，并拜访春雄的家，双方的友谊就此发端。对于春雄而言，中文是一门未知的语言。虽然对方将带来翻译，但春雄希望有朝一日能去中国看看朱鹮，于是，他跟着NHK教育台和广播里的中文会话节目学起了中文。虽然他蹩脚的中文远远实现不了正常的沟通，但春雄的中文问候和握手，一开场便拉近了彼此的距离，因朱鹮而结缘的双方，在第一次见面便聊得非常投机。春雄介绍了自己多年来所做的工作，也详细听取了中国方面的情况。

春雄印象最深的是："两条腿走路"。所谓"两条腿"，是指自然繁殖和人工增殖。

在洋县发现七只朱鹮后，有人提出，应该将它们全部捕获，在人工饲养条件下促进繁殖。但中方积极借鉴日本保护朱鹮的经验和教训，首先对朱鹮栖息地洋县一带的自然环境进行了调查。结论是，朱鹮完全可以在野外进行繁殖，应以自然增殖为主。于是，中方遵循这一结论，制定了保护行动的方针，执行至今。

春雄一边听介绍，一边翻看中方提供的文件和照片，不禁感慨，中国方面完美地避开了日本走过的弯路。

在中国，人工饲养朱鹮始于北京动物园。其后，在栖息地洋县，也成立了"陕西省朱鹮保护观察站"和"陕西省朱鹮救护饲养中心"。

前者是在当地进行观察、研究和保护的机构，后者针对自然界受伤和营养状况不佳的朱鹮，采取保护措施，一旦恢复野外生存能力则立即放生。两个机构都将野外繁殖放到第一位，救护饲养中心里的朱鹮皆是幼鸟，且以身体状况不佳或受伤为收养的前提。中方未实施过度的捕获，也未曾抓捕成鸟。

洋县虽说未对外国人开放，但森林采伐、水田改旱田等威胁朱鹮栖息环境的现象大量存在。发现朱鹮后，政府在环境改善方面采取了强有力的措施。首先，将两块朱鹮的主要繁殖地设定为特别保护区，区内禁止狩猎、采伐及农药和化肥的使用。

政府维持农田面积，开展植树造林，收购朱鹮繁殖地的森林。对于因保护朱鹮的措施而收入大幅减少的农民，中国政府发放了补贴。

"参照日本的经验，冬季，为便于朱鹮觅食，必须有足够多的水田。但眼下的问题是，水稻收割后，农民往往将水田变为麦地。另外，由于长年使用农药，水质恶化，作为朱鹮食物的水生昆虫骤减，必须出台对策。"

为保护朱鹮，洋县林业局选拔监察员，在两处营巢地附近设立兼具住宿功能的观察点。保护朱鹮的同时，观察点还开展多项工作，如周边环境调查和作观察记录等。繁殖期间，八名监察员分成两组，进行二十四小时值守。

为促进自然繁殖，洋县设置了撒食场，在冬季及繁殖期播撒泥鳅，确保食物充足。在繁殖期，中方严禁与保护朱鹮无关的人员上山，与春雄倡导的"繁殖期禁止入山"如出一辙。监察员的数量随时可以增加。中方还在巢的下方拉网，以防幼鸟从巢中跌落。倘若朱鹮仍由于某些原因受伤，它们将被送往洋县的救护饲养中心，康复后重返自然。

政策的推进如此强而有力，可见中国政府的力量。当局通过电视、广播，向全中国宣传保护朱鹮的重要性。相较于日本，社会主义国家在国民保护意识的启蒙方面，花费的时间要短很多。

虽说有日本的前车之鉴，然而发现朱鹮仅三年时间，中国的保护工作取得如此大的进展，令春雄叹服。十年之后，中国必将取得巨大的成就。春雄越发希望自己能去洋县访问。

1987年，继上年之后，小金和华华的交配再次失败。中心转而安排小金与小绿交配，也未能成功。两国政府达成共识，将华华的借用期限延长一年。

这一年，在小金交配失败后，高野离开工作了二十年零九个月的保护中心，回到生椿。在职期间，他专门负责照顾小金。小金未能孵出后代，高野深深地体会到朱鹮的饲养与繁殖之难，抱憾离开。周日，住在新穗村的长子毅和家人，会沿着一条可供一辆汽车通行的山路，来到生椿，帮高野干些农活。

当媒体等问起高野关于朱鹮的事，他这样答道：

"我杀了八只朱鹮，没孵出一只雏鸟来。不过，和朱鹮在一起，真是快乐。虽然我是个凶手。"

春雄知道，这个"杀"字背后的苦衷。据传言，但凡有人工饲养的朱鹮死去，保护中心便常常接到匿名电话："你们到底要弄死多少朱鹮才满意！不许再杀了！"对方一顿痛骂后便挂断。饲养朱鹮无先例可循，困难重重。尽管保护中心已竭尽全力，人们却只看结果。对于为人敦厚的高野而言，看似漫不经心的"杀"字，实则道出了他在保护中心时所承受的那些来自杂志和电话的恶语中伤。春雄倡导自然繁殖，立场虽与高野不同，但他不得不感佩高野之艰辛。他希望，自己与高野，日后抛开立场的对立，彼此以好友相待。毅在两津市农协工作，有一次，他受父亲之托，在上班前将高野栽种的香菇送到春雄家。

春雄告诉他："下次开车把你父亲也带来吧，晚上再接他回去。来这也行，去博物馆也行。别客气。"

父亲一定会很高兴，毅笑着答道。

1988年，日本的年号从昭和改为了平成。小金和华华的交配再度失败。

1989年早春，小金的繁殖羽未变成黑灰色，依然是白色。它被捕获已有二十一年，换算成人类的年龄，已过百岁。想必它的生殖能力及相关机能已到极限，故羽色不再变化。至此，小金和小绿的交配彻底无望，纯日本产朱鹮灭绝只是时间的问题。

3月31日，春雄卸任两津市乡土博物馆馆长。他准备一边务农，一边与山中鸟兽为伴，度过余生。高野来到春雄家中，两人畅谈一整日。谈及丧失繁殖能力的小金，高野坦言："现在想来，真是对不住小金。"

小金被宇治捉住送入保护中心，是在1968年3月。当时，中心里还有阿福和小史。阿福死于捕获小金的当日清晨，小史死于小金入所半年后的8月。从那以后到1970年1月能里来到佐渡前的一年零五个月，小金一直形只影单。1969年春，小金羽色变为黑灰色，高野闻到一股浓烈的气味，甜而醉人，可能是小金发出的性荷尔蒙。它常常在笼中鸣叫，"哕、哕"，像是在求偶。

"那个时候，如果有个伴儿，肯定就成了。可惜就它一只，太可怜了。它那个时候的身体状态，由内到外都是最适合繁殖的。真是罪过。"

不知是否有心理作用，高野说，自那以后，即便小金换成繁殖羽，他也再没闻到过那种吸引雄性的强烈的气味了。

"就算给宇治跪下，也洗脱不了我的罪过。"

高野反反复复地絮叨这一句，边讲边摘下眼镜拭泪。

6月，JICA（国际协力事业团）[①]送日本专家前往中国，对陕西省洋县进行调研，并提供了车辆和观察朱鹮所需的器材。11月，"日中朱鹮保护合作专家会议"在北京召开。在会上，日本将已不可能与小金交配的华华交还中国。人们的希望落到小绿身上。

中国方面成果显著。北京动物园通过人工孵化获得两只雏鸟，虽然雏鸟在数日后死去，但这是朱鹮人工孵化史上的重大突破。在洋县的朱鹮救护饲养中心，接受过救助的朱鹮达到九只，北京饲养的朱鹮四只，野生朱鹮三十八只。

次年（1990年）3月，小绿被送往北京动物园，与中国人工饲养的五岁雌性朱鹮"窈窈"交配，但窈窈未能产卵。1991年春，小绿和窈窈再度进行交配，依然失败，令众人心灰意冷。

清水平的保护中心年久失修，在新潟县和新穗村的配合下，环境厅开始在加茂湖西南侧的长亩修建新的中心。这里同样位于新穗村，靠近村庄，是一处面积四公顷的平地。考虑到游客等因

[①] 日本国际协力机构的前身，旨在通过国际合作，促进发展中国家及地区经济和社会发展。

素，保护中心旁边将设立"朱鹮资料展览馆"。中心名称从"新潟县朱鹮保护中心"改为"佐渡朱鹮保护中心"，周围还修建了"佐渡新穗村朱鹮之森公园"。

1992年春，小绿和窈窈连续第三年进行了交配。交尾成功，窈窈产下两颗卵。不过，卵是无精卵，并未孵化。中国方面认为，小绿年事已高，生产精子的能力不足，精子过少导致无精卵的产生。鉴于它已无繁殖能力，请日方带回日本。

9月末，小绿回国。日本产朱鹮的灭绝已无悬念。小绿就此卸下传宗接代的重任，度过余生。

春雄记录了小金半辈子的"我的一生"，不知何时起，主语从小金变成了春雄自己，"我的一生"也成为春雄自己的日记，记录下他关于小金的种种思绪。这年末，百岁双胞胎金银姐妹成为大众热议的话题。春雄偶然在电视上看到关于她俩的节目，在日记中写道：

"12月12日，电视里讲，金奶奶和银奶奶的白发里长出了黑发。经调查，头发的弹力、粗细和光泽相当于六十岁的人。不知是得益于营养和运动，还是得益于精神上的东西。要是朱鹮小金也能像金奶奶、银奶奶一样返老还童，春天长出黑灰色的羽毛该多好。感觉我又有了盼头。"

1993年11月，保护中心迁入新址。13日，小绿对游客开放，人们可在五十米外看到翔笼中的小绿。由于年龄原因，小金未对外开放。参观者可通过中心的望远镜进行观察。来自全国各地的参观者蜂拥而至,时隔十二年,梦幻之鸟再度现身于大众眼前。

1994年3月,在日中首脑会谈上,李鹏总理与细川护熙总理达成共识,将一对中国产朱鹮借与日本。两岁零五个月的雄性"龙龙"和三岁零五个月的雌性"凤凤"从洋县出发,于9月27日抵达佐渡。它们将在日本尝试繁殖,期限三年。日本进入尝试繁殖中国产朱鹮的新阶段。为防不测,环境厅决定暂不将龙龙、凤凤对公众开放。

春雄有幸得到了观察它们的机会。与老态龙钟的小金和小绿相比,中国产的两只朱鹮十分年轻。羽毛艳丽,换羽也顺利进行。人们希望在明年春天迎接朱鹮宝宝,龙龙却在三个月后的12月13日突然死亡。死因无法确定,据推测是心脏衰弱。

就龙龙之死,环境厅朱鹮保护增殖方针政策研讨会制定了三个方案。其一,将剩下的凤凤还给中国;其二,向中国另借一只雄性朱鹮;其三,再给小绿一次机会,让它与凤凤交配,以维系日本产朱鹮的血脉。

但三个方案都有弊端。朱鹮即将迎来繁殖期,这期间它们会变得十分警觉,要将凤凤送还中国,须避开这个时候,但又不能让它在没有交配对象的情况下度过繁殖期。若要从中国另借雄性朱鹮,它与凤凤是否投缘,无人知晓。若是再给小绿机会,让它与凤凤交配,想必中方会反对。因为,中方已得出结论,小绿已经失去繁殖能力。再者,小绿与凤凤是否投缘也是个问题。

每个方案都牵涉到中方的态度。

1995年,小绿和凤凰被放入相邻的笼子里饲养。3月,它们相互间用喙递送树枝,相处融洽,看来是投缘的。环境厅提出让小绿和凤凰交配的建议,4月3日,中方表示同意。

包括补充产卵特性在内,它们有可能诞下四颗卵。双方约定,若是交配和孵化顺利,雏鸟成功诞生,第一只和第三只雏鸟归属中国,第二只和第四只归属日本。若是交配失败,凤凰将回到中国。

当时已是4月,繁殖期5月末便会结束,春雄十分担心此时配对已来不及。而且,即便交尾成功,卵是否能够孵化也令他不安。不过,春雄却又对此次交配寄予了巨大的希望。因为,据他的观察,日本的朱鹮每十年会迎来一次大的变化:

昭和①初年,政府将朱鹮指定为天然纪念物,并设立了呼吁保护朱鹮的标识。虽然保护思想并未广泛传播,但已经出现了形式上的保护活动。

昭和一十年代,因为战争,朱鹮被人们淡忘。

昭和二十年代,以佐渡朱鹮爱护会为代表的保护组织成立,在战争中被遗忘的朱鹮重回人们视野,保护活动起步。

昭和三十年代,佐渡的山里设立禁猎区,人们开始在自然界中保护朱鹮。

---

① 1926年为昭和元年。

昭和四十年代，新潟县朱鹮保护中心成立，朱鹮的保护进入人工饲养时代。

昭和五十年代，自然条件下孵化失败，政府实施完全捕获，强力人工饲养时代来临。

昭和六十年代，日本和中国开始就保护朱鹮开展合作。

今年，平成①七年，换算成昭和的话，应该正值昭和七十年。春雄坚信，今年将会出现新的变化，而春雄所期待的变化，则是日本国内的首次产卵和孵化的成功。

小绿和凤凰于4月4日起开始交尾，并取得成功。4月17日，凤凰产下两颗卵，这是在人工饲养条件下，日本取得的第一批卵。18日，凤凰产下第三颗卵。20日黎明，凤凰停止孵卵，看似要生产第四颗卵。工作人员将前三颗卵转移至孵化器。21日晨和27日，第四和第五颗卵相继问世。

佐渡三家朱鹮保护组织欢欣鼓舞。五颗卵意味着五只小朱鹮，到访保护中心的游客也为之雀跃。据报道，小绿和凤凰在孵卵的同时，也出现了交尾的动作，说不定会产下第六颗卵。第一颗卵预计于5月10日孵出。整个佐渡已做好了迎接朱鹮宝宝的准备。

然而，人们的喜悦与期待再次落空。4月30日，小绿突然死去。死亡时间为早上5点23分。直到5点10分，它都未见异

---

① 1989年为平成元年。

样，和凤凰一起衔来干草，作为孵卵和筑巢的材料。20分过，小绿扑腾着从三点五米高的巢中跌下。23分，确认死亡。

小绿没能等到雏鸟孵出。解剖结果，它的心脏里有一处病变凸起，估计死于心力衰竭。小绿留下的五颗卵承载了日本产朱鹮的血脉，是人们最后的希望。它们能否孵出，备受瞩目。

5月20日，环境厅公布："五颗卵没有孵化的可能性，人工增殖失败。"

保护中心将临近孵化的卵从人工孵化器中取出，对其进行光照或将其浮于热水上，经过各种检查，发现卵中的雏鸟分化出血管后便停止了生长，于是作出了孵化无望的结论。

小绿之死加上孵化失败，日本产朱鹮的血脉就此断绝。唯一存世的日本产朱鹮小金，也已无生殖能力。凤凰于6月被送归中国。

春雄对雏鸟的诞生寄予了巨大的期待。虽然他在媒体面前表示，早就料到这一天，但面对两个悲剧，特别是小绿的死，他实在难以承受。

平成七年，昭和七十年（1995年）。春雄做梦也没有想到，他所期待的日本产朱鹮将迎来的巨变，竟然是彻底的灭绝。

对此次事件，环境厅表示："倘若当初放任不管，也许日本朱鹮会更早灭绝。"不过，春雄对此不敢苟同。

（绝非如此。这是我们没能为朱鹮提供一个安心繁殖的环境所招致的恶果。）

这是春雄一直以来所秉持的信念。并且,如今洋县上空翱翔着的朱鹮让他更加坚信这一点。中国在自然繁殖上的坚持所取得的成功,便是最好的证明。

3

与其将希望寄托在前途未卜的技术上,还不如请中国再借或赠一对朱鹮进行繁殖——春雄想。

小绿死后被立刻解剖。研究人员将它的大脑、肌肉、内脏、生殖器等主要脏器浸入甘油状的培养液中,在零下一百九十六摄氏度的液态氮容器里冷冻保存。

冷冻条件下,细胞可存活多年。春雄所谓的"前途未卜的技术",指的就是"朱鹮冷冻保存计划"。

该计划旨在利用朱鹮基因和日新月异的生物技术,以期日本产朱鹮在未来复活。受环境厅委托,以茨城县筑波市财团法人"自然环境研究中心"为核心的"基因保存研究小组"负责实施这一计划。

小绿死后,"基因保存研究小组"奔赴现场,收存脏器,运往筑波市。小金死后,也将加入到该计划中。操作流程是,研究人员先后乘坐新干线和喷射水翼船,迅速赶往朱鹮保护中心,对小金进行解剖。研究人员将以细胞为单位对身体组织进行分割,然后保存于长约五厘米、容积两毫升的陶瓷试管（一种特殊试管）中。试管数量约八百支，在佐渡先冷却至零下八十摄氏度，运至位于筑波市的农林水产省农业生物资源研究所的"基因银行"后，它们将被放入零下一百九十六摄氏度的液态氮容器永久保存。

对于朱鹮冷冻保存计划，人们在报刊、科学杂志以及各种媒体上展开了广泛的讨论。春雄家中也收到许多来信，其中主要观点有二。

单从科学的角度，这是件好事。可是，生命自有它的分量。有人反对道，这已经超越了伦理界限。即便朱鹮复活，它是否属于野生动物还是个问题。

"Nipponia nippon"——或许有人因这个名字而执着于血统的纯正，但也有许多人认为，应该让朱鹮永远停留在人们的记忆之中。从根本上讲，无论科技如何进步，要想将朱鹮这一生命体完美复活是不可能的。

通过电子显微镜和计算机，现代科学已经完全掌握了细胞的元素构成和构造，但人类却无法造出哪怕是单细胞生物的阿米巴原虫。自然界孕育出的生命，人类无法制造；自然界里的各种事物，难以用科学这把尺子切割。即便对宗教不感兴趣的人也必须承认，在这样的自然界中，那些未知的领域如同神域，不可触碰。

在春雄看来，这项计划理论上或许是正确的，但要实现绝非易事。眼下，基础研究尚且缺乏，技术的应用不知要等到何年何月。

并且，要实现这项技术不知要耗费多少资金，或许金额将以亿计。比起在未知的技术上投入重金，不如与中国合作。中国已经在产卵和孵化上取得成功，我们应该请中国借或赠予一两对朱鹮，经过数年培育，想必佐渡也能孵出雏鸟——春雄在给每个人的回信中写道。

通过对洋县的首次访问，春雄更加坚定了他的想法。据说，中国的朱鹮数将于明年（1996年）超过八十只，而那时距离发现七只朱鹮，仅十五年时间。

从中国回国后的12月，保护中心将小绿的标本对外公开。

纯日本产朱鹮仅剩一只，很多人要求将小金对外开放。于是，中心的资料馆和新穗村历史民俗资料馆开始向访客提供观看直播的服务。通过实时电视监控，人们可以目睹保护中心检疫楼中小金的风采。

1996年夏，春雄收到一封来自中国的信。寄信人是他的老朋友，陕西省野生动物保护协会秘书长。信中称，中国的朱鹮已突破八十只，洋县自然界有四十三只，洋县朱鹮救护饲养中心有二十五只，北京动物园有十六只，合计八十四只。

1997年元旦，小金迎来三十岁生日。这无疑是世界上时间最长的朱鹮类饲养纪录。

2月，小绿死后曾一度受到热议的冷冻保存计划再度引发人们关注，起因是一条关于英国"克隆羊问世"的报道。

所谓"克隆"，是指人为地复制遗传基因完全相同的生物的科学技术。该技术已在肉牛养殖、观赏植物和果树的栽种上进行应用。它是通过将一个受精卵分为多个而实现的。换言之，就是人造同卵多胞胎。据说，日本就有两百余头克隆牛。

因为是由受精卵培养而来，所以从基因的角度，它们是有父亲的。然而，克隆羊从根本上颠覆了这一方式。克隆羊不是来自受精卵，而是来自长大后的羊的细胞。

尽管技术人员进行了近三百次试验才有一例成功，但这一消息足以震惊世界。不论雌雄，身体上的任何细胞，只要有细胞核，便能制造遗传基因100％相同的动物。甚至只用一根头发就可以复制一个生命。

在世界范围内，人类克隆的话题甚嚣尘上，而日本媒体则自然地将目光投向朱鹮，称利用克隆羊的技术，将冷冻保存的朱鹮细胞移植入中国产朱鹮的卵细胞中，非常有可能让纯日本产朱鹮复活。报道也特别强调了由此带来的问题：那样的朱鹮是否能称为野生动物，甚至于它是否算是动物？它的遗传基因即便与小金或小绿相同，但它能否适应佐渡的自然环境？

春雄与高野久未谋面。离开保护中心后，高野曾来过春雄在两津的家，但他这些年抱恙，多次住院。而且，他的右腿已不听使唤，走路必须有岛陪在身边。高野和岛从生椿搬到新穗村的长子家中，生椿已无人居住，但高野相信总有一天朱鹮会回来，他让岛和长子继续在生椿的一亩五分地上用无农药的方式种水稻。

通往生椿的山路是一条单车道的石子路，随着路面的铺设，从新穗村到生椿的高野故居，开车只需三十分钟不到。不过，尽管已是平成年间，但生椿却依旧没有一根电线杆，和朱鹮生活的那个生椿并无二致。

春雄从旁人那里，听说了高野对于朱鹮冷冻保存计划的看法：技术能否应用还未可知，与其笃信它，还不如借力中国朱鹮，更为有效和务实。这与春雄的观点完全一致。

7月中旬，一封手写的中文信件来到春雄手中，从洋县带来好消息：今年新增朱鹮二十八只。

二十八只中包括自然繁殖的二十一只和洋县朱鹮救护饲养中心繁殖的七只。在去年末八十四只的基础上再增二十八只，总数一百一十二只。中国朱鹮数量到达三位数。各媒体从佐渡TOKI保护会获悉这一消息，将喜讯扩散至全国。

朱鹮的历史，有着可谓残酷的周期性，好消息之后，必有噩耗。中国朱鹮突破百只的消息尚为人们所乐道，高野的讣告接踵而来。

7月27日上午9时20分，高野在医院去世，死于败血症，享年八十四岁。与朱鹮相伴时间最长的人，非高野莫属。他为人敦厚，许多人因朱鹮与他结缘。人们痛惜他的离去，事发后立即从全国各地赶到新穗村高野家中吊唁。

在举行告别仪式的房间里，有一张摄于保护中心的巨幅照片。照片中，高野将脸凑近小金，正做着鬼脸。

"承蒙高野的照顾，小金至今健在，他一定非常欣慰。"

前来吊唁的客人们望着照片，纷纷这样安慰岛和遗属们。

长子带着微笑回应道："可以说，家父爱朱鹮甚于家人。我们都明白，他虽然严厉，却有一颗热爱动植物的细腻而温暖的心。"

因朱鹮而结识的朋友又少了一人，春雄怅然若失。不管是佐渡的菊池、宇治等知己，还是岛外的山阶芳麿、中西悟堂、古贺忠道等业界泰斗，皆已作古。不论自然繁殖还是人工增殖，在保护朱鹮的大旗下相识，奋斗，甚至激烈争辩过的"战友们"都已是耄耋之人，轮番的讣告过后，如今在世的已不多。

春雄自己也满头银发，年近八十。

11月中旬，春雄访问中国西安。新潟与西安之间，即将开通经停上海的航班，为此，两地特设一班名为"友好之翼"的包机。春雄受到邀请，乘机前往位于西安市的陕西省野生动物保护协会。

佐渡TOKI保护会每年向中国捐赠三十万日元"朱鹮保护经费"。捐款尽可能通过中心研究员访问洋县或议员访问西安等机会当面转交。关于这项捐款，为避免佐渡TOKI保护会成为面向全国筹款的主体，募集活动实则由日本鸟类保护联盟以"中国朱鹮保护支援基金"的名义开展。不过，捐款主要来自保护会会员。随着会员的老龄化，社会筹款不足的问题日趋严重，1997

年，三十万日元或难以到位。

为此，媒体于6月面向全国刊文，报道保护会之困境。结果，大量三四十岁的佐渡人入会，佐渡TOKI保护会起死回生。并且，全国鸟类爱好者慷慨解囊，凑足了今明两年的捐款。

一番波折之后，春雄亲手将款项交与秘书处，并介绍了事情的原委。维持朱鹮的生存环境，需要大量的资金。眼下，随着朱鹮数量增加，朱鹮救护饲养中心鸟笼短缺问题日益显现，这笔捐款可谓一场及时雨。由于日程紧张，春雄未能去往洋县，但他对此行的成果颇为满足。

12月中旬，佐渡朱鹮保护人士联络会议在保护中心举行。会议室就在小金所在的检疫楼隔壁。半年未见，小金啄食、整翅，从地面跃上枝头，朱鹮色的双翼色泽鲜亮，十分健康。

不过，小金的身手不再如当年宇治捉住它以及高野彻夜看护时那般敏捷。入所已近三十年，这也是情理之中。春雄虽自觉年轻，但从小金身上也看到了自己的影子。他祈祷小金健康长寿。

从在椎泊谷平匍匐观察，采集鸟类算起，春雄与朱鹮结缘已有半个世纪。他被朱鹮的魅力所折服，甚至放弃了晋升的机会，全身心投入到保护朱鹮的事业上。可惜他的努力并未换来朱鹮遍布佐渡的那一天。

虽然朱鹮从自然界中消失已有十五年，且国内的朱鹮繁殖不尽人意，但保护中心仍然收到大量来自全国的信件和手工海报。寄信人有小学生，也有老年人，他们纷纷对保护中心表达鼓励和支持。还有人为了"保护朱鹮",为了"朱鹮之翼重现蓝天"慷慨解囊。

如今,人们对于朱鹮的关怀也成为春雄的精神支柱。回想起半个世纪前社会对于朱鹮的不闻不问,春雄感到万分欣慰,自己多年的努力并没有白费。

在日本,朱鹮已成为保护自然的象征,拥有极强的社会意义。在学术界,西表山猫、琉球兔、冲绳秧鸡等濒危动物也只能位列朱鹮之后。

春雄最近强烈地感受到,朱鹮的重要性并不仅仅因为它的学名代表日本。试想,若小金死去,"日本朱鹮灭绝"必将引起媒体的极大关注,报纸发表社论,电视台进行专题报道。民众也必将因日本产朱鹮的灭绝而心情沉重,重新思考自然,反思人与动物的关系。到底是为何,朱鹮能这般触动人们的神经?春雄是这样认为的:

朱鹮曾广泛分布于日本列岛,就如同今天的麻雀、绣眼鸟一样,是一种寻常的鸟。数万只朱鹮翱翔长空的景象,早已融入人类的基因,世代相传。想必正是人类的基因里留下了朱鹮的影子,它才让人们如此牵挂。可以说,对朱鹮的情感源于人类的本能。

在完全捕获行动之前,佐渡曾有八千六百六十五公顷的鸟兽保护区,相当于全岛面积的十分之一。然而,1997年12月的今天,保护区面积缩减至七百四十公顷,仅原来的十二分之一,并且，该区域并不在朱鹮曾经的栖息范围内。从数字上看，不得不说，将来朱鹮要想重返佐渡，在自然界中存活是非常困难的。不过，人类总是在绝望中寻求希望。

不管是冷冻保存计划也好，克隆实验也罢，也不论是日本产朱鹮，还是中国产朱鹮，春雄一直憧憬着美丽的朱鹮再度在佐渡的蓝天下起舞。他希望所有未领略过朱鹮之美的人，都能亲眼看到朱鹮飞舞的曼妙身姿。无论是佐渡的朱鹮，还是中国的，在春雄心里，它们都是 Nipponia nippon。

希望固然美好，但令春雄遗憾的是，自己有生之年怕是等不来那一天。

12月下旬，寒风凛冽，初雪将至。某日午后，春雄乘坐巴士，去往阔别十余年的椎泊谷平。他在真木下车，开始登山。当年，他就是从真木村落往上骑行六百米后，放下自行车，徒步赶往谷平。

出村的一小段路已拓宽，并且铺设了路面，然而通往谷平的山路依旧陡峭，与四五十年前，春雄着了魔似的往返谷平的时候一样。虽然春雄坚持每天散步，腿脚无碍，但往昔四十分钟的路程，他足足花了一个多小时，才到达谷平。

谷平，就在眼前。现在有了电线杆，农田也因为减耕政策，部分改种果树，部分废耕。曾经夜宿过的农具屋，不知是塌了还是被拆了，已不见踪影。不过，梯田的田埂和当年朱鹮夜宿的小杉树林一如往昔。

春雄第一次来到谷平是1946年,那时他才二十七岁。回想彼时的光景,谷平可谓大变。然而,熟悉的田埂和朱鹮夜宿的树林让他感到,谷平还是那个谷平。

春雄迎着北风,走走停停。压在胸口的,究竟是关于佐渡与朱鹮的万千情愫,还是北风,他分不清。

(一步错,步步错,就像扣错了扣子。太多人把扣子扣得乱七八糟,也许我,也是其中之一吧。)

1947年11月上旬,春雄生平第一次在谷平见到了朱鹮。晚照中翩跹的朱鹮,如梦如幻。

1952年11月下旬,二十二只朱鹮在谷平度过一整日,傍晚时分,它们齐舞之美无言辞可以形容。

晚霞映入谷平。春雄从背包中取出多年未用的八倍双筒望远镜,朝着以前农具屋的方向走去。在那里,他举起望远镜,匍匐在地,望向前方。

谷平,就在眼前。

那日,二十二只朱鹮沐浴着夕阳起舞的壮观景象,便是朱鹮的遗言吧。

不久,春雄放下了望远镜。

后　记

　　基于一个极为简单的理由，朱鹮在我心中一直占据着一席之地。

　　我上小学的时候，常在各种媒体上看到朱鹮，对它颇为熟悉。尽管我从没见过朱鹮振翅高飞，但感觉就像已见过无数次。由于数量稀少，它被指定为特别天然纪念物、国际保护鸟。这增添了它在我心中的分量。

　　我想，恐怕许多人与我有相似的经历。

　　高中时代，人工增殖的过程屡屡被报道。"作为国际保护鸟和特别天然纪念物，朱鹮是一种极为重要的鸟类。日本国民有义务将它从灭绝的边缘拯救回来。""朱鹮濒临灭绝，每一个日本人都应对此负责。"——我对此类口号甚为不解。

　　即便我试图理解它的重要性来自数量稀少以及 Nipponia

nippon——这个代表日本的学名，然而，为何人们要为保护朱鹮而不遗余力？

我曾想，就算朱鹮从日本消失，我们也不会遭遇多大的麻烦。那人们竭尽全力增殖朱鹮的努力到底意味着什么？

但与此同时，我也感到有一种重要的东西蕴含于保护朱鹮之中。这种东西超越自然保护与特别天然纪念物的范畴，令我难以释怀。

1997年2月，英国克隆羊问世的消息震惊世界。媒体大肆报道称，若仿效此法，1995年死去的最后的日本产雄性朱鹮小绿，将从自己的细胞中重生，朱鹮将重返佐渡的山野。我因而陷入关于生命和伦理的思考之中。

同时，佐渡人与朱鹮是如何相生相伴的，也深深地吸引了我。彼时，我脑海中浮现出佐藤春雄和高野高治二位的名字。知道他们，是在一本杂志的朱鹮专刊上，其中有一篇追忆朱鹮的文章。我当时是个初中生，并不相信日本曾有过佐藤和高野所追忆的二十多只朱鹮齐舞的时代。

其后，我通过电视和报纸，了解到他们二位为朱鹮所做之事。佐藤先生踏踏实实地观鸟，拾粪，呼吁保护朱鹮，并担任"佐渡TOKI保护会"会长；高野先生在担任"朱鹮保护中心职员"之前，便已开始为朱鹮投食。

围绕朱鹮，见仁见智。鼎沸的人声散去，佐渡岛上，春雄、高野与朱鹮相生相伴的故事却余音绕梁。虽然我曾对朱鹮怀有疑问，但他们的故事拥有超越学术知识的说服力，让我产生了一种强烈的认同和共鸣。

1997年3月中旬，我赴佐渡与七十七岁的佐藤先生、八十四岁的高野先生会面。他们热情地接待了我，尽管我的年纪只相当于他们的孙辈，且是初次见面。我们的对话从早上9点持续至晚上7点过。

佐藤先生的家位于两津市，加茂湖北岸。在他家里，有他辛勤收集的大量的粪便标本、脱落的羽毛，以及关于朱鹮的剪报、各种书籍杂志、宣传板与海报等，珍贵的资料云集，可谓朱鹮博物馆。

自从得知佐藤先生其人，我便有一个疑问："'朱鹮灭绝'已经说了好多年，为什么还要站出来保护它？"这也是我问他的第一个问题。

"我把朱鹮看作是生命，而不是鸟。"

佐藤先生微笑，平和地讲了这第一句话。接着，他简短地答道：

"人命是命，朱鹮的命也是命。如果因为横竖都是一死，便置之不理，那人也不需要医疗、福利了。可是，人与人之间，对待病人，我们必定是要帮助，是要安慰的。"

虽然知道朱鹮行将就木，但他作为佐渡人，愿意尽自己的绵薄之力。支撑佐藤先生的，是人心，是爱。

我多年来的疑问有了答案，同时，也终于悟到了蕴含于保护朱鹮之中的那个"重要的东西"。佐藤先生用"人心"为保护朱鹮注入了新的意义。在他眼里，时至今日，朱鹮也并不是所谓的国际保护鸟或特别天然纪念物，而是"生命"。

高野先生的家在新穗村公所附近，那里也存有大量关于朱鹮的资料。虽听闻他反复住院，但他却非常健康，声如洪钟。从生椿的生活、保护中心的日子再到今天，关于朱鹮，他无所不谈。看得出，聊起朱鹮，他无比的开心。战争刚结束，他就在生椿开始投食。"儿时的伙伴饿肚子，我得帮帮它。"这就是高野先生对于朱鹮的情愫，是一种关爱。

佐藤先生和高野先生向我提到了宇治金太郎，并将夫人佳代女士介绍与我。拜访她位于真野町的家时，适逢她的亲戚在场，他们向我讲述了宇治先生的为人以及捕获小金的往事。我还有幸得见了在朱鹮保护圈广为人知的那块蜡烛。当那块小小的"护身符"出现在我眼前，我竟莫名紧张，不由得双手合十。

与高野先生会面的三天后，他再次住院。他于5月回过一次家，其余时间都在医院，直到7月27日故去。向他请教朱鹮之事的，我是最后一人。现在想来，我所听到的，便是他关于所爱朱鹮的"遗言"。

高野先生去世后，我与佐藤先生见了三面。我也再次去到宇治家中，在"护身符"前合掌。我还去了谷平、生椿、宇贺神社以及那片可眺望真野湾的农田，置身于佐渡的春夏秋冬之中，聆听佐藤、高野、宇治的喜怒哀乐交织而成的乐章。

朱鹮必定是一种通人性的鸟，我想。

完全捕获行动之前，五只朱鹮在大平山的上空盘旋，向佐藤先生告别。

宇治先生因忏悔捕获小金而到宇贺神社祈愿。在他最后一次祈愿时，小金化作残烛与他相会。

在朱鹮保护中心，高野先生竭尽心力照顾小金，直至离职。如今，小金是最后一只日本产朱鹮，它入所已三十年，创造了世界鹮类饲养的纪录。对于曾与小金朝夕相伴的高野而言，小金的健康便是对他最好的祭奠。

他们三位对小金的爱是不求回报的。而小金以它自己的方式报答了他们。

通过与佐藤先生、高野先生的对话，我强烈地感受到时代的两面性。

现在，朱鹮作为日本自然保护的象征，受到媒体持续关注。然而，高野先生在生椿投食、佐藤先生成立佐渡朱鹮爱护会的昭和二十年代，纵然朱鹮是天然纪念物，但日本在物质上和精神上都无暇顾及朱鹮。

朱鹮保护活动起势的过程，与朱鹮数量减少的过程是同步的。随着物质的丰裕，朱鹮数量减少，保护活动兴起。总而言之，当今日本，林林总总的野生动物保护活动，正是始于朱鹮。

回顾这一过程，尽管它面临空前的挑战，但保护活动的起点是十分质朴的——"对于生命之爱"。然而，"学名"和"国际保护鸟"的光芒却逐渐吸引了人们的注意力。朝着朱鹮的保护与增殖这一目的,却爆发出各种不同的意见与争论,呈现出不知为何而保护的混乱世态。

这与今天的日本颇为相似。

假如小金死去,媒体必将推出特别节目,安排特别报道。实际上,准备工作已在进行。届时,社会上将出现各种声音,它们的核心意思必将是寻找日本产朱鹮灭绝的罪魁祸首。"责任在政府,因为政府虽指定朱鹮为特别天然纪念物,却未及时采取有效的措施。""人们过于倚重学者的观点。""在开发与保护的取舍上,佐渡呼吁的力度还不够。"议论不外乎这些方面,而结论必定是,受惠于经济高速增长的每一个日本人都应该对此负责。而在我看来,与其追究责任,不如利用这个机会,从根本上反思:佐藤先生所言的"对生命的慈爱",是如何从现代日本消失的。

同时,我也希望人们能重新认识到,"自然与人和谐共生"的意义。

关于各章扉页插入的珍贵照片①。从"朱鹮色的乐园"至"最后的鸟粪"的七张来自佐藤春雄先生;"谷平的晚霞"中,高野先生手托小金的照片来自高野先生家人;残烛"护身符"由宇治佳代女士提供。其中,有曾在报刊杂志上刊载过的,也有从未

---

① 指日语原版中的插图。下文的封面照片亦指日语原版封面。——编注。

公开的。我唯恐日后没有机会将它们一起刊出，经编辑部研究同意，将照片插入文中。

封面照片是动物摄影第一人久保敬亲先生的作品。他于1947年生于佐渡佐和田町。赴东京上大学之前，他都没有见过朱鹮。毕业前，他立志成为动物摄影家，并于毕业前夕的1969年12月，怀着亲眼见见未曾谋面的梦幻之鸟的心情，回到故乡佐渡。久保先生从早到晚在两津市河崎的谷平中寻觅，坚持了十日，却未能如愿。最后一日傍晚，当他已决定返回东京，准备收拾器材之时，偶然一回头，竟有几只朱鹮从农田中飞起。那是久保先生与朱鹮的初次相会。他说："正是在那一瞬间，我立下誓言，要在动物摄影的道路上走下去。"

出版在即，再次感谢佐藤春雄先生、已故高野高治先生、宇治佳代女士等诸多人士给予的帮助。装帧承蒙业界知名设计师三村淳先生费心，特此感谢。

感谢中央公论社继前作《绘神之人——田中一村》之后，再次给予悉心的指导。

最后，隔空向阅读本书的各位读者表示由衷的谢意。

小林照幸
1998年3月

参考文献

（新闻报道、百科事典等省略。再版书籍记录再版时的年份与出版社。）

『トキ保護の記録　はばたけ朱鷺』佐藤春雄（研成社　一九七八年）

『佐渡の野鳥』（両津市郷土博物館　一九八六年）

『トキ保護の記録　特別天然記念物トキ保護増殖事業経過報告書』（新潟県教育委員会　一九七四年）

『両津市とき愛護会記録誌　トキと共に暮らした10年の歩み』（両津市とき愛護する会　一九八五年）

『新穂村の文化財』（新穂村教育委員会　一九九四年）

『朱鷺と人間と　保護活動40年の軌跡』須田中夫（プレジデント社　一九九四年）

『トキ　黄昏に消えた飛翔の詩』山階芳麿・中西悟堂監修（教育社　一九八三年）

『朱鷺物語』春山陽一（朝日新聞社　一九八五年）

『トキ物語』藤原英司（佑学社　一九八六年）

『朱鷺』宮村堅弥（講談社学術文庫　一九八七年）

『愛のキャッチボール』宮崎隆典（ひくまの出版　一九八八年）

『能登のトキ』村本義雄（北国出版社　一九七二年）

『写真集・能登のトキ　幻の鳥を追った五四七五日』村本義雄（能登印刷出版部　一九八二年）

『滅びゆく動物たち』高島春雄（中央公論社　一九五七年）

『滅びゆく動物』藤原英司（保育社　一九七五年）

『どうぶつと動物園』一九八九年十二月号（財団法人東京動物園協会　一九八九年）

『週刊朝日百科　動物たちの地球』15（朝日新聞社　一九九一年）

『日本の野鳥　羽根図鑑』笹川昭雄（世界文化社　一九九五年）

『新潟・鳥のことわざと方言』風間辰夫（野鳥出版　一九八〇年）

『カラー・日本の野生動物』田中光常（山と溪谷社　一九六八年）

『世界大博物図鑑』別巻1　荒俣宏（平凡社　一九九三年）

朱鹮简略年表

（注）佐渡自然界中朱鹮数记录的是当年最大数；人工饲养朱鹮数记录的是年末数。人工繁殖步入正轨的2002年之后，右方"朱鹮数"栏省略。

公历	和历	事　项	朱鹮数			
			佐渡			能登
			小佐渡	大佐渡	饲养	
1835	天保六	荷兰特明克对西博尔德从日本带回的动植物进行分类，给朱鹮取学名 Ibis nippon。				
1871	明治四	大英博物馆格雷将朱鹮学名定为 Nipponia nippon。				
1892	明治二十五	明治政府颁布《关于狩猎之规定》，将33种鸟定为保护鸟，但朱鹮不在其列。此时，朱鹮肉被人食用，羽毛被制成箭羽、毛钩，出口到中国、俄罗斯。据推测，朱鹮数因此骤减。				

续 表

公历	和历	事 项	朱鹮数 小佐渡	朱鹮数 大佐渡	饲养	能登
1908	明治四十一	朱鹮被视为保护鸟。				
1922	大正十一	日本鸟学会发行的《日本鸟类目录》中记载，Nipponia nippon 广泛分布于日本列岛、中国台湾、朝鲜半岛。实际上，大多数地方已无朱鹮。此时，在佐渡，一只绿雉卖 30 钱，一只朱鹮卖 1 元 20 钱到 2 元。				
1926	大正十五	去年，《新潟县天产志》记载，"由于滥捕，朱鹮、白鹭等已经绝迹"，指出朱鹮在新潟县绝迹。8 月，川口孙治郎到访佐渡，听闻佐渡尚有朱鹮栖息，遂向学会报告，引发轰动。				
1927	昭和二	6 月，佐渡支厅悬赏征集关于朱鹮的消息，未收到确切的报告。				
1930	昭和五	6 月，在两津町举办的《东京日日新闻》（现《每日新闻》）的座谈会上，当地居民指出，佐渡现在仍有朱鹮栖息。				
1931	昭和六	10 月，高野高治在新穗村生椿目睹 27 只朱鹮。				
1932	昭和七	5 月，在加茂村和木，有人发现朱鹮营巢。新潟县、农林省派调查团前往。12 月，佐渡岛内 36 个地方设立了"保护朱鹮"的标志桩。				
1934	昭和九	12 月，朱鹮被指定为天然纪念物。	约 100			
1946	昭和二十一	高野高治从本年春开始，在新穗村生椿，为朱鹮提供泥鳅、小河蟹等食物。				
1950	昭和二十五	3 月，新潟县要求佐渡支厅统计佐渡岛内的朱鹮栖息数。	25	10		

续表

公历	和历	事　项	朱鹮数 小佐渡	佐渡 大佐渡	饲养	能登
1952	昭和二十七	2月，报告称，佐渡现有朱鹮24只。3月，朱鹮被指定为特别天然纪念物。11月，佐藤春雄在小佐渡山里，目睹22只朱鹮。	22	2		
1953	昭和二十八	3月1日，佐藤春雄在小佐渡山里救下一只受伤的朱鹮，在两津高中饲养49日。4月，它被送往上野动物园。11月，佐渡朱鹮爱护会成立。	14	8	1	
1954	昭和二十九	2月25日，饲养于上野动物园的朱鹮死亡。5月，朱鹮被选定为新潟县"县鸟"。	12	2		
1955	昭和三十	1月1日起，佐渡将4376公顷土地设定为禁猎区。	12	1		
1956	昭和三十一	8月，有人在石川县羽咋町眉丈山拍摄到朱鹮，本土确认有朱鹮栖息。	11	2		5
1957	昭和三十二	7月，羽咋TOKI保护会成立。此时，佐藤春雄提出，朱鹮并非分为白色和黑灰色两型，它们在繁殖期变成灰色、黑灰色，秋季换羽变回白色。	9			7
1958	昭和三十三	佐渡朱鹮减少至6只，佐渡朱鹮爱护会敦促国家和县里出台保护政策，但未见具体政策。	4	2		5
1959	昭和三十四	2月，两津市、新穗村开始冬季撒食。4月，新穗TOKI爱护会成立。5月，佐渡朱鹮爱护会改组为佐渡TOKI保护会。	4	2		4
1960	昭和三十五	5月，第12届国际鸟类保护会议在东京召开。会上，朱鹮被指定为国际保护鸟。	7	0		3

续 表

公历	和历	事 项	小佐渡	大佐渡	饲养	能登
1961	昭和三十六	1月3日，在新潟县本土的五泉市，一只朱鹮被射杀。1月25日，在新潟县本土的南蒲原郡下田村，发现一具朱鹮尸体。	6	0		5
1962	昭和三十七	10月，佐渡禁猎区（黑泷、和木）设立；12月，新穗禁猎区设立。	6	0		3
1963	昭和三十八	新潟县将佐渡的冬季朱鹮撒食场经费纳入预算。	8	1		2
1964	昭和三十九	11月，能登确认只剩1只朱鹮。	10	0		1
1965	昭和四十	3月，新穗村的部分村有林被收归国有。7月1日，新穗村在黑泷山中救下一只受伤的朱鹮，由高野高治在该村行谷小学饲养，取名"小和"。9月，朱鹮被指定为新潟县"县民之鸟"。同月1日，1只朱鹮幼鸟飞到真野町，10月30日转移至佐和田町。12月5日，它被宫内厅福田嗣夫捕获，送入行谷小学饲养，取名"阿福"。	8	0	2	1
1966	昭和四十一	3月29日，小和死亡。	8	0	1	1
1967	昭和四十二	1月，位于新穗村清水平的新潟县朱鹮保护中心建成。5月，阿福入住中心。6月2日，新穗村黑泷山中从鸟巢里捕获2只雏鸟，取名"小史"和"小弘"。它们被送入新穗村公民馆饲养。7月29日，真野町再度出现1只朱鹮。11月，小史和小弘被送入中心。	9	0	3	1

续表

公历	和历	事项	小佐渡	大佐渡	饲养	能登
1968	昭和四十三	2月15日,饲养于保护中心的小弘死亡。3月15日,饲养于保护中心的阿福死亡。同日,宇治金太郎捕获真野町的朱鹮,送入保护中心,取名"小金"。7月,以人工饲养为目的,上野动物园、井之头自然文化园、多摩动物公园组成朱鹮保护小委员会。8月20日,小史死亡。	9	0	1	1
1969	昭和四十四	2月22日,NHK综合电视台播出《日本的自然——朱鹮》,遭到佐渡朱鹮保护人士诟病。	8	0	1	1
1970	昭和四十五	1月7日,本土最后一只朱鹮在能登穴水町被捕获,同月10日,它被转移至佐渡朱鹮保护中心,3月,被命名为"能里"。7月,通过血液细胞中的染色体,判定小金为雌性,能里为雄性。	9	0	2	1
1971	昭和四十六	3月13日,能里死亡。同月,人们发现朱鹮将营巢地自黑泷山迁至两津市立间的山里。4月,两津市爱护TOKI会成立。	10	0	1	
1972	昭和四十七	5月之后,朱鹮彻底从曾经的营巢地黑泷山消失。	12	0	1	
1973	昭和四十八	国家与佐渡在"人工繁殖"还是"自然繁殖"问题上激烈争论。	10	0	1	
1974	昭和四十九	国家决定,在朱鹮保护中心推进朱鹮人工繁殖。	7	0	1	
1975	昭和五十	野生朱鹮产卵但并未孵化。	8	0	1	
1976	昭和五十一	春季,捕获野生雏鸟的"人工饲养计划"开始实施,但捕获行动失败。	8	0	1	

续　表

公历	和历	事　项	朱鹮数			能登
			小佐渡	大佐渡	饲养	
1977	昭和五十二	春季，雏鸟捕获行动再次失败。	8	0	1	
1978	昭和五十三	春季，计划变更为从巢中取卵，人工孵化后育雏。4月，3颗朱鹮卵被送往上野动物园进行人工孵化，孵化失败，鉴定其为无精卵。同年，围绕自然条件下朱鹮数量不增加的原因，"人敌说"与"天敌说"受到热议。	6	0	1	
1979	昭和五十四	春季，采卵计划实施前朱鹮卵消失，计划遇阻。11月，明确实施"完全捕获"行动，计划将佐渡山中全部5只朱鹮捕获。	5	0	1	
1980	昭和五十五	12月，"完全捕获"行动启动。	5	0	1	
1981	昭和五十六	截至1月22日，5只朱鹮皆被捕获，被命名为"小红""小白""小黄""小绿"和"小青"，送入保护中心。朱鹮从日本自然界消失。5月23日，中国陕西省洋县宣布，发现7只朱鹮。6月，完全捕获的5只朱鹮性别明确，仅小绿为雄性，其余皆为雌性。同月17日，小黄死亡；7月9日，小红死亡。	5	0	4	
1982	昭和五十七	3月，小绿与小白配对，持续至次年。			4	
1983	昭和五十八	4月13日，小白死亡。小白死后，小金与小绿配对。			3	
1984	昭和五十九	2月，小金与小绿频繁交尾，但交配失败。			3	
1985	昭和六十	6月，以保护、增殖朱鹮为目的的"日中野生鸟兽保护会议"召开，两国就合作达成共识。10月，中国朱鹮"华华"来到日本，开始与小金配对。			3	

续 表

公历	和历	事项	朱鹮数			
			佐渡			能登
			小佐渡	大佐渡	饲养	
1986	昭和六十一	6月5日,小青死亡。日本产朱鹮仅剩雄性小绿与雌性小金这一对。			2	
1987	昭和六十二	华华与小金持续存在交配行为,租借期延长1年。			2	
1988	昭和六十三	小金与华华进行交配,但无果。			2	
1989	平成一	春季,小金的羽毛未变成繁殖羽,纯日本产朱鹮灭绝已成定局。11月,华华返回中国。本年,中国在人工孵化上首获成功,孵出2只雏鸟。中国朱鹮总数42只。			2	
1990	平成二	3月,小绿被送往北京动物园,开始与窈窈交配。			2	
1991	平成三	继上一年后,小绿与窈窈之间继续出现交配行为。			2	
1992	平成四	3月,小绿与华华第三年交配,产下2颗卵,但未能孵化,被判定为无精卵。9月,小绿回国。日本产朱鹮灭绝已无悬念。			2	
1993	平成五	11月,位于新穗村清水平的朱鹮保护中心迁往该村的长亩,更名为"佐渡朱鹮保护中心",对外开放。			2	
1994	平成六	细川首相、李鹏总理举行日中首脑会谈,决定将一对中国朱鹮借与日本。陕西省洋县的雄鸟龙龙与雌鸟凤凤于9月抵达佐渡。12月13日,龙龙死亡。			2	

续　表

公历	和　历	事　项	朱鹮数 小佐渡	朱鹮数 大佐渡	饲养	能登
1995	平成七	4月，小绿与凤凤开始配对。同月17日，它们产下2颗卵，成为日本朱鹮饲养史上首例产卵。截至27日，它们共产下5颗卵。30日，小绿死亡。所有卵皆未孵化。6月，凤凤回到中国。			1	
1996	平成八	春季，中国朱鹮达到84只。			1	
1997	平成九	春季，中国朱鹮共计112只。			1	
1998	平成十	11月，江泽民国家主席访日，宣布将人工增殖的雄鸟友友、雌鸟洋洋赠予天皇。			1	
1999	平成十一	1月，友友和洋洋抵达佐渡朱鹮保护中心。春季，小金在中心迎来入所第32年。4月22日，洋洋产卵，其后，同月24日、29日及5月5日再次产卵。5月21日，日本首次人工孵化取得成功。7月，经面向全国儿童征集意见，这只雄性雏鸟被取名"优优"。			4	
2000	平成十二	5月，洋洋产卵。新新（雄鸟）、爱爱（雌鸟）诞生。10月，中国送美美（雌鸟）至佐渡朱鹮保护中心，与优优配对。			7	
2001	平成十三	友友与洋洋、优优与美美新产下11只雏鸟。佐渡朱鹮保护中心朱鹮数共计18只。基于当年的成绩，新潟县环境计划课推测2006年将达到100只，计划于2007年尝试放生，期待通过放生后的朱鹮繁殖，实现野生朱鹮的回归。中国朱鹮共计328只（洋县野生155只，人工饲养145只，北京动物园饲养28只）。			18	

续　表

公历	和　历	事　项	朱鹮数			
			佐　渡			能登
			小佐渡	大佐渡	饲养	
2002	平成十四	友友与洋洋、优优与美美新产下12只雏鸟。				
2003	平成十五	3月，环境省制定"环境再生蓝图"，力争于2015年在曾经的栖息地小佐渡山脉东部实现60只朱鹮定居。作为朱鹮回归野生的第一步，自2008年起，开始实施试验放生。截至5月，3对朱鹮产下18只雏鸟。10月10日，最后的日本产朱鹮小金死亡，纯日本产朱鹮灭绝。其推定年龄36岁，创下世界鹮类人工饲养最长纪录。				
2004	平成十六	3月，佐渡的市、町、村合并，佐渡市成立。本年，5对朱鹮产下19只雏鸟。				
2005	平成十七	本年，7对朱鹮产下22只雏鸟				
2006	平成十八	本年，9对朱鹮产下18只雏鸟				
2007	平成十九	11对朱鹮产下14只雏鸟。佐渡朱鹮保护中心朱鹮数突破100只。在佐渡市新穗正明寺的山间20公顷土地上，佐渡朱鹮保护中心野生回归站及环境省佐渡自然保护官事务所设立。11月，中国送来2只朱鹮，13只朱鹮返还中国。12月，为应对传染病，4只朱鹮被移送至多摩动物公园（东京都日野市）。这是首次实施分散饲养。				
2008	平成二十	本年，20对朱鹮产下29只雏鸟。9月25日，第1次放生。硬放生。时隔27年，自然界中再现朱鹮。11月，环境省公布，放生的10只（5只雄鸟、5只雌鸟）朱鹮中，有1只穿越佐渡海峡，出现在新潟县本州一侧的关川村。				

续 表

公历	和 历	事 项	朱鹮数 小佐渡	朱鹮数 大佐渡	饲养	能登
2009	平成二十一	佐渡市农业实行《人与朱鹮共生之乡认证制度》。本年，18对朱鹮产下43只雏鸟。第2次放生采用打开佐渡朱鹮保护中心临时鸟笼的软放生方式。19只（雄鸟8只、雌鸟11只）于9月29日至10月3日期间陆续飞离。11月，10只朱鹮返还中国。				
2010	平成二十二	1月，4只朱鹮移送至石川动物园（石川县能美市）。这是分散饲养的第二地点。3月，貂闯入佐渡朱鹮保护中心野生回归站驯化笼，训练中的朱鹮9只遇袭死亡，1只受伤。时隔31年，自然界中发现朱鹮的营巢行为。4月，确认6对朱鹮出现繁殖行为，5对产卵，但皆未孵化。11月，第3次放生，13只（雄鸟8只、雌鸟5只）从野生回归站驯化笼通过软放生方式回到自然界（1日至6日）。此后放生沿袭此法。				
2011	平成二十三	1月，4只朱鹮被移送至出云市朱鹮分散饲养中心（岛根县出云市）。这是分散饲养的第三地点。3月，第4次放生，18只（雄鸟10只、雌鸟8只）离开（3月10日至13日）。同月，发现7对朱鹮营巢，皆成功产卵，但与去年一样，都未孵化。6月，联合国粮食及农业组织将佐渡市认定为世界农业遗产。9月，第5次放生，18只（雄鸟11只、雌鸟7只）飞离（9月27日至28日）。10月，新潟县内第一处分散饲养地长冈市朱鹮分散饲养中心接收4只朱鹮。12月，8只朱鹮返还中国。本年，中国野生朱鹮约900只，饲养朱鹮约600只。				

续 表

公历	和 历	事 项	朱鹮数			
			佐 渡			能登
			小佐渡	大佐渡	饲养	
2012	平成二十四	4月22日，一对放生的朱鹮孵化出雏鸟。时隔36年，自然界中有朱鹮卵孵化。截至6月，共诞生8只雏鸟，均顺利离巢出飞。6月，第6次放生，13只（雄鸟10只、雌鸟3只）于6月8日至10日期间离开佐渡朱鹮保护中心野生回归站。9月，第7次放生，17只（雄鸟3只、雌鸟14只）于9月28日至10月1日期间飞离。12月16日时，国内朱鹮饲养数182只（雄鸟87只、雌鸟80只、未确认15只），其中，朱鹮保护中心119只（雄鸟55只、雌鸟53只、未确认11只），野生回归站18只（雄鸟9只、雌鸟9只），多摩动物公园（非公开）9只（雄鸟5只、雌鸟4只），石川动物园（可通过屏幕参观）13只（雄鸟7只、雌鸟6只），出云市朱鹮分散饲养中心10只（雄鸟3只、雌鸟3只、未确认4只），长冈市朱鹮分散饲养中心13只（雄鸟8只、雌鸟5只）。				
2013	平成二十五	2月12日，环境省就第1次至第7次放生后的朱鹮数发出如下公告：放生108只，存活67只，失踪（消失半年以上）3只，视为死亡（消失1年以上）31只，死亡（确认尸体）5只，保护、收容2只，野生条件下新生8只。3月30日，佐渡朱鹮保护中心佐渡市朱鹮体验设施（爱称：朱鹮体验广场）正式运营，并计划饲养朱鹮。				

佐渡全图

2004年3月，佐渡所有市、町、村（两津市、相川町、佐和田町、金井町、新穗村、田野町、真野町、小木町、羽茂町、赤泊村）合并为佐渡市。市政府设在旧金井町。现在，旧市、町、村名被称为两津地区、新穗地区。本书正文与1998年4月出版的本书单行本保持一致，仍使用合并前的市、町、村名。本地图亦为当时的市、町、村区域。

佐渡海峡

内海府

和木
白濑
羽吉

相川町

金北山

大佐渡山

两津市

两津湾

加茂歌代

金井町

佐渡空港

两津港

椎泊

两尾

水津

佐和田町

加茂湖

河崎

真木

片野尾

佐渡朱鹮保护中心

久知川

下久知

两津市

新保

长亩

清水平

生椿

月布施

国中平野

新穗村

四十八重关

东强清水

真野湾

黑泷山

国见山

赤玉

野生回归站

真野

立间

丰冈

小佐渡山

田野町

仓谷

真野町

田切须

松崎

西三川

赤泊村

羽茂町

赤泊港

小木町

小木

小木港

佐渡市新穗长亩的佐渡朱鹮保护中心、2007年开设于佐渡市新穗正明寺的该中心野生回归站按照年表、文库版后记所述，在本地图上一并标明。

338　朱鹮的遗言

文库版后记
朱鹮、人、佐渡

2012年4月22日，环境省通过架设在离朱鹮筑巢的树木约四十米远的观察用录像机，发现一对放生后的朱鹮孵化出雏鸟。时隔三十六年，自然界又诞生了小朱鹮。闻讯，当晚9点过，媒体进行了报道："放生朱鹮产下后代。"次日，此事登上全国性报纸以及《新潟日报》、各地方报的头版头条。各报社还在社会版上进行了重点报道。电视台也将其作为头条新闻。

这一天将载入史册。从2008年9月起至今，五次试验放生终于取得了成果。朱鹮曾一度从日本的自然界中消失。我们通过在佐渡朱鹮保护中心进行人工繁殖，并在当地社会的支持下，推广无农药、低农药稻米栽培，对觅食地进行原生态改造，使得朱鹮回归野生，让人与自然共生的意义与价值深入人心。两只亲鸟都是于 2011 年 3 月，通过第四次放生回到自然界的，雄鸟三岁，雌鸟两岁。

一周前的 4 月 15 日，佐渡市的佐藤春雄先生迎来了九十三岁的生日。可以想象，他是多么的激动。试验放生开始之后，佐藤先生曾说过一段话：

"朱鹮有时会出现在我家后山的松树上。出院回到家，要是来了朱鹮，妻子（照子）、家人以及邻居会说，它可是来庆祝你出院的；要是身体状况不好的时候，朱鹮来了，他们会说，它来看望你了。"佐藤先生笑着，接着说：

"虽说是偶然，但他们这么一说，着实让人高兴。我曾以为，佐渡的天空再次出现朱鹮，不知道是多遥远的事，我有生之年怕是等不到了。我觉得，有朱鹮的鼓励，我才活到今天。"

佐藤先生为了保护朱鹮，倾尽半生心血。我不禁想，或许是他的付出感动了朱鹮。特别是当我听闻了下面这件事，这样的感受愈发强烈。

"4 月 22 日傍晚，我看见一只朱鹮降落到我家附近的田里。它先是飞起来，然后又落了下来。我想，在这一带，明治之后应该就再没有过朱鹮降落到居民附近的田里了。"

是日夜，佐藤先生接到环境省的电话："放生朱鹮产下了雏鸟。"

"我的确盼着今年能有好消息，没想到竟然成了真。家人都说，朱鹮降落到田里，是来向你报告，小朱鹮生了。"

对于追踪放生朱鹮的动向，参与生态观察的当地志愿者功不可没。其中，便有一位佐藤先生担任两津高中野鸟部顾问时他的学生。虽说是学生，其实已年逾花甲。

2012年，放生朱鹮共产下八只雏鸟，且八只全部顺利离巢出飞。这是三十八年来未曾有的。人们借此认识到保护大自然与村庄的重要性。环境省表示，即便从1999年度算起，投入到朱鹮的野生回归事业上的经费已超三十亿日元。也许有人认为，取得成功是理所当然的，然而，纵观佐渡的朱鹮历史，我不得不感慨："能走到今天，着实不易。"2008年9月试验放生时我也怀着同样的心情。

本书的单行本于1998年4月由中央公论社（现中央公论新社）发行，2002年3月被收入中公文库。在单行本发行十五年后，此次得到文春文库的垂青，我感到光荣之至。之所以能得到再版的机会，我想与围绕朱鹮的社会环境的新变化有关。纵然日本产朱鹮最终绝迹，但有赖于中国产朱鹮的引入与繁殖，人与自然共生、生物多样性引发了社会的持续关注。

重读拙作，感触良多。在"谷平的晚霞"一章中，当时的佐藤先生希望："不管是通过克隆技术延续的日本产朱鹮的血脉也好，还是中国产朱鹮也罢，只要美丽的朱鹮再度在佐渡的蓝天下起舞……"虽然朱鹮扎根野生的路还很漫长，但我为佐藤先生在有生之年得偿所愿而感到由衷的高兴。

我从1997年3月开始搜集本书的素材，历时约一年。当时，佐渡仅有一只朱鹮——佐渡朱鹮保护中心饲养的日本产最后的朱鹮小金。我开着租来的车，四处寻觅朱鹮的故事，抬头望向天空，"浅粉色的双翼曾在这片天空下，这山中起舞"，令人伤感。因此，我将书名取作"朱鹮的遗言"，而且，我想不出第二个名字。

所以，单行本发行之后，一连串的事件令我感到惊讶：1998年11月，中国国家主席江泽民先生访日，宣布将向天皇赠送两只人工繁殖的中国朱鹮；试验放生以及放生朱鹮产卵并成功孵化。

完全捕获行动之后，日本产朱鹮已从佐渡的天空中消失。我深知，让一度消失的野生生物重返自然之难，人与自然共生之难。探索冷冻保存、克隆技术，人工增殖朱鹮，修复村庄和山谷，使朱鹮重回佐渡的山野——与其进行这样的尝试，不如探究朱鹮灭绝的原因，并将这样的智慧传给子孙，避免别的生物步朱鹮的后尘。

可是，我如此近乎顽固的想法，在见到佐藤先生、已故高野高治先生之子毅先生等佐渡人之后竟消解了。1999年1月，中国赠予天皇的一对朱鹮——友友（雄鸟）与洋洋（雌鸟）入住佐渡朱鹮保护中心。同年5月，我国在它们身上取得人工孵化的首次成功，产下的雄性朱鹮雏鸟被取名"优优"。

一个月之后，我前往佐渡。优优的出生成为重大社会新闻，包含朱鹮资料展览馆在内，中心隔壁的朱鹮之森公园被旅游大巴围得水泄不通。而1997年我在佐渡采访时，中心仅小金一只朱鹮，资料馆门可罗雀。

以优优出生为契机，媒体开始呼吁朱鹮回归野生。由此，完全捕获之后面貌大变的佐渡，必须修复自然环境。在我看来，最紧要的课题是，如何取得农林业从业者的支持和理解。我感到，住在城市而非佐渡的人们，保护自然的诉求强烈，而住在佐渡的人却并非全都期望朱鹮回归野生。

"今后，一旦开始试验放生，农业将受到影响。减少农药，将增加除草的工作量，这对于本就苦于人口减少和农业人口老龄化的佐渡而言，无疑是雪上加霜。"

"以前，政府不许我们吓到朱鹮，一有朱鹮降落到水田里，就不得不停下手里的活儿。"

朱鹮回归野生之路，道阻且长。并且，难题之后必定还有难题。而另一方面，日本产朱鹮已然灭绝，放生中国产朱鹮是否有意义？

研究称，中国产朱鹮与日本产朱鹮的DNA相同，甚至不存在亚种之间的区别，放回佐渡的山野是不成问题的。遗传分析虽然如此，但人们看中"Nipponia nippon"这个学名，"此朱鹮非彼朱鹮"的声音确实存在。

我拜访佐藤先生，道出了心中的困惑：虽然小金尚在，但日本产朱鹮事实上已绝后。对于中国产朱鹮育雏一事，不知如何看待为好？佐藤先生不假思索道：

"鸟有翅膀，国境不是障碍。"

保护朱鹮超过半个多世纪的佐藤先生的一句话，让我卸下了内心的包袱。然而，从佐渡的现状出发，是否让朱鹮回归野生，确有诸多现实问题需要考量。

次年（2000年）5月，友友、洋洋产下"新新"（雄鸟）和"爱爱"（雌鸟）。同年10月，优优与借自中国的美美配对。2001年，两对朱鹮新产下十一只雏鸟，佐渡朱鹮保护中心朱鹮数达到十八只。基于2001年的成绩，新潟县环境计划课预计2006年达到一百只，表示将于2007年开始试验放生，并期待放生朱鹮进行繁殖，扎根野生。当然，这是在环境省的指导下所作的计划。

由此，就人工繁殖的朱鹮放回山野的条件，佐渡开始了全方位的讨论。首要课题是无农药、低农药稻米种植和对觅食地进行原生态改造。

高野毅先生在生椿的水田成为当之无愧的样本。1981年1月完全捕获之后的二十余年，他怀着"为了朱鹮回到生椿的那一天"的信念，继承父亲的衣钵，在一亩五分梯田上，坚持着无农药的耕作方法。有其父必有其子。对于包括小孩子在内的佐渡的人们，生椿是绝好的参观学习场所。那里看不见电线和电线杆，可以学到朱鹮回归野生所必要的东西。

2001年，小金的饲养时间已至第三十四年。同年7月28日，在位于东京新宿的安田生命剧场，NPO法人青鳉鱼学校举办了题为"援助朱鹮之岛佐渡研讨会　飞翔吧朱鹮"的研讨会。来自佐渡的近迁先生、新穗村村长、新穗村中采用无农药耕作的人士以及环境省自然环境局野生生物课课长等人出席。我也有幸参加。在会上，近迁先生这样形容小金的健康状况：

"它每一天都在展示着朱鹮这种鸟的勃勃生机。"

媒体报道，人工繁殖产下的朱鹮在笼中长大，飞行能力逐渐增强。与此同时，也有人担心它们的飞行能力能否适应野外的环境。对此，守护朱鹮三十余年的近迁先生毫不犹豫地说："它们飞行的能力是强大的，即便身处笼中。在自然界飞行没有问题。"

2003年3月，环境省制定"环境再生蓝图"，拟自2008年起开始试验放生，并以此为回归野生的第一步，力争约十年后的2015年，在曾经的栖息地小佐渡山脉东部实现六十只朱鹮扎根的目标。

为了实现这一目标，政府将耗时三年时间，在佐渡市新穗正明寺山间的二十公顷土地上，修建佐渡朱鹮保护中心野生回归站。回归站将配备驯化笼、繁殖笼、管理塔、投食塔、观察塔和原生态觅食地等。

朱鹮将在驯化笼接受回归自然的训练。驯化笼占地四千平方米（长八十米、宽五十米），高约十五米，有足够的飞行空间。内部有九块模仿梯田的水池，周边移植了树木，让朱鹮在接近野生的环境里，训练飞行和觅食能力，和不同年龄的朱鹮一起过群居生活，培养社会性。

在当地居民、政府以及NPO、志愿团体、企业、大学等的共同努力下，各项工作顺利推进。人们修复梯田，推广无农药、低农药耕作，养护草地，改造水管、水渠，小朋友也加入到休耕田的原生态改造中来。重视生物多样性与生态系统的时代来临，人们喊出口号："创造一个让朱鹮安居的环境，才是发展的真正目的。"朱鹮是日本保护自然的第一个对象，也是自然保护活动的象征，从这句口号可以看出朱鹮保护史的重要性。

在这样的背景下，同年10月10日，最后一只日本产朱鹮小金死去，纯日本产朱鹮灭绝。小金推定年龄三十六岁，创下世界鹮类人工饲养最长纪录。

小金死后，佐渡朱鹮保护中心在院内修建了供奉塔，它的标本展示于朱鹮资料展示馆。佐藤先生在自家佛坛为小金立了牌位，上书他为小金取的法名："金翔院日中交流桥梁女居士之位"。小金死亡的次月（11月），为加快实现环境省的"环境再生蓝图"，环境省、各市民团体等成立"朱鹮回归野生联络协议会"，由高野毅先生任会长。（该会于2009年第二次放生行动后解散。）

2004年3月，佐渡所有市、町、村（两津市、相川町、佐和田町、金井町、新穗村、田野町、真野町、小木町、羽茂町、赤泊村）合并为佐渡市。

小金死后，每年朱鹮的饲养和繁殖都进展顺利，2005年9月佐渡朱鹮保护中心饲养的朱鹮达到八十只。

另一方面，2005年1月，刚进入新年，环境省野生生物课宣布，要将朱鹮送往上野动物园、多摩动物公园（东京都日野市）等全国各地分散饲养，最早于2007年前后实施。分散饲养是保护增殖工作的一环，意在防止朱鹮因感染禽流感等疾病全部死亡。各地纷纷向环境省递交接收申请。

关于分散饲养的决定，环境省并未事先与佐渡方面沟通。当地人士通过《新潟日报》获悉此事，激愤不已。《新潟日报》2月10日晨刊登出了高野毅先生题为《震怒！"分散饲养"》的投稿。以下为部分引用。

"若是为了让游人不必舟车劳顿登临佐渡岛，便可在动物园观赏朱鹮，这一政策真可谓滑稽可笑，完全背离人工饲养的初衷。这一危险的计划已脱离保护增殖的本质，沦落为动物园招揽游客的伎俩。（中略）诚然，从防止Nipponia nippon这一生物毁灭的角度，我可以理解紧急分散保护政策的必要性，但决定的出台未与当地商议，这是对地方保护精神的蔑视与抹杀。（中略）家父高治投身朱鹮保护四十余年，他常说：'眼中不可只有朱鹮，这一方水土中，有人，才有朱鹮。'"

高野先生的投稿在当地和新潟县引发了强烈共鸣。从放生到自然条件下的繁殖，回归野生之路已越过数座山丘。

如年表中所记录的，最终，为对抗传染病，2007年12月四只朱鹮被移送至多摩动物公园。实施第一次分散饲养之后，石川动物园（石川县能美市）、出云市朱鹮分散饲养中心（岛根县出云市）、位于新潟县长冈市的长冈市朱鹮分散饲养中心先后接收了朱鹮，国内分散饲养场所遍及四处。一方面，各地出生的雏鸟长大后，被送回佐渡朱鹮保护中心准备放生，另一方面，保护中心也向各地移送新的朱鹮。为了维持朱鹮种群，人们做着不懈的努力。

2007年，佐渡朱鹮保护中心的朱鹮数突破百只，佐渡朱鹮保护中心野生回归站和环境省佐渡自然保护官事务所设立。繁殖进展顺利，野生回归站开始对朱鹮进行回归野生训练，试验放生指日可待。

2008年9月25日。佐渡迎来第一次试验放生。放生现场位于佐渡市新穗正明寺一片收割后的水田里。从上午9点55分开始，UX新潟电视21台特别节目《朱鹮重回佐渡的天空》对此次放生进行了一个小时现场直播。该台是新潟县内五家电视台（包括NHK）中唯一通过直播记录这一历史瞬间的。我作为节目嘉宾，在演播厅里观看。

我于前一日来到新潟市。《新潟日报》推出专版报道，新潟火车站内、老街等市内闹市区沉浸在庆祝朱鹮放生的喜悦气氛之中。尽管朝鲜绑架问题、2004年中越①地震、2007年中越海上地震余波未平，但作为提升新潟县的形象的重要事件，人们对朱鹮放生寄予了巨大的期待。而"中国朱鹮非日本朱鹮"的论调也销声匿迹。

---

① 中越地区，位于新潟县中部。

我也受到感染，激动万分。"能走到今天，着实不易。"我不由得对投身朱鹮保护的人们心生敬佩。首次人工孵化成功，优优诞生时，我曾认为佐渡因人口流失，老龄化严重，无农药、低农药农业的推广和自然修复难以实现。因此，对未来朱鹮回归野生持悲观态度。现在想来，我感到十分惭愧。

9月25日上午10点半过，天阴。主要以当地人为主的约一千七百人聚集在佐渡市新穗正明寺的水田前。十只各装有一只朱鹮的木箱放在会场上。其中，雄鸟五只，雌鸟五只。这十只朱鹮是佐渡朱鹮保护中心野生回归站通过飞行、觅食、社会性等各项训练，并经健康评估后选拔出来的。

为便于日后监测，所有朱鹮都戴上了足环，并对部分羽毛进行了染色。十只中的六只，背部放上了GPS（卫星定位系统）信号发射器。这一系列手段有助于个体识别和对飞行、觅食行动的观察，将被用于今后的放生活动中。

佐藤先生戴着白手套，伫立在其中一只箱子旁。箱子上缠着红白色的带子，只要剪断它，箱盖倒向前方，朱鹮便会飞出。

首先，秋筱宫夫妇剪断了带子。一对朱鹮注意到周围，并未立刻升空。一会儿，它们强有力地振动双翅，直上云霄。在欢呼声中，它们先是在水田上空盘旋，后飞向远方。

1981年1月完全捕获行动以来，佐渡上空再无朱鹮。今天，它们回归了。新潟县朱鹮保护中心开设四十余年，终于实现了一大目标。振翅的声音传到演播室，第一只朱鹮升空的瞬间，我无法用言语表达内心的激动。余下的箱子被打开，八只朱鹮展翅飞去。

我在直播间采访了现场的佐藤先生。"祝贺！"是我的第一句话。投身朱鹮保护六十余年，他的耕耘在今天迎来了绽放的时刻。

本书"谷平的晚霞"章节扉页，有一张高野高治先生右手托着小金的照片。他的儿子毅先生将那张照片怀抱在胸前，见证了整个放生过程。

放生后不久，佐渡下起了雨。此外，《新潟日报》发布号外，并在晚刊上进行了重点报道。当晚，我给佐藤先生家里打了电话。

"六十多年的保护生涯，今天是最高兴的一天。雨现在也没停。完全捕获之前，但凡遇到下雨、下雪或大风天，我总会担心朱鹮的冷暖。时隔二十七年，终于又有了这样的担心。希望它们尽快找到觅食地和夜宿地，和同伴一起好好生活。"

不过，朱鹮却并未如佐藤先生所期待的结群活动，而是各有去向，这令专家也感到意外。一个月后的10月23日，佐藤先生受邀参加秋季园游会，他与妻子照子一道离开佐渡，来到赤坂御苑[1]。当晚，我在东京都内他们二位住宿的酒店见到了佐藤先生。

"等待两位陛下时，下起了雨，这让我想起了放生的那天。

---

[1] 赤坂御苑是赤坂御用地中央以池塘为中心的回游式庭园，常作为天皇主办园游会的会场。

陛下说，希望朱鹮像鹳一样，在野外繁衍壮大；美智子皇后说，离开朱鹮的日子，你们一定分外想念吧。正如陛下所言，要等到这十只朱鹮顺利越冬，平安度过2月至6月的繁殖期并孵化出雏鸟，这次放生才算是成功。对于2015年让六十只朱鹮在佐渡的山野扎根这个目标，我们只是迈出了第一步而已。"

从优优诞生之日起的九年间，佐渡大力推行安心安全的稻米种植——低农药、无农药种植。因为泥鳅、青蛙、田螺等朱鹮的食物都生活在水田之中。可以说，没有对这一问题的关注，就没有今天的试验放生。

2008年，佐渡市在全岛实现农药、化肥用量减少三成的目标。结果，当年佐渡产的大米销售一空。因为7月至9月，部分企业将霉变或受农药污染的问题大米作为食用米销售的事件被曝光，问题米流毒甚广，烧酒、点心、医院食堂等皆未能幸免，极大刺激了公众的神经。大米安全广受关注的背景下，大米之乡新潟县大力发展环保型农业，生产安全大米的消息，通过朱鹮放生的报道被大家所知晓。

而且，佐渡市为推进农业与朱鹮和谐共生，自2008年起导入《人与朱鹮共生之乡认证制度》。"人与朱鹮共生之乡认证米"须满足如下条件。

- 须种植于佐渡。
- 农家须通过新潟县制定的生态农场认定。（接受地质调查，培土、化学农药减量、化学肥料减量等技术手段合格。)

● 种植期间使用的化学农药、化学肥料须较常规种植（普通农家按照各地的种植指南，使用普通剂量农药与化肥所进行的种植）减少一半以上。

● 须采用"生物培育耕作法"。

所谓"生物培育耕作法"，不仅要将化学农药、化学肥料的用量削减一半以上，还要培育水田里或周边的鱼、昆虫等水边的生物，吸引以它们为食的朱鹮、鹭等鸟类，维持生态系统的丰富性。具体而言，有以下四个要点。

● 在水田侧面开凿宽六十厘米左右的水沟，让它与水田相通，保持储水状态。(使青蛙、泥鳅、田螺等生物在农田放干水之后也可存活。)

● 冬季水田不放干水，保持储水状态，全年为生物提供适宜的环境。(朱鹮曾活跃在自然界中的年代，佐渡的水田冬季始终保持储水状态。朱鹮正是降落到那样的田里觅食。朱鹮从自然界中消失后，冬季，水田不再储水。如今恢复储水，有利于维持生态系统，也可提高春耕的效率。)

● 在水渠中设置鱼群通道，将数块水田及河流相连，形成大范围的生态系统。

● 对水田周边实施原生态改造，培育各种各样的生物。

佐渡市农业再生协议会对上述要点进行现场验收，农户在醒目位置安放"人与朱鹮共生之乡认证"的牌子。

加入该制度的农户，有义务对水田中的生物进行一年两次的调查（6月的第二个周日和8月的第一个周日）。调查由农户自己开展，通过把握生物的数量、种类的增加情况，提高对于安全安心稻米的自信。

通过该制度认证的大米，被装入贴有"人与朱鹮共生之乡认证米"的袋子里，通过互联网等渠道，运往首都圈的超市、米店。

2009年之前，佐渡产的"越光米"等都接受新潟县的认证，而佐渡市并没有属于自己的认证制度与品牌大米。自2009年起，佐渡市开始销售自己的品牌大米"朱鹮米"，每销售一公斤，将向佐渡市朱鹮环境整治基金捐赠一日元，用于改善朱鹮的觅食地等环保事业。

无农药、低农药种植造成农业产量降低，水沟的设计又使得耕作面积缩小。农户的收入受到影响。但即便如此，农户仍接受了这种保护朱鹮的农业模式，因为人们意识到，在水田中啄食的朱鹮，已成为大米安全性的保证。

据媒体报道，放生时，朱鹮振翅有力，其后，也有人见到它们在觅食地啄食的身影。不过，11月，一则惊人的消息传来。

本月8日，环境省发布，十只放生朱鹮中的一只雌鸟，出现在新潟县本州一侧的关川村。环境省称，上一次在本州出现朱鹮，已是三十八年前的事了。从足环的颜色判断，这只朱鹮还曾于10月27日出现在关川村附近的胎内市。关川村距离佐渡市的放生现场约有一百公里。它轻松飞越了佐渡海峡。

有人担心，冬季食物减少，且觅食地被白雪覆盖，朱鹮能否顺利越冬。次年（2009年）3月，有一只朱鹮先后出现在长野县北部的信浓町、长野市和木岛平村。有人看见它在木岛平村的有机农业水田中啄食泥鳅。

虽然有人指出，繁殖季出现落单的朱鹮并非好消息，但它旺盛的生命力让我对朱鹮雏鸟的诞生以及朱鹮扎根野生充满信心。（此后，本州多处有人目击到朱鹮。最东端，朱鹮曾出现于宫城县角田市［2009年4月］；最西端，它们曾现身于福井县芦原市［2010年3月］；最南端和最北端，它们曾到达长野县佐久穂町［2010年12月］和秋田县仙北市［2011年1月］。通过身份确认，角田市和芦原市出现的朱鹮为同一雌鸟，佐久穂町和仙北市的为同一雄鸟。）

在野外对朱鹮进行观察的人们报告称，朱鹮并未结群行动，有被乌鸦、老鹰追逐的情况。朱鹮成群，既便于配对，也可躲避乌鸦、老鹰的袭击。于是，2009年9月第二次放生时，人们在放生方法上下了功夫。

上次放生采用的是"硬放生"，即强制朱鹮从木箱中飞走。

专家在分析 2009 年繁殖期未见朱鹮配对时指出，问题出在硬放生。放生时受到群众的惊吓，朱鹮才各自飞走，未能结群。之后的放生方式将采用让朱鹮自由飞离的"软放生"方式。9 月 29 日至 10 月 3 日期间，佐渡朱鹮保护中心打开临时鸟笼，十九只（雄鸟八只、雌鸟十一只）先后离开。

可是，2010 年 3 月，一则坏消息传来。貂闯入野生回归站的驯化笼（试验放生前的适应性训练），训练中的九只朱鹮遇袭身亡，一只受伤。经调查，制作鸟笼虽慎之又慎，但却没料到小动物可从缝隙中闯入。

坏消息过后也有好消息。同样在 3 月，时隔三十一年，自然界再次出现朱鹮营巢。4 月，人们发现六对朱鹮有繁殖行为，其中五对产卵。虽然卵均未孵化，但这已是进步。

同年 11 月，第三次试验放生。十三只（雄鸟八只、雌鸟五只）从野生回归站的驯化笼中飞出（11 月 1 日至 6 日），通过软放生回到自然界。此后的放生均沿袭软放生的方式。

2011 年 3 月，第四次试验放生。十八只（雄鸟十只、雌鸟八只）回归自然（3 月 10 日至 13 日）。同年 3 月，七对朱鹮筑巢且皆产卵，但与上年相同，没有卵孵化成功。

2011 年 6 月，佐渡市被认定为全球重要农业文化遗产。这是自 2008 年起实施的《人与朱鹮共生之乡认证制度》的成果。

全球重要农业文化遗产被称为"GIAHS"，是 FAO（联合国粮食及农业组织）提出的"Globally Important Agricultural

Heritage Systems"的简称。它是 FAO 以保留完整的生物多样性为标准，对农业耕作方式及景观所进行的认定。日本人对于全球重要农业文化遗产比较陌生。因为这是发达国家第一次获此殊荣。与佐渡市一同获得认定的还有能登地区。能登作为本州最后的朱鹮栖息地，与佐渡同获认定，也是一种缘分。

UNESCO（联合国教科文组织）认定的世界遗产是以建筑物和自然本身为对象。而 FAO 认定的全球重要农业文化遗产则是以人类经营的农业系统为对象。以梯田为代表的佐渡的水田，已不单单是水田本身，而是农业与朱鹮融合的产物。佐渡的水田耕作面积约六千公顷，产量约三万吨。其中，《人与朱鹮共生之乡认证制度》下的水田年年递增，现已达到一千二百公顷，约占两成。

新潟县产的带有"人与朱鹮共生之乡"认证的越光米，在首都圈颇受欢迎，仅次于鱼沼产的越光米。售价每五公斤三千至三千五百日元，相当于常规种植大米的两倍。佐渡也产酒，由此产生了用认证米酿的酒。另外，在认证米当中，将农药削减五成以上的减农药、减化学肥料越光米，以及无农药、无化肥的越光米比上述价格更高，成为认证米中的另一品牌。

认证制度以取得生态农场资格为前提，不过，即便未成为生态农场，将化学农药、化学肥料削减一半甚至更多的大米也为数不少。由于没有取得生态农场资格，不能自称为认证大米，但农户也冠以各种名称进行销售。

2011年9月，第五次试验放生。十八只（雄鸟十一只、雌鸟七只）从野生回归站飞离（9月27日至28日）。2012年3月，有人发现三岁的雄鸟与两岁的雌鸟营巢，4月它们的卵孵化成功，成为首例。第一只没有足环，羽毛未经染色的放生朱鹮二代诞生。

放生朱鹮二代的降生彰显了《人与朱鹮共生之乡认证制度》在推进生物多样性上的重要意义。林野厅对于红松的保护以及疏伐行动，对于保护朱鹮营巢的树木也产生了积极的作用。野生朱鹮多在弹性好的松树枝上夜宿，筑巢和育雏。近年来，因虫害而枯死的松树增加，为保护松树免于虫害，新潟县受林野厅委托，开展了"营巢树木保护工程"。

雏鸟在自然界中诞生的4月，围绕钓鱼岛问题，日本和中国的关系恶化。中国向日本赠送两只朱鹮（为防止在日本的朱鹮因近亲交配造成遗传基因劣化）的签字仪式从5月开始一再延期，朱鹮原本应于10月前抵达佐渡，如今变得遥遥无期。去年（2011年），中国的野生朱鹮约九百只，饲养朱鹮约六百只，合计达到一千五百只。中国政府加强保护，于2005年设立"陕西省汉中朱鹮国家级自然保护区"，将保护工作提升到国家层面，管理更加严格。

6月，第六次放生。十三只（雄鸟十只、雌鸟三只）于6月8日至10日离开。9月进行了第七次放生（9月28日至10月1日）。十七只（雄鸟三只、雌鸟十四只）从6月下旬开始在野生回归站驯化笼接受训练的朱鹮，在受训三个月后从放生口飞离。从第一次放生算起，共放生朱鹮一百零八只。

2012年行将结束的12月下旬，我去往佐渡，见了佐藤春雄先生与高野毅先生。在前往二位的家和佐渡朱鹮保护中心的路上，我有好几次因为怀疑眼前的白鸟是朱鹮而条件反射地踩下刹车。不过，白鸟却是白鹭，万幸没造成交通事故。我想，当地人以及游客都会有类似的经历。

观察朱鹮时不可靠近，在车中发现朱鹮不可下车观察——这类观察朱鹮的守则已被佐渡人所熟知。对于外地游客，当局通过在佐渡的大门两津港、小木港设置广告牌和发放传单的方式进行相关宣传。这些宣传中，我最感兴趣的是"拾到朱鹮羽毛，不可让渡给他人"，只能自行保管。根据"物种保存法"的规定，禁止对朱鹮个体进行捕获或造成伤害，禁止对朱鹮个体和羽毛采取让渡（赠、卖、借出、获得、买、借入）、销售、进口、出口及展览（以分发为目的）行为。让渡仅限用于学术和繁殖，且须获得环境大臣的许可。

与佐渡朱鹮保护中心相邻的朱鹮资料展示馆内，对至今为止的人工繁殖的成果、放生以及被认定为全球重要农业文化遗产的佐渡的农业情况进行着展示和解说。从观察走廊中，可观察饲养繁殖笼中的朱鹮。最新的朱鹮数量（12月16日之后）如下：

佐渡朱鹮保护中心⋯⋯⋯⋯⋯⋯⋯⋯⋯⋯一百一十九只（雄鸟五十五只、雌鸟五十三只、未确定十一只）

野生回归站……………………十八只（雄鸟九只、雌鸟九只）

多摩动物公园（未公开）……………九只（雄鸟五只、雌鸟四只）

石川动物园（可通过屏幕参观）……十三只（雄鸟七只、雌鸟六只）

出云市朱鹮分散饲养中心…………十只（雄鸟三只、雌鸟三只、未确定四只）

长冈市朱鹮分散饲养中心…………十三只（雄鸟八只、雌鸟五只）

国内饲养总数…………………一百八十二只（雄鸟八十七只、雌鸟八十只、未确定十五只）

时隔三十八年自然界中再现雏鸟离巢出飞的半年后，人们确认八只幼鸟均存活。12月上旬，朱鹮栖息地一带被白雪覆盖，媒体刊文："首个冬天来临，觅食地被白雪覆盖，朱鹮能否顺利越冬？"冬季食物难觅，是幼鸟死亡率最高的季节。在中国，出生一年后的生存率不到五成。人们担心，佐渡的放生朱鹮二代能否从亲鸟和同伴身上学到高效的觅食本领。对此，佐藤先生表示：

"我也曾多次在大雪之中担心过朱鹮的安危。听说放生朱鹮多在佐和田地区过冬。在佐渡，佐和田属于降雪偏少的区域，常常是两津和新穗已经积雪，但佐和田却没有下雪。朱鹮自有生存的本领。而且,农业的认证制度充分考虑了朱鹮的需要,它们在冬天是可以找到觅食地的。农户、观察员、志愿者们也在多方努力。所以,放生朱鹮二代的第一个冬天,我并不担心。"

高野先生的看法如下:

"我听父亲高治讲,从1960年12月到次年1月的那场暴雪,朱鹮一星期没有离开夜宿地。能在寒冬里挨过一周不进食,可见它们生命力之顽强。不过,那时觅食地结了冰,即便朱鹮从夜宿地飞来,也凿不开冰面,这是需要我们帮忙的。父亲就做过这个事。每年冬天,我也穿着踏雪板去生椿,看水田和原生态系统是否结冰。我一周去两次左右,如果结了冰就凿开。生椿没有放生朱鹮的夜宿地,不过,我干农活时偶尔会见到它们来觅食,一年三四次,想必我没在生椿的时候它们也会去吧。"

在环境省的网站上,可以查到放生朱鹮的观察报告。放生后,朱鹮的数据随时更新。2013年2月12日的数据如下。

放生一百零八只,存活六十七只,失踪三只,视为死亡三十一只,死亡(确认尸体)五只,保护、收容二只,野生条件下新生八只。("失踪"定义为消失半年以上;"视为死亡"定义为消失一年以上。)

虽然自然界中已有约七十只朱鹮,但还不到朱鹮扎根野生的水平。为了能让佐渡市民乃至日本国民更多地接触到朱鹮,环境省于2012年9月在佐渡朱鹮保护中心隔壁的朱鹮之森公园内开设了"佐渡市朱鹮体验广场"。

那里有足够朱鹮飞行的高十三米，面积五百五十平方米的饲养笼。笼中有梯田、小河，再现了佐渡的栖息环境。人们可通过装有单向玻璃的观察窗或站在观察通道上，观察朱鹮飞行、觅食、筑巢等生态。在朱鹮野生回归站的观察塔看朱鹮，是观看监视器画面，而这里是亲眼观察。工作人员先在这里饲养朱鹮的近亲黑头白鹮、蓑颈白鹮和凤头鹮，计划于2013年3月30日开始饲养朱鹮。

朱鹮的野生回归正进入到在野生环境扎根的新阶段。朱鹮在两岁之后才具有繁殖能力，放生朱鹮二代能否顺利繁殖出第三代，2014年后才见分晓。我相信，有佐藤先生、高野先生以及众多佐渡人的守护，一定会有振奋人心的消息传来。我也期待着这一天的到来。

《朱鹮的遗言》文库本再版之际，与单行本发行时一样，我得到了佐藤先生、高野先生、提供封面照片的佐渡摄影家久保敬亲先生等众多友人的帮助，再次表示感谢。

尤为值得高兴的是，初次发行文库本时写下书评的柳田邦男先生欣然接受重刊书评的请求，万分感谢。

感谢文春文库编辑部及文艺春秋诸位给予的指导。

最后，向阅读本书的各位读者深表谢意。

小林照幸

2013年2月

译后记

朱鹮，这个名字听起来有些陌生，又似乎熟悉。

刚拿到原文时，我想不起它的模样，只依稀记得小时候的自然科学读物里讲，它是一种珍稀鸟类，国家一级保护动物。另一方面，它的重要性又不可小觑。2018年5月，李克强总理访日期间宣布，中国将向日本赠送一对朱鹮种鸟。同年10月，朱鹮"楼楼""关关"抵达佐渡朱鹮保护中心，这也是时隔十一年中国再次向日本赠送朱鹮。

为什么是朱鹮？

如本书中所述，朱鹮被日本人视为神鸟、瑞鸟，同时也是日本的象征。它曾广泛分布于日本各地，且数量众多。明治维新（1868年）以后，由于滥捕，日本朱鹮数量骤减。尽管日本政府于1934年、1952年分别将其列为"天然纪念物""特别天然纪念物"，但在生态环境破坏、保护不力以及自身生理特性等诸多因素作用下，日本朱鹮数量在上世纪三四十年代跌破三位数，并一路下滑。

一九七〇年代，日本将拯救朱鹮的希望寄托于中国，请求中国在境内寻找朱鹮。而中国林业部和中科院给国务院的报告是，1964年后，再无朱鹮出现的记录。1978年，由刘荫增带队的中科院调查组开始在中国境内寻找朱鹮。一行人跋涉五万公里，终于在1981年4月在陕西省洋县发现七只野生朱鹮。彼时，日本已将最后五只野生朱鹮捕获进行人工饲养，中国发现的七只朱鹮成为世界上最后的野生朱鹮种群。

1985年6月，中日两国签署了《中日共同保护研究朱鹮会议纪要》，两国开始携手保护朱鹮。洋县实施了禁止开矿、狩猎、伐木，禁用化肥、农药，封山育林等诸多措施，并建立朱鹮保护观察站和救护饲养中心，为朱鹮提供有利的栖息环境。在这一过程中，日本政府和民间组织提供了大量资金和设备。中国也通过赠送和租借朱鹮的方式帮助日本繁殖朱鹮——日本产朱鹮于2003年灭绝，日本境内现存朱鹮全部为中国产朱鹮的后代。如今，中国朱鹮种群数量已逾三千只，日本朱鹮种群数量也达到五百只左右。中日两国的共同努力，将朱鹮从灭绝的边缘挽救回来。

朱鹮是中日合作的典范，也是两国友好的象征。

关于作品中的人物，最具戏剧性的莫过于宇治金太郎。他温和善良，终日与朱鹮小金为伴，在暴风雪中，他如同父亲忧心走失的孩子一般疯狂地呼唤小金，然而，他却摆脱不了捕获小金的使命。当他亲手捉住小金，坐上教育委员会的车，却被告知人工饲养的阿福刚刚死去。最后一丝希望破灭，他痛恨自己是出卖骨肉的凶手，是"最可耻的叛徒"。

宇治的章节，甚至可以单独成篇，形成一个跌宕起伏，令人唏嘘扼腕的小故事。相比而言，春雄的人物肖像却不那么好描绘，他是一个什么样的人？他命运的因果又是什么？

春雄自小喜欢鸟类，战争对于生命的蔑视引发了他深刻的反思。因川上可一的一个电话，他开始调查朱鹮，并决心继承前人的遗志，保护这一行将消亡的美丽生物。我想，在他保护朱鹮的事迹被媒体广泛报道之前，他并不是一个招人喜欢的人物。他执迷，为观察朱鹮不打理农活，视鸟粪为珍宝，搞得房间里臭气熏天，令家人满腹牢骚；他拙言，为在日本野鸟会新潟支部年会上作演讲，他不得不提前写下稿子，反复朗读；他谦卑，在发布保护方案的途径选择上，他不敢劳烦菊池校长，认为自己只是一个普通的教书匠。他也不敢向日本野鸟会的机关报投稿，觉得自己既非学者又非专家，无足轻重。所以，学校的同事和学生都可以当面揶揄他，而他只好苦笑。

相比春雄，高野要硬气许多。

"听说，中心收留的四只已经死了三只，请你保证，这只不会再有什么闪失。"高野接手朱鹮能里,面对能登方面的警告时,他毫不客气地回应道:"既然都捉来了,也不能把它再放回去吧。"让对方怒目相向却又无话可说。

然而,围绕自然繁殖和人工增殖之争,两人的性格却走出了两条出人意料的轨迹。

在生椿,春雄第一次见到高野时,曾表达过对于人工繁殖的希望。而高野的态度却是,"它在自然界中都无法增殖,在人的手里为什么就可以呢?"不过,后来两人的立场却反转了。受雇于保护中心的高野,尽管心有不甘,但实际上成了人工增殖的践行者。春雄虽然曾对人工增殖寄予希望,但他经过调查分析,认为人工增殖派过于自信,以撒食和减少人为干扰为主的自然繁殖才是出路之所在。于是,当县里要他参与人工采卵孵化计划时,一向谦卑的春雄却予以拒绝。尽管他没有带领保护会与官方抗争的勇气,但他没有妥协。

"执迷""拙言""谦卑",以及"温和的坚持"——这大概就是我眼中的佐藤春雄吧。

2014年12月9日,为朱鹮保护事业奉献一生的佐藤春雄与世长辞,享年九十五岁。六年前的2008年9月25日,春雄亲眼见证了第一次试验放生,时隔二十七年朱鹮重回佐渡的天空。是日,他在电话中对本书的原著者小林照幸先生说:

"六十多年的保护生涯,今天是最高兴的一天。雨现在也没停。完全捕获之前,但凡遇到下雨、下雪或大风天,我总会担心朱鹮的冷暖。时隔二十七年，终于又有了这样的担心。希望它们尽快找到觅食地和夜宿地，和同伴一起好好生活。"

开始翻译本书正值我的女儿米啦降生，如果可以，请允许我将本书献给米啦。周末译书，往往无暇顾及女儿。谢谢米啦妈妈的分担与陪伴。

感谢好友、译者何雨珈的引荐，感谢上海译文常剑心编辑的信任，感谢好友高桥由美女士在原文解读上给予指导。

感谢各位读者的宝贵时间。

王　新
2019 年 5 月

图书在版编目(CIP)数据

朱鹮的遗言/(日)小林照幸著;王新译. —上海：
上海译文出版社,2019.10(2020.12 重印)
(译文纪实)
ISBN 978 - 7 - 5327 - 8126 - 3

Ⅰ.①朱… Ⅱ.①小… ②王… Ⅲ.①纪实文学—日
本—现代 Ⅳ.①I313.55

中国版本图书馆 CIP 数据核字(2019)第 139990 号

TOKI NO YUIGON by KOBAYASHI Teruyuki
Copyright © 1998 KOBAYASHI Teruyuki
All rights reserved.
Original Japanese edition published by CHUOKORON-SHA, Inc. in 1998.
Republished as paperback version by Bungeishunju Ltd., in 2013.
Chinese (in simplified character only) translation rights in PRC reserved by Shanghai Translation Publishing House, under the license granted by KOBAYASHI Teruyuki, arranged with Bungeishunju Ltd., Japan through Bardon-Chinese Media Agency, Taiwan.

图字：09 - 2019 - 804 号

朱鹮的遗言

[日]小林照幸/著　王新/译
责任编辑/常剑心　装帧设计/邵旻　未氓设计工作室

上海译文出版社有限公司出版、发行
网址：www.yiwen.com.cn
200001　上海福建中路 193 号
启东市人民印刷有限公司印刷

开本 890×1240　1/32　印张 11.75　插页 2　字数 171,000
2019 年 10 月第 1 版　2020 年 12 月第 2 次印刷
印数：10,001—15,000 册

ISBN 978 - 7 - 5327 - 8126 - 3/I・5000
定价：49.00 元

本书中文简体字专有出版权归本社独家所有,非经本社同意不得连载、摘编或复制
如有质量问题,请与承印厂质量科联系。T:0513-83349365